KB232978

오거스트 윌슨의
화해와 통합을 위한 무대

A Stage for Reconciliation and Integration:
A Study of August Wilson's Plays

오거스트 월슨의 화해와 통합을 위한 무대

박부순 지음

한국학술정보㈜

머리말

월슨은 1980년대 이후부터 지금까지 흑인 연극계는 물론 더 나아가 현대 미국 연극계에서 '미국의 셰익스피어'로 평가받고 있다. 연극 비평가 버코위츠는 그의 저서 『20세기의 미국 드라마』에서 월슨을 '가장 중요한 현대 미국 극작가'이며, 월리암즈와 밀러 이후 미국 연극계에 등장한 '가장 풍요로운 소리'로 격찬했다. 이렇듯 월슨이 대부분의 비평가들로부터 미국 흑인 연극계에서 가장 큰 성공을 거둔 극작가로 평가받고 있는 주된 이유 중의 하나는 흑과 백이라는 양축을 뛰어넘는 그의 글쓰기라 할 수 있다.

월슨의 극 속에는 분명 분노가 담겨 있지만 결코 논박으로 형상화되지 않는다. 실제로 그는 고난과 그 분출욕구 그리고 고난의 표현 사이의 간극에 흥미를 두었다. 월슨의 등장인물들은 개인적인 고생을 사회적인 변혁에 연관시키지 않는다. 일반적으로 그들의 삶은 그 욕구를 표출하나 그들의 말과 행동은 욕구를 표출하지 않는다. 그들은 자족하면서 세상과 편안히 지내기를 원한다. 비록 시간이 사회를 파괴하지만 사회는 경험을 통해 다시 구성되면서 역사를 만들기에 월슨은 과거를 미래의 연장선상에 놓는다. 등장인물들의 고통스러운 삶은 무기로 변질되지도 않고 그들의 탄식은 통렬한 비난으로 형성되지도 않는다. 그러므로 그의 글쓰기는 백인은 물론 흑인 비평가들로부터 흑인들의 전통을 긍정하며 현상을 넘어선 작가로 인정받는 요소로 작용하고 있다.

다변화하는 세계에 보다 더 관용적이고 적절한 대응방식을 다양화해야 하는 것처럼 월슨은 변화하는 미국 사회를 인식함과 동시에 흑인의 전통문화를 찾고 수용하여 흑인으로서의 확실한 미래의 흑인상을 관객에게 보여주고자 했다. 더불어 자신의 극이 미국 사회가 흑인의 역사와 문화까지도 포용할 수 있는 다원적인 사회로 변하는 데 도움이 되고자 1990년대, 2000년대를 배경으로 하는 작품을 향하여 전념해 왔다. 역사는 하나의 과정이듯 월슨이 20세기의 역사를 완성한다 할지라도 과거는 고정되지 않고, 재조정되어야 할 관계에 있으며, 또한 발전될 여지로 남아 있다. 그러므로 "나는 미국 연극을 믿는다. 나는 인간조건을 알리며, 치료해 주는 연극의 힘을 믿는다."라며 흑인의 역사를 향한 월슨의 펜자국이야말로 다문화 속에서 화해와 통합을 위한 무대로 향하는 글쓰기로 볼 수 있다.

윤리적인 측면보다 물질적인 측면이 중요시되고 '나', '내 것'만이 강조되는 시대에 흑백이라는 양축을 뛰어넘어 화해와 통합이라는 세상의 무대를 향해 끊임없이 펜을 들이댄 월슨이야말로 저자의 마음을 움트게 하기에 충분했다.

그리하여 논문이 나온 2년 후인 2007년 겨울 어느 날, 한국학술정보(주)로부터 책으로 발간해 주겠다는 소식을 처음 접했을 때의 두근거렸던 감동이야말로 잊을 수 없는 하나의 사건이었다. 미약하지만 한 권의 책으로 나오기까지 여러 도움을 주신 한국학술정보(주) 권성용 선생님께 감사함을 전하고 싶다.

Ⅰ 서 론____11

Ⅱ 새로운 흑인 신화를 찾아서____35

1. 『조 터너 왔다 가다』· 39

   (1) 정체성을 찾아서 · 39

   (2) 아프리카의 유산: 이파(Ifa)와 에슈(Eshu) · 52

   (3) 새로운 흑인 신화 · 65

2. 『두 대의 기차가 달리고』· 72

   (1) 나의 것 찾기 · 72

   (2) 흑인 역사의 수용 · 82

   (3) 또 하나의 기차 · 93

Ⅲ 부조화에서 조화로_____105

1. 『마레이니의 검은 엉덩이』 · 109

　(1) 흑인의 역사: 블루스 · 109

　(2) 교차로의 노래 · 118

　(3) 부조화 사회와의 타협을 통한 조화 · 127

2. 『일곱 개의 기타』 · 141

　(1) 지배 사회로 향하여 · 141

　(2) 흑인 민족주의의 한계 · 151

　(3) 조화로운 인간상 · 162

Ⅳ 화해와 통합_____175

1. 『피아노 레슨』 · 179

　(1) 블루스에서 재즈로 · 179

　(2) 가족 간의 갈등 · 189

　(3) 화해를 통한 흑인의 역사 보존 · 198

2. 『울타리들』· 206

　　(1) 새로운 흑인상 · 206

　　(2) 타자들의 주체화 · 217

　　(3) 용서와 통합 · 226

V　　결　론＿＿235

인용문헌＿＿247

I. 시　론

이민자들의 나라로 불릴 정도로 다양한 인종들이 모여 사는 미국 사회에서 인종 연구의 중요성이 문학의 중요한 연구 과제로 떠오른 시기는 문화적 다원주의에 대한 논의가 활기를 띠게 된 20세기 후반이다. 이러한 양상으로 미국 사회 내에서의 소수민족작가들은 유태계 미국인(Jewish-American), 아프리카계 미국인(African-American), 아시아계 미국인(Asian-American), 남미계 미국인(Latin-American), 원주민 미국인(Native-American) 등의 인종적 출신을 명기함으로써 정체성을 찾으려는 노력을 보여주고 있다.

이러한 현상들은 백인 중심의 미국 사회가 소수민족을 미국 사회의 구성원으로 나아가서는 이들의 문화를 미국 문화의 일부로 인정한다는 의미에서 긍정적인 변화라 할 수 있다. 문화적 다원주의의 미국 사회에서 특히 흑인들이 그동안 억압되고, 왜곡되어 왔던 자신들의 전통문화를 되찾으려는 노력은 주목할 만하다. 이는 노예제도라는 특수한 경험 속에서 흑인들이 미국 내의 다른 소수민족구성원들과는 달리 300여 년 동안 신체적, 정신적 자유를 구속당한 채 백인 사회와의 지속적인 접촉을 유지해 온 특수성에 기인하기 때문이다. 실제로 미국 역사 속에서 흑백의 관계는 종속과 지배라는 계층적 구조를 매개로 이루어져 왔으며, 지배 사회가 억압을 정당화하기 위해 흑인들의 야만성과 무능력을 주장해 왔으므로 미국 흑인들이 지배 사회와의 관계를 재정립해야 할 필요성은 다른 여느 소수민족들보다 더욱 절박했음을 짐작할 수 있다.

그러나 미국 흑인들이 지배 사회와의 관계를 재정립하는 데는 많은 어려움이 따른다. 노예제라는 속성 자체가 힘을 지닌 집단이 그렇지 못한 집단에 대해 절대적인 권력을 행사하는 것이기 때문에 지배와 피지배라는 위계질서가 소멸된 이후에도 계속해서 미국 흑인들의 마음속에 억압의 상처가 자리잡고 있기 때문이다. 그러므로 미국 흑인들 스스로 손상된 자신들의 정신세계를 온전한 상태로 복원하는 일이 무엇보다도 선행되어야 할 과제라 할 수 있다.

이러한 과제를 해결하기 위해서 흑인들이 스스로 자신의 과거를 되돌아보고, 자신들의 전통문화를 현재와 미래를 위한 초석으로 삼아야 한다는 명제에서 자유롭지 못했던 점은 지극히 당연했을 것이다. 따라서 흑인들 스스로 이와 같은 명제를 해결하기 위해 노력했다. 이는 최초의 연극 형태라 할 수 있는 민스트렐 쇼에서 할렘 르네상스, 1930년대와 1940년대에 활동한 대표적인 휴즈(Langston Hughes)와 라이트(Richard Wright)의 지향연극, 1950년대의 헨즈베리(Lorrain Hansbery), 1960년대의 흑인 혁명극을 주장한 바라카(Amiri Baraka)를 거쳐 1970년대 이후 미국 흑인 연극계에서 정상을 차지하고 있는 월슨(August Wilson)에 이르기까지 계속되고 있다.

이전의 흑인 연극이 대부분 극단적인 흑백 간의 대립의 양상을 띤 정치적 성향이 강하다고 한다면, 윌슨은 흑백 간의 대립보다는 흑인들 내부의 삶과 그들의 전통문화를 발굴하는 데 주력했다. 다문화주의 물결 속에서 정체성 회복과 동시에 문화교류가 필연적임을 감안할 때 스스로 흑인 문화 민족주의자[1]로 자처하며 흑인의 전통문화를 알림으로써 그들에게 역사의식은 물론 인종적 자부심을 고양시키는 데 전념했던 윌슨을 연구하는 일은 의미 있는 작업이 될 것이다.

윌슨은 1980년대 이후부터 지금까지 흑인 연극계는 물론 더 나아가 현대 미국 연극계에서 '미국의 셰익스피어'로 평가받고 있다(Ifill 1). 연극 비평가 버코위츠(Gerlald M. Berkowitz)는 그의 저서 『20세기의 미국 드라마』(*American Drama of the Twentieth Century*)에서 윌슨을 '가장 중요한 현대 미국 극작가'(194)이며, 윌리암즈(Tennessee Williams)와 밀러(Arthur Miller) 이후 미국 연극계에 등장한 '가장 풍요로운 소리'로 격찬했다(194). 또한 세이퍼(Yvonne Shafer)는 『오거스트 윌슨: 자료 및 공연 집』(*August Wilson: A Research and Production Sourcebook*)에서 윌슨이야말로 '퓰리처상을 두 번 이상 수상한 일곱 명의 미국 극작가 중의 한 사람이자 이 상을 받은 세 명의 흑인 극작가 중의 한 사람'(5)이라고 평하는 등 윌슨은 대부분의 비평가들로부터 미국 흑인 연극계에서 가장 큰 성공을 거둔 극작가로 평가받고 있다.

---

1) 바라카(Amiri Baraka)가 『흑인은 국가다』("Black is a Country")라는 에세이에서 블랙 내셔널리즘(흑인 민족주의)을 처음으로 표명했다. 여기에 윌슨은 '문화'라는 단어를 덧붙여 자신을 '흑인 문화 민족주의자'로 지칭했다. 흑인 민족주의가 정치적 행동을 통해서 변화를 꾀한다는 점에서 정치적 관심을 표명한다면 흑인 문화 민족주의는 문화적 가치의 전복을 통해 변화를 시도한다고 볼 수 있다.

흑인이자 중학교 중퇴자이며 극작이나 공연과 관련된 정식 교육을
받은 적이 없는 윌슨이 이와 같은 평을 받기까지는 흑인 역사에 대
한 그의 확고한 역사의식과 흑인 전통에 대한 애착의 결과로 볼 수
있다. 윌슨은 미국 흑인의 정체성 확립은 자신이 아프리카인의 후예
라는 사실을 받아들일 때 비로소 시작된다고 주장한다.

> 우리는 17세기 초 이래로 이 땅에서 줄곧 살아온 아프리카계 민족
> 이다. 우리는 세상에 다르게 반응한다. 우리는 종교관도 다르고, 사회
> 와의 접촉방법도 다르다. 우리는 스타일과 언어관도 다르다. 우리는
> 다른 미학을 지니고 있다.

> We are an African people who have been since the early seventeenth
> century. We have a different way of responding to the world. We have
> different ideas about religion, different manners of social intercourse.
> We have different ideas about style, about language. We have different
> aesthetics. ("I want a Black Director" 202)

미국 흑인이 아프리카인의 후예임을 받아들여야 한다는 윌슨의 이
러한 주장은 그에게 흑인의 역사가 올바르게 기술되기 위해서는 반
드시 흑인 자신에 의해서 기술되어야 한다는 확신으로 발전한다.
윌슨은 미국의 역사는 백인에 의해 백인의 입장에서 쓰였기 때문
에 그들이 기술한 흑인의 역사는 흑인의 현실을 담아낼 수 없으며,
오히려 흑인을 침묵시키는 수단으로 이용되었다고 믿었다. 베이커
(Houston A. Baker, Jr.)가 『모더니즘과 할렘 르네상스』(*Modernism
and the Harlem Renaissance*)에서 "흑인은 침묵이라는 장막에 가려
보이지 않는데, 그것은 얼굴이 없어서가 아니라 목소리가 없기 때문
이다."(104)라고 했듯이, 윌슨 또한 감금이 되어 왔던 침묵을 깨뜨리

기 위해서는 흑인 스스로가 주체적 입장에서 자신의 용어로 말하는 것이 무엇보다 필요하다고 생각했다. 왜냐하면 그는 백인의 절대적인 힘에 의해 억압당한 채 변형, 왜곡되었으며, 심지어 감금되었던 흑인의 소리를 흑인의 목소리로 발화하는 작업이 무엇보다 선행되어야 한다고 믿었기 때문이다. 따라서 윌슨은 흑인의 시각으로 다시 쓴 흑인의 역사를 확보하기 위한 노력으로 다음과 같은 자신의 극 목표를 설정하고 있다.

나는 미국 내의 흑인 경험에 대해 글을 쓰고 내가 가장 잘 알고 있는 삶의 견지에서 모든 문화에 공통적인 것들을 설명하려고 노력한다. 나는 제임스 볼드윈이 흑인 경험의 심원한 표현을 요구한 것에 대답하고 있고, 볼드윈은 흑인의 경험을 '한 사람이 아버지의 집을 떠난 후 그를 지탱시켜 줄 수 있는 의식의 교류와 방식의 분야'로 정의했다. 나는 미국 흑인의 가치를 구체화하여 위에서 말한 '방식의 분야'가 있음을 예증하고 생명유지의 어떤 길을 지적하기 위해 그 가치들을 큰 몸짓으로 무대에 올리려고 노력한다.

I write about the black experience in America and try to explain in terms of the life I know best those things which are common to all cultures. I see myself as answering James Baldwin's call for a profound articulation of the black experience, which he defined as 'that field of manners and ritual of intercourse that can sustain a man once he has left his father's house.' I try to concretise the values of the black American and place them on a stage in loud action to demonstrate the existence of the above 'field of manners' and point to some avenues of sustenance. (Bigsby 293 재인용)

윌슨은 흑인들이 미국 사회의 다양한 맥락에서 견뎌내야 했던 삶의 문양을 건져내기 위해 극을 썼다. 그리고 그는 흑인들이 자민족의 정서적, 심리적, 정신적 역사를 재창조하고 내외의 압력에도 불구하고 흑인 개인이 자아의식을 유지하려고 애썼던 방법을 검증하기 위해 20세기를 10년 단위로 나누어 흑인들의 삶을 조명하고 있다.

나는 매 10년 단위의 기간을 취해 그 10년 동안에 흑인들이 직면했던 가장 중요한 문제 중의 하나를 눈여겨보고 그것에 대해 극을 쓴다. 그것들을 다 합치면 역사가 된다.

I'm taking each decade and looking at one of the most important questions that blacks confronted in that decade and writing a play about it. Put them all together and you have a history. (Trudeau 469 재인용)

그러나 흑인의 목소리로 역사 쓰기라는 윌슨의 의도는 한 시대의 총괄적인 비전이나 다큐멘터리적인 사건의 제시로 드러나지는 않는다. 코울먼(Michael Coleman)과의 인터뷰에서 바라카가 흑인 연극이란 무엇인가라는 질문에 "흑인들의 삶 그 자체를 다루며 흑인들을 해방시키는 기능을 하는 연극이다."(33)라고 답변했듯이 윌슨 또한 하나의 환경에서 흑인이 어떻게 자신을 지켜나가는가 혹은 변화해 나가는가에 주목하고 있다. 따라서 그는 모든 10년 단위 기간의 미국 내의 중요한 정치적 사건을 한낱 메아리로 언급할 뿐이다. 그는 사회적, 정치적 행동의 중심부가 아니라 그 주변부를 본다. 그가 "나의 극들은……삶을 계속하고 있었던 사람들을 다룬다. 나는 역사책에서 알 수 있는 것에는 흥미가 없다."(De Vries 50)고 언급했듯이 그가 초점을 맞추고 있는 사람들은 역사의 대중적, 정치적 맥락의 중심에 서 있는 인물들이 아니라 주변부에서 하루하루의 삶을 일구어

낸 사람들이다.

가장 보편적인 삶의 모습을 다면적이고 다층적으로 보여주어 독자들을 하나로 묶어 주는 윌슨의 문학적 주제는 종족을 초월하고 국경을 초월한 보편적인 인간의 모습을 반영한다. 그의 극들은 호소나 훈계로서가 아니라 의식으로 제시되고 있다. 이 말은 그가 압력을 받고 있는 상황 속에서 흑인들의 승리를 다루고 있다는 뜻이 아니라 패배에 초점을 둔다는 것을 의미한다. 이러한 윌슨의 흑인에 대한 역사의식은 고통으로 점철된 그의 삶에 기반을 두고 있다.

윌슨은 1945년 피츠버그(Pittsburgh)의 힐(Hill)이라는 슬럼가에서 프리데릭 키텔(Frederick Kittel)이라는 독일인 아버지와 데이지 윌슨(Daisy Wilson)이라는 흑인 어머니 사이에서 태어났다. 백인인 아버지는 다섯 명의 자녀를 낳았을 뿐 양육의 책임은 지지 않았다. 자식들을 길러내는 몫은 흑인 어머니에게 전적으로 주어졌다. 1959년에 아버지가 백인 거주 지역으로 이사를 하자 당시 사춘기였던 윌슨은 극심한 인종차별을 경험하게 되었다. 이 지역에서 어머니는 청소부로 일을 해서 받는 임금과 온수시설도 없는 아파트에서 생활보조금으로 살면서 자식들을 힘겹게 키웠다. 이러한 환경 속에서도 어머니는 윌슨에게 독서에 대한 열정을 심어 주는 데 소홀하지 않았다. 무책임한 아버지가 1965년에 사망하자 어머니는 얼마 후 백인인 데이비드 베드포드(David Bedford)와 재혼을 한다. 윌슨은 어머니의 성을 따르기로 결심하면서 더욱더 흑인 정체성의 문제에 관심을 기울이게 되었다.

윌슨은 어린시절부터 주위에 만연된 인종차별주의 때문에 고통을 받았다. 그가 학교에 가면 그의 책상 위에는 매일 '꺼져', '껌둥아'라고 쓰인 쪽지가 있었으며 그와 어울리려고 하는 동료가 없어 점심때 혼자 식사를 해야 하는 등의 인종차별주의를 경험했다. 또한 고등학

 오거스트 윌슨의 화해와 통합을 위한 무대

교 때는 나폴레옹에 관한 기말 과제물을 자신이 직접 써서 제출했으나 선생님이 근거도 없이 표절을 했다고 비난을 하자 그는 학교를 자퇴했다. 이로 인해 윌슨은 학교가 아니라 도서관에서 던버(Paul Laurence Dunbar), 엘리슨(Ralph Ellison), 휴즈, 라이트 등을 탐독하게 되었다. 윌슨은 이때의 자신의 경험을 "갑자기 나는 내 마음을 탐구하고 발전시킬 수 있는 자유를 얻게 되었다."(Trudeau 469)라고 표현하고 있다. 윌슨에게 있어서 자퇴는 일종의 해방이었던 것이다. 흑인이라는 이유 때문에 사회에서 경험한 자신의 억눌림을 표출하고픈 강한 열망은 윌슨으로 하여금 1965년경에는 극작가가 되기로 결심을 하기에 이른다. 그에게 있어서 드라마는 극작가의 '사상을 퍼뜨릴 수 있고 잘못 교육받은 사람들을 교육시킬 수 있는'(*The Ground On Which I Stand* 44) 정치적인 힘을 지닌 예술이었기 때문이다.

1968년에 윌슨은 흑인 민권 운동에 관여하면서 친구 페니(Rob Penny)와 함께 '블랙 호라이즌'(Black Horizon)이라는 커뮤니티 씨어터(Community Theater)를 창설하여 극작가로서의 역량을 키워 나갔다. 극작 초기에 윌슨은 잠시 시와 소설 창작에 관심을 기울이기도 했다. 윌슨은 새브런(David Savran)과의 인터뷰에서 그 당시 연극에 대해 아무것도 아는 것이 없어서 1971년경에는 극작을 포기하고 시와 소설 창작으로 방향을 바꾸었다고 토로했다(290). 이때 썼던 그의 대표적인 시작품으로는 『말콤 엑스와 다른 사람들을 위하여』("*For Malcolm X and Others*" 1969), 『아침의 노래』("*Morning Song*" 1971), 『베씨』("*Bessie*" 1971), 『무하메드 알리』("*Muhammed Ali*" 1972), 『주제 하나: 변주들』("*Theme One: The Variations*" 1973) 등이 있다.

그러나 평소 극작품을 쓰고자 소원했던 윌슨은 1976년에 퍼디(Charles Purdy)로부터 미네소타 주 세인트폴에 위치한 패넘브라 씨어터(Penumbra Theatre)라는 흑인 극단을 위해서 작품을 써 달라는 부탁을 받자 극작가로 변신을 하게 된다. 윌슨은 이때 극작가로 방향을 다시 돌린 이유를 다음과 같이 설명하고 있다.

> 소설이 등장인물과 그들의 대사로 구성된 이야기라면, 시는 언어의 증류수이자 지식과 경험을 갖춘 조화로 이끌 수 있는 현상에 대한 정서적 반응을 밝혀 주도록 고안된 이미지들이다. 그렇다면 희곡은 두 가지를 감당할 수 있지 않을까?

> Fiction was a story told through character and dialogue, and a poem was a distillation of language and images designed to reveal an emotive response to phenomena that brought it into harmony with one's knowledge and experience. Why couldn't a play be both? (Bogumil 3)

윌슨은 결국 자신의 작가적 역량을 소설의 기능과 시의 기능을 동시에 감당할 수 있는 희곡에서 발견하게 된 것이다. 원점으로 돌아와 다시 극작활동에 전념한 윌슨은 인종차별이라는 고통의 담금질 속에서 형형색색으로 흑인의 영혼을 사회에 직접적으로 분출하는 수단으로 극작품을 썼다고 해도 과언이 아니다.

이렇게 해서 탄생된 그의 초기 극작품으로는 『재생』(*Recycle* 1973), 『귀향』(*The Homecoming* 1979), 『소형버스』(*Jitney* 1979), 『플러튼 스트리트』(*Fullerton Street* 1980), 『블랙 바트와 신성한 언덕』(*Black Bart and The Sacred Hill* 1981) 등이 있는데 이 작품들은 관객의 주목을 받지 못했다. 그러나 블루스 여가수가 겪는 인종문제를 다룬 『마 레이니의 검은 엉덩이』(*Ma Rainey's Black Bottom* 1984)는 큰 인기를 끌어 1984년에 '예일 레퍼토리 극장'(Yale Repertory Theater)에서 처음 공연되었고 같은 해 10월에는 브로드웨이로 진출하여 267회라는 공연을 하게 되었다. 당시 예일 레퍼토리 극단의 예술 감독이던 리차즈(Llyod Richards)는 윌슨의 작품 속에서 "자신의 젊은 날의 경험과 일치하는 특이한 맥박과 강력한 목소리의 영역을 감지했다."(Trudeau 469)고 호평을 했다. 이러한 주변 상황에 힘을 얻은 윌슨은 극작활동에 더욱 활기를 띠게 되었다.

또한 윌슨이 극작활동에 박차를 가했던 가장 직접적인 영향을 "내 젊음은 60년대의 바라카에 의해서 인증된 흑인 문화 민족주의라는 용광로에서 구워졌다."(*August Wilson Three Plays* ix)라고 말했듯이 1960년대의 흑인 예술 운동(Black Arts Movement)이라 할 수 있다. 1960년대의 이러한 운동은 운동가들에 따라 다양한 이념으로 진행되었지만 윌슨은 닐(Larry Neal)의 다음과 같은 흑인 예술 운동의 특징과 뜻을 같이했다.

흑인 예술 운동은 예술가를 자신이 속한 공동체로부터 소외시키는 어떠한 개념에도 격렬히 반발한다. 흑인 예술은 블랙 파워 개념의 미학적이며 정신적인 동반자이다. 따라서 그 운동은 미국 흑인들의 욕구와 열망에 직접 호소하는 예술을 형상화한다. 이러한 과업을 수행하기 위해서 흑인 예술 운동은 서구 문화 미학의 급진적 재편성을 제안한다. 이 운동은 독립된 상징체계, 신화, 비평 그리고 성상학을 제안한다. 흑인 예술 운동과 블랙 파워 개념은 둘 다 넓은 의미에서 미국 흑인들의 자결성과 민족 결성에 대한 욕구와 연결된다. 두 개념은 모두 민족주의적이다. 전자는 예술과 정치 사이의 관계와 관련이 있고, 후자는 정치의 요령과 관련이 있다.

The Black Arts Movement is radically opposed to any concept of the artist that alienates him from his community. Black Arts is the aesthetic and spiritual sister of the Black Power concept. As such, it envisions an art that speaks directly to the needs and aspirations of Black America. In order to perform this task, the Black Arts Movement proposes a radical reordering of the western cultural aesthetic. It proposes a separate symbolism, mythology, critique and iconology. The Black Arts and the Black Power concept both relate broadly to the Afro-American's desire for self-determination and nationhood. Both concepts are nationalistic. One is concerned with the relationship between art and politics; the other with the art of politics. (29)

무엇보다도 흑인 예술 운동의 중요성은 이들이 흑인들에게 직접 이야기하려 했다는 점에서 찾을 수 있다. 흑인 작가들이 백인들에게 호소함으로써 문제 해결을 시도하려는 경향을 버리고 "흑인들에게 말해야 한다."라고 주장했던 켈리(William M. Kelly)의 지적처럼 (Sanders 6-7 재인용), 1960년대에 이르러서야 비로소 미국 흑인 극작가들은 백인 사회가 아닌 흑인공동체를 주된 관객으로 받아들이기 시작했던 것이다. 또한 흑인 예술 운동은 지배 사회와의 관계 형성에 있어서 이전의 여러 노력들과는 전혀 다른 새로운 패러다임을 제시했다는 점에서도 중요한 의미를 갖는다. 기존의 여러 노력들이 지배 사회와 미국 흑인들 간의 간극을 상정하지만 궁극적으로는 그 간극을 극복하는 데에 목적을 두고 있었음에 비해, 흑인 예술 운동은 오히려 그 간극을 조장하고 이를 저항의 원동력으로 삼았다. 위의 인용문에서 보듯 이 운동은 문화적인 면에서 백인들의 미국과 대비되는 흑인들의 미국을 상정함으로써 백인 주류 사회를 지향의 대상 혹은 궁극적인 편입의 목표로 간주하지 않았다. 이들은 서구 미학과 구분되는 독자적 상징체계의 확립을 통해 백인 미학을 극복하려 하고, 그 대안으

  오거스트 윌슨의 화해와 통합을 위한 무대

로 흑인 문화를 제시한다는 점에서 미국 흑인의 주변성을 단지 극복의 대상이 아닌 투쟁의 도구로 삼는 중요한 변화를 보여준다.

이러한 1960년대의 흑인 예술 운동과 맞물려 윌슨의 작품활동에 결정적인 영향을 끼친 것이 있다.

> 내 작품에 영향을 미쳤다는 점에서, 나는 네 개의 B로 부르는 것들이 있다. 말하자면 로메어 비어든, 극작가인 이마무 아미리 바라카, 아르헨티나의 단편작가인 호르헤 루이스 보르헤스, 그리고 무엇보다도 가장 큰 B인 블루스다.
>
> In terms of influence on my work, I have what I call my four B's: Romare Bearden; Imamu Amiri Baraka, the writer; Jorge Luis Borges, the Argentine short－story writer; and the biggest B of all: the blues. (Rocha, "August Wilson and the Four B's: Influences" 3)

윌슨은 1965년 어느 가을밤에 블루스 가수 스미스(Bessie Smith)의 음반을 듣는 순간, 우주는 흔들거렸으며 모든 것은 새 자리를 찾았다고 고백했다(*August Wilson Three Plays* ix). 블루스 음악 안에서 윌슨은 미국 흑인들이 글로 쓰지 못한 자신들의 역사를 발견한 것이다. 윌슨은 "우리가 [이 세상에서] 사라지고 어떤 사람이 [블루스] 음반을 발견한다면 그들은 우리의 고통과 쾌락, 신과 악마에 대해서 말할 수 있을 것이다."(Taylor 19)라고 말하기도 했다. 아프리카의 역사와 마찬가지로 구술로 전달되는 블루스 음악은 미국 흑인의 이야기를 담고 있었고, 그 음악을 듣는 순간 윌슨은 자신의 삶과 문화가 매우 소중한 것이며 축복해야 하는 것임을 확인했던 것이다. 블루스야말로 윌슨의 모든 작품에서 중요한 하나의 모티브로서 작용하고 있지만 그중 대표적인 작품은 『마 레이니의 검은 엉덩이』다.

　블루스가 윌슨에게 예술가로서의 시발점을 제공해 주었다면 비어든의 그림은 시인 윌슨에게 극작가로서의 새로운 출발점을 제공해 주었다. 비어든의 그림은 여자 주술사, 기차, 기타 연주자들, 새들, 마스크 한 사람, 세례, 장례, 식사, 퍼레이드 등이 콜라주(collage) 형식으로 모여져 있다. 윌슨은 흑인들의 다양한 삶이 모여 있는 비어든의 그림을 접함으로써 비로소 흑인 고유의 문화와 전통을 내러티브로 구체화할 수 있는 계기를 얻게 된 것이다. 예를 들면 윌슨의 『조 터너 왔다 가다』(*Joe Turner's Come and Gone*)는 비어든의 그림 『밀 핸드의 점심 도시락』(*Mill Hand's Lunch Bucket*)에서 모티브를 얻었다. 윌슨은 피츠버그를 배경으로 한 이 그림에 등장하는 한 흑인 인물에 대한 이야기를 쓰기 시작했으며 그는 그 흑인 인물을 『조 터너 왔다 가다』의 등장인물로 탄생시켰다(Rocha, "August Wilson and the Four B's: Influences" 12).

　블루스와 비어든을 통해서 윌슨은 자신이 위대하고 우아한 문화의 일부임을 알게 되었으며 바로 그것을 극 안에서 표현하고자 시도하게 되었다.

　윌슨은 또한 보르헤스의 글쓰기 전개방식인 스토리텔링에서 큰 영향을 받았다고 로차와의 인터뷰에서 다음과 같이 말했다.

　　그것은 보르헤스가 이야기를 하는 방법이다. 보르헤스의 작품에서, 그것은 무엇이 발생하는가가 아니라, 어떻게 일어나는가이다. 우리가 슬럼가의 한 사람이 민족의 지도자로서 본보기로 머리에 총을 맞을 거라는 사실을 『"죽은 사람"』의 시작 부분에서 듣는 것처럼, 여러 번 그는 먼저 무엇이 일어나는가를 말할 것이다. 모든 관심사는 이야기가 전달되는 방법이다.

It's the *way* Borges tells a story. In Borges, it's not what happens, but *how*. A lot of times, he'll tell you what's going to happen up front, as in ["The Dead Man"] in which we're told at the beginning that a nobody from the slums will be shot in the head as a leader of his people. All of the interest is in how the story is going to be told. (Rocha, "August Wilson and the Four B's: Influences" 13)

이야기 자체가 아니라 이야기를 전달하는 방법에 관심을 두었기 때문에 윌슨의 글쓰기 방식은 독특하다. 그는 작품 전체의 줄거리를 구성한 후 글쓰기를 시작하는 것이 아니라 하나의 생각 또는 대사 한 줄, 어떤 하나의 이미지에서 출발한다. 그 작은 출발점에서 인물과 이야기의 얼개가 자라기 시작한다. 그 다음은 차츰차츰 발견해 나가는 과정이라는 것이다.

예를 들어서 『피아노 레슨』(*The Piano Lesson*)을 쓸 때 윌슨은 "과거를 부인하면서도 자존감을 얻을 수 있을 것인가?"라는 질문으로부터 시작했다. "어떻게 그 질문을 무대 위에서 형상화할 것인가?" 그것은 다음 문제였다. 『피아노 레슨』의 제목은 비어든의 그림 제목에서 빌려 왔다. 그리고 몇 개의 대사를 적기 시작한다. 누가 말하는 것인가를 분명히 해야 할 때 비로소 작가는 인물에게 이름을 붙인다. 『두 대의 기차가 달리고』(*Two Trains Running*)를 쓸 때도 마찬가지였다. 전체 작품에 대한 윤곽도 없이 그는 한 줄의 대사에서 시작한다. 그런 대사들이 모이고 화자를 찾으면서 작품은 형상화된다 (Savran 294).

이상과 같이 1960년대의 흑인 예술 운동과 맥을 같이하는 바라카와 더불어 비어든, 보르헤스 그리고 블루스의 영향력은 윌슨의 모든 작품에 골고루 혼합되어 있다. 로차는 이와 같은 월슨의 특색을 가정에 비유하여 바라카를 형, 베씨를 어머니, 비어든을 아버지로 묘사하고 있다(Rocha, "August Wilson and the Four B's: Influences" 12). 따라서 월슨의 작품을 보르헤스의 글쓰기 방식으로 전개된 한 가정사의 이야기라고 해도 과언은 아니다. 월슨에게 영향을 미친 이와 같은 4B는 아프리카 구전문학에서 비롯된 전통문화의 부분들이다. 흑인 문화 민족주의자로 자처하며 흑인의 전통이나 생활방식을 흑인의 시각으로 기술하고자 끊임없이 노력하는 월슨에게 있어서 4B의 중요성은 필연적이라 할 수 있다.

그러나 미국 흑인들의 문화는 원래 아프리카를 기원으로 하지만, 노예제를 통해 백인 사회와의 접촉을 거쳐서 현재의 모습을 갖추게 되었으므로 아프리카 문화인 동시에 미국 문화라 할 수 있다.

> 흑인 문화는 아프리카 문화에 기반을 두고 있지만, 이 나라에서 생겨났다. 흑인 문화는 노예제와 그 속에서의 생존에 기반을 두고 있다. 흑인 문화는 분명히 미국 문화다. 그것은 아프리카가 아닌 미국에서 발달했던 것이다. 그렇지만 미국 흑인들이 원래 아프리카인이었으니 아프리카 문화이기도 하다. 그래서 우리는 미국인으로서의 공통점을 공유하고 있지만 차이점도 있다……우리는 무엇이 아름답고 무엇은 아름답지 않느냐에 관한, 곧 스타일과 미학에 관해 서로 다른 견해를 가지고 있다. 그러나 그 말이 곧 서로 공존할 수 없다는 의미는 아니다. 서로의 문화적 차이를 인식하고 받아들일 수도 있다. 미국은 종종 흑인들이 자신들에게 고유한 문화를 가지고 있음을 인정하기를 거부한다. 미국은 종종 흑인들을 백인들과 백인 문화를 복사하는 카본지이기를 기대한다.

> Black culture is based on African culture, but black culture occurred

　오거스트 월슨의 화해와 통합을 위한 무대

in this country. It's based on slavery and survival. Black culture is a distinctly American culture. It was developed in America, not Africa. But because the people were originally African, it's an African culture. So we share commonalities as Americans, but there are differences⋯⋯ We have different ideas about style and aesthetics, about what is beautiful and what is not, but that doesn't mean that we can't get along with one another. We can recognize each other's cultural differences and accept them. America often refuses to accept that blacks have their own culture. America often expects blacks to be carbon copies of whites and white culture. (Digaetani 280)

윌슨은 백인 문화가 지닌 지배 문화로서의 현재의 지위는 인정하지만 이를 절대적인 것으로 간주하지는 않는다. 미국 사회의 구성원들을 모두 포함할 수 있는 미국인이라는 공통된 범주가 있고, 유럽에서 이주한 미국인, 아프리카에서 이주한 미국인 등의 구별이 있을 뿐이라는 것이다. 따라서 윌슨은 백인 문화가 현재 누리고 있는 주류로서의 특권을 제거함으로써, '미국인으로서의 공통된 배경은 공유하되, 그 경험에 있어서는 서로 차이를 지니는'(*The Ground On Which I Stand* 71) 새로운 질서의 구축을 궁극적인 목표로 삼는다고 할 수 있다.

사이드(Edward W. Said)가 『오리엔탈리즘』(*Orientalism*)에서 "토착 문화주의는 유일한 대안이 아니다. 세계에 대한 보다 더 관용적이고 다원적인 전망의 가능성이 존재한다."(277)라고 말한 것처럼 윌슨의 글쓰기는 지나친 흑인성만을 고집하는 폐쇄적인 글쓰기가 아니다. 그는 미국 사회에 아프리카계 미국인으로서 흑인들의 미국을 상정함으로써 종족적 뿌리로서의 아프리카를 중시하면서도 동시에 미국 사회를 삶의 터전이자 저항의 장으로 인식하고 받아들인다. 그는 백인을 향한 직접적인 정치적 해방을 요구하기보다는 백인이 상정한 흑인들의 지식·체계를 해체하고 전복하려는 대항담론을 내세운다.

그 방법의 일환으로서 윌슨은 20세기 미국 흑인의 역사를 1900년대부터 2000년대까지 10년 단위로 다시 쓰고 있다. 이로 인해 헤리슨(Paul Carter Harrison)은 윌슨을 '아프리카계 미국인의 경험을 기록하는 자'("August Wilson's Blues Poetics" 292)로 불렀다. 이러한 윌슨의 역사 쓰기는 흑인들의 역사를 주체적인 관점에서 다시 쓰는 적극적인 행위인 동시에 미래 지향적이다.

> 내게 역사의 중요성은 단지 당신이 누구이고 당신이 어디에 있었는지를 밝혀내는 데에 있다. 만약 누군가 다른 사람이 당신의 역사를 쓰고 있다면 역사는 더욱 중요해진다. 나는 미국에서의 흑인들은 국민으로서 그들이 행한 선택을 보기 위해서 그들이 여기서 보낸 시간을 재점검할 필요가 있다고 생각한다. 나는 올바른 선택이었다고 확신하지 못한다. 그것이 내가 역사에서 관심을 두는 부분이며, "이것을 다시 들여다보고 우리가 어디서 왔으며 그리고 어떻게 우리가 지금 상황에 처하게 되었는지를 들여다보자."라고 말하려는 것이다. 그것을 안다면 앞으로 어떻게 나아가야 할지를 결정하는 데 도움이 될 것이라고 생각한다.

> The importance of history to me is simply to find out who you are and where you've been. It becomes doubly important if someone else is writing your history. I think Blacks in America need to re-examine their time spent here to see the choices that were made as a people. I'm not certain the right choices have been made. That's part of my interest in history—to say "Let's look at this again and see where we've come from and how we've gotten where we are now." I think if you know that, it helps determine how to proceed with the future.

 오거스트 윌슨의 화해와 통합을 위한 무대

(Powers 52)

비록 연대기순으로 쓰지는 않았지만 윌슨은 1900년대를 배경으로 한『대양의 보석』(*Gem of the Ocean*), 1910년대를 배경으로 한『조 터너 왔다 가다』(1988), 1920년대를 배경으로 한『마 레이니의 검은 엉덩이』(1984), 1930년대를 배경으로 한『피아노 레슨』(1990), 1940년 대를 배경으로 한『일곱 개의 기타』(*Seven Guitars* 1996), 1950년대 를 배경으로 한『울타리들』(*Fences* 1987), 1960년대를 배경으로 한『두 대의 기차가 달리고』(1992), 1970년대를 배경으로 한 『소형버스』(*Jitney* 2000), 그리고 1980년대를 배경으로 한『킹 헤들리 2세』(*King Hedley II* 2001)를 완성하였다.

2003년 4월에 시카고의 굿맨 씨어터(Goodman Theater)에서 첫 공 연을 가진『대양의 보석』을 제외한 위의 모든 작품들은 뉴욕 극 비 평가상을 수상했을 뿐만 아니라 브로드웨이 무대에 올려져 많은 호 평을 받았다. 그중『피아노 레슨』과『울타리들』은 퓰리처상을 받아 상업적인 면에서도 성공을 거두었다. 특히『울타리들』은 토니상까지 받은 작품으로 공연 첫해에만 해도 1100만 달러를 벌어들여 뮤지컬 이 아닌 극으로는 브로드웨이 사상 최고의 흥행수입을 올렸으며 또 한 파라마운트 영화사에 50만 달러를 받고 영화 제작권까지 판매하 였다. 또한 윌슨은 록펠러(Rockefeller)와 구겐하임 펠로쉽(Guggenheim Fellowship)을 수상했으며 1999년에는 국민인문훈장(National Humanities Medal)을 받았다. 윌슨이 흑인 작가임에도 불구하고 이러한 성공을 거둘 수 있었던 것은 고통의 질곡 속에서도 삶을 일구어 내려는 흑 인들의 보편적인 인간의 삶을 미래 지향적으로 그려냄과 동시에 더 나아가 인종을 초월한 화해와 통합을 위한 작가의 글쓰기 때문이었다고 볼 수 있다.

현대의 미국 사회가 안고 있는 문제점 중의 하나는 아프리카 출신의 미국인들, 멕시코 계통의 이주민들, 그리고 미국 원주민인 인디언들과 같은 다문화와 다인종으로 이루어져 있기 때문에 이질적인 요소들에 대한 차이를 인정하고 존중하면서 그러한 요소들이 함께 어우러져 새로운 질서를 창조해 조화로운 세계가 되도록 노력해야 한다는 점일 것이다. 어떤 것도 순수하게 독자적으로 존재할 수 없다는 것을 확인한 윌슨은 과거와 현재, 흑인과 백인, 여성과 남성들의 요소가 함께 어우러져 변화하고 발전해 나가는 것이야말로 이 시대의 진정한 흑인 미학으로 간주한다. 윌슨은 중심과 절대적 논리를 해체하며 상대주의와 다원주의를 통해 중심과 주변의 협력을 통한 화해를 추구하고 이질적인 요소들 간의 조화를 통한 공존을 모색하기 위해 역사 다시 쓰기를 시도하고 있는 것이다.

본 연구에서는 이상과 같은 윌슨에 대한 이해를 바탕으로 그의 여섯 편의 작품들을 통해서 윌슨이 흑백의 진정한 화해와 통합의 무대를 위한 자신의 글쓰기를 각각의 작품을 통해 어떻게 드러내는지 살펴보고자 한다. 지금까지의 윌슨의 극에 대한 연구 동향을 살펴보면, 그에게 영향을 미친 작가와의 관련성 연구,[2] 블루스를 비롯한 미국 흑인 문화와의 관련성 연구,[3] 작품 속에 등장하는 여성들에 관

---

2) 헤링턴(Joan Herrington)과 로차(Mark William Rocha) 등의 연구가 대표적이라 할 수 있으며 이들은 윌슨의 작품과 윌슨에게 영향을 미친 소위 '4B'(Blues, Baraka, Bearden, Borges)와의 관련성을 보여준다. 특히 헤링턴은 *I Ain't Sorry for Nothin' I Done*에서 4B의 영향뿐 아니라 윌슨의 작품이 어떤 과정을 거쳐서 현재의 모습을 지니게 되었는가에 대해 자세히 보여준다.

3) 노블스(Vera Lynn Nobles), 해리스(Trudier Harris), 갠트(Patricia Gantt), 아델(Sandra Adell), 헤리슨(Paul Carter Harrison), 글로버(Margarett Glover), 쉐넌(Sandra G. Shannon) 등의 연구를 들 수 있다. 이들은 윌슨이

한 연구,4) 그리고 최근에는 아프리카인이면서 동시에 미국인이라는 이중적 정체성의 문제에 관한 연구5)가 윌슨의 역사 다시 쓰기라는 측면에서 시도되고 있다. 기존의 이러한 윌슨에게 영향을 미친 작가와의 관련성 연구, 블루스를 비롯한 미국 흑인 문화와의 관련성 연구, 작품 속에 등장하는 여성들에 관한 연구는 윌슨의 작품 중 일부분만을 분석한다는 한계점이 있으며, 미국인이라는 이중적 정체성의 문제에 관한 연구는 단지 시대적 연대기순으로 추정하는 미흡함을 드러낸다.

그러나 윌슨의 작품들은 위의 연구 내용들이 특정 작품에 한정되어 수록된 것이 아니라 대부분의 작품 속에 모두 다 응집되어 있어

작품 속에서 자주 사용하는 흑인의 전통은 아프리카에서 기원한 정신적 유산 혹은 남부 노예제하에서의 경험과 밀접한 관련이 있음을 보여주며, 과거의 전통유산이야말로 현재 흑인들의 정체성 추구에 필수적이라고 주장한다.

4) 젠더(gender)문제와 관련된 비평가들로는 마라(Kim Marra), 엘럼(Harry J. Elam, Jr.), 쉐넌(Sa-ndra G. Shannon) 등 여성론적 시각에서 윌슨의 작품을 분석하는 부류와 클락(Keith Spencer Clark) 등과 같이 윌슨극의 남성 등장인물들을 분석하는 부류로 나눌 수 있다. 마라를 비롯한 여성론적 시각에서 바라본 비평가들은 흑인 남성들을 강한 흑인 여성에 대해 불안감을 지니는 자들로 묘사하며 이러한 흑인 남성들을 주로 비평 모델로 삼는다. 한편 남성 등장인물을 주로 분석하는 클락은 윌슨극의 남성들은 자신의 삶에 주체적으로 참여하는 새로운 모델의 남성들이라며 긍정적인 평가를 내린다.

5) 페레이라(Kim Pereira), 보그밀(Mary L. Bogmil), 울프(Peter Wolfe) 등이 아프리카인이면서 동시에 미국인이라는 이중적 정체성의 문제를 윌슨의 역사 다시 쓰기라는 측면에서 시대별로 작품을 분석하고 있다.
국내의 연구로는 이원주의 「20세기 미국 흑인 역사 다시쓰기」, 김옥희의 「오거스트 윌슨과 미국 흑인의 정체성회복」, 조숙진의 「어거스트 윌슨의 작품에 나타난 흑인 정체성의 시대적 변화」라는 학위논문이 있으며, 소논문으로는 김소임의 「어거스트 윌슨과 블루스-*Ma Rainey's Black Bottom*을 중심으로」, 정병언의 「공간적 거리화와 차이의 정치-오거스트 윌슨의 *Fences*를 중심으로」가 있다.

서 각각 연구 내용별로 분류하기가 조심스럽다. 뿐만 아니라 모든 작품 속에서 흑인들 스스로 새로운 흑인 신화를 찾기 위해 노력함과 동시에 새로 만든 흑인 신화를 바탕으로 변화의 흐름에 맞는 백인 사회와의 조화 그리고 흑인 개개인은 물론 가족, 더 나아가 흑백의 화해와 통합을 향한 삶의 방향이 제시되어 있다. 『캠브리지 연극 안내서』(*The Cambridge Guide to Theatre*)의 윌슨 소개란에 "윌슨은 지난 십년 동안 미국에서 가장 풍요로운 연극적 목소리로 등장하였으며 흑인가족과 흑인공동체를 보다 폭넓은 계층의 관객에게 해부해 보임으로써 흑인 극작가의 범주를 넘어서는 데 성공했다."는 평가에서 보듯 윌슨의 글쓰기야말로 흑인 비평가는 물론 백인 비평가들로부터 흑인들의 전통을 긍정하며 현상을 넘어서는 작가로 인정받는 점이며 흑백의 차원을 넘어선 화해와 통합을 위한 무대로 향하는 것이다.

　백인 사회를 정면으로 공격하기보다는 흑인들의 의식을 일깨워서 그들이 자립할 수 있도록 격려하는 윌슨의 글쓰기는 정전 고쳐 읽기, 전통문화 되살리기, 역사 바로 세우기라는 측면으로 요약된다. 정전 고쳐 읽기는 일반적으로 백인의 힘과 인식의 중심축은 물론 그들이 흑인에게 부여한 기존의 흑인상을 해체시키고 새로운 흑인 신화를 찾아 유지하려는 흑인들의 노력으로 나타난다.

　전통문화 되살리기는 아프리카 민속문화에 뿌리를 둔 블루스, 스토리텔링 기법, 난절 의식, 요루바문화, 주바춤 그리고 다양한 제의식 등이 흑인들의 삶에 용해되어 나타난다. 더 나아가 윌슨은 흑인문화는 물론 시대에 맞는 백인의 보편적인 문화의 수용을 보여줌으로써 미국 문화에 다국적 문화의 중요성과 동시에 조화로운 인간상을 제시하여 부조화에서 조화로의 접근방법을 보여준다.

　오거스트 윌슨의 화해와 통합을 위한 무대

　역사 바로 세우기는 흑인들이 스스로 찾은 새로운 흑인 신화를 바탕으로 자신들의 전통을 재정립하여 민족의 존엄성을 고무시킨 후 흑인가족 간의 갈등은 물론 더 나아가 흑백의 갈등을 화해와 통합으로 보여주고 있다. 따라서 본 연구는 윌슨의 여섯 편의 극작품을 작품 속에서 다룬 연대기순으로 다루지 않고 화해와 통합으로 이르기 위한 흑인들의 의식과 위에서 밝힌 윌슨의 글쓰기에 따라 흑과 백의 이분법적인 관계나 절대적인 논리보다는 상대주의를 통한 미국 흑인들의 삶의 방향을 고찰해 보고자 한다.

　윌슨이 스스로 붙인 '흑인 문화 민족주의자'라는 꼬리표와 작품들에서 두드러지게 드러나는 흑인의 전통문화로 인해 백인의 이념이 완전히 거부되는 오해의 소지가 있을 수도 있다. 이러한 오해의 여지를 배제하기 위해 각 작품마다 등장인물들이 지배 사회와의 관계를 맺기 위한 방향 설정과 그 문제점을 분석하여 흑인의 역사를 다시 쓰는 윌슨의 글쓰기가 화해와 통합이라는 주제적 접근 방향으로 나아가고 있음을 밝힐 것이다. 이와 같은 의도에서 2장에서는 '새로운 흑인 신화를 찾아서'라는 측면에서 『조 터너 왔다 가다』와 『두 대의 기차가 달리고』를, 3장에서는 '부조화에서 조화로'라는 측면에서 『마 레이니의 검은 엉덩이』와 『일곱 개의 기타』를, 4장에서는 '화해와 통합'이라는 측면에서 『피아노 레슨』과 『울타리들』을 살펴보겠다. 그리고 마지막 결론에서는 위와 같은 윌슨의 글쓰기가 문화의 혼합과 공통의 경험을 통한 세계의 '거리 좁히기'이며 다원주의를 통한 협력과 통합을 위한 무대로 향하고 있음을 살펴볼 것이다.

Ⅱ. 새로운
흑인 신화를 찾아서

미국 사회에서 역사적인 타자일 수밖에 없었던 흑인들이 아프리카계 미국인으로서 자신의 위치를 바로잡기 위해서는 흑인의 역사를 바로 세워야 한다. 파농(Frantz Fanon)이 『대지의 저주받은 자들』(*The Wretched of the Earth*)에서 식민화란 단지 주민의 통제에만 관심을 두는 것이 아니라, 피식민자의 역사를 취한 다음 "그것을 왜곡시키고 변형시키며 파괴시킨다."(170)라고 주장한 것처럼 미국 내에서 흑인들의 역사는 백인들이 부여한 허구의 역사이다. 따라서 흑인들은 백인들에 의해서 부여된 자신들의 허구의 역사를 무너뜨리고 새로운 흑인의 역사를 구축하여 발화되지 않은 역사를 스스로 말할 수 있는 길을 모색하지 않을 수 없었다.

그러므로 윌슨이 아프리카계 미국인으로서 백인 사회에서 정체성을 찾고, 인간다운 삶을 영위하기 위해 어떻게 살아야 하는가에 대한 본질적인 문제에 귀를 기울이는 것은 당연한 결과라 할 수 있다. 자신이 누구이며 어디서 왔는가에서 출발하는 윌슨의 삶에 대한 욕구는 삶의 본질과 지평은 자신을 아는 데 있으므로 "만약 자기 앎을 전제하지 않을 경우 인간은 그저 어떤 역할만을 수행하게 되어 결국은 자신의 창의적인 가능성을 전혀 의식하지 못한 채, 무조건 다른 사람의 권위에 굴복하면서 자신을 비하시킨다.”(Walker 121)는 주장과 뜻을 같이한다. 그러므로 흑인들이 단지 백인이 부여한 역할만을 수행하는 허수아비가 아니라 주체적인 삶을 살아가기 위해서는 먼저 정체성을 찾아야 한다.

밀즈(Alice Mills)가 “윌슨은 자신의 작품에서 끊임없이 정체성의 추구를 시도하고 있으며 정체성과 연결되어 있는 역사적, 사회적, 지리적 측면을 따라 정체성 탐색을 위한 정신적 항해를 하고 있다.”(30)라고 한 것처럼 윌슨의 등장인물들은 백인 사회에 함몰되지 않고 미국 시민으로서 살아가기 위해 정체성 찾기에 주력한다. 이러한 의미에서『조 터너 왔다 가다』와『두 대의 기차가 달리고』는 작품의 시간적 배경이 50년간이라는 차이가 있지만 같은 맥락에서 읽어 낼 수 있다.

『조 터너 왔다 가다』는 1910년대에 있었던 흑인의 대이주(The Great Migration)라는 사건을,『두 대의 기차가 달리고』는 1960년대에 있었던 인종차별과 억압을 극복하려 했던 민족주의적 운동인 블랙 파워 운동을 모티브로 삼고 있다. 그러나 윌슨은 이러한 사건들 자체를 극의 중심부에 두지 않는다. 그는 흑인 연극이야말로 흑인의 개인적 그리고 집단적인 삶의 내면적인 모습을 충실하게 그려냄으로써 흑인의 의식 고양에 더 효과적인 도움을 줄 수 있다고 생각하기에 등장인물이 직면한 삶에 초점을 두었다. 쉐넌의 다음과 같은 주장은 윌슨이 흑인들의 정체성 찾기 과정을 등장인물들의 삶을 통해서 보여 준다는 것을 입증해 준다.

윌슨의 인물들은 미국 백인들의 양심을 매도하기보다 오히려 살아가기 위해 자신들의 집단적인 과거와 개인의 과거를 동시에 발견하고 인정하며 그러한 과거와 부둥켜 씨름하는 데 몰두하고 있는 듯하다. 아프리카와의 연장선상에서 그것을 다시금 새롭게 하고 다시 주장함으로써 문화적 분열의 결과를 극복하는 데 그들의 초점이 맞추어져 있다. 따라서 윌슨은 미국적 상황 밖에서가 아니라 미국적 상황 내에서 흑인의 경험을 보다 이성적이고 보다 입체적으로 그려내고 있다.

Instead of assailing white America's conscience, his characters seem preoccupied with discovering, acknowledging, and grappling with both their collective and individual pasts in order to move their lives forward. Their focus is upon overcoming the effects of cultural fragmentation and renewing their strength by reclaiming the African continuum. Thus, Wilson renders more cerebral, more three dimensional accounts of the black experience within—not apart from or outside of—the context of America. (*The Dramatic Vision Of August Wilson* 166)

이 두 작품의 시간적 배경이 암시하듯 『조 터너 왔다 가다』에서 등장인물들의 정체성 찾기는 노예제도가 남긴 정신적 억압을 없애기 위한 흑인들 내부의 갈등과 완화로의 과정이라면 『두 대의 기차가 달리고』는 내부의 갈등을 해결한 흑인들이 더 나아가 백인 사회에서 흑인의 것 찾기로 나아가고 있다. 즉 『조 터너 왔다 가다』에서 등장인물들은 흑인 대이주기에 꿈을 찾아 북부로 이주하여 노예제도의 억압을 벗어버리고 흑인들 간의 내부에서 정체성을 찾는다면 『두 대의 기차가 달리고』는 북부 사회에서 백인과 맞서서 빼앗긴 자신의 것을 찾아 다시 남부로의 이동을 꿈꾼다.

이러한 정체성 찾기 과정에서 필연적으로 따르는 흑인 문화의 재정립과 이를 바탕으로 세워진 새로운 흑인 신화는 이 작품들을 민족, 계급, 지역, 성차의 여타 담론적, 억압적 노선을 능가하여 총체화한 의미체계를 제공하고 있다.

1. 『조 터너 왔다 가다』

(1) 정체성을 찾아서

  윌슨의 역사 다시 쓰기라는 의도하에 시도된 첫 번째 작품인 『조 터너 왔다 가다』는 1911년을 시대적 배경으로 하고 있다. 이 시기는 해방을 맞은 미국 흑인들이 자신들의 생활 터전이었던 남부의 농장에서 새로운 삶을 시작하려 했지만 남부 백인 사회의 배타성 때문에 뜻을 이루지 못하고 북부로의 본격적인 이주가 있었던 때이다. 윌슨은 이러한 역사적 사건을 전경에 배치함으로써 백인들에게 호소하고 배후에서는 기존 정착민의 삶과 이주자들의 삶을 보여줌으로써 흑인들에게 주체적이고 능동적인 삶의 방향을 제시하고 있다.

  이 극의 전경을 차지하고 있는 흑인 대이주에 관한 원인을 학자들마다 다양하게 주장하고 있다. 당시 경제적 상황에 주안점을 둔 막스(Carol Marks)는 흑인 대이주에서 북부로 이주한 흑인들은 '조연' 역할에 불과하며 '주연'은 쇠락해 갔던 남부의 경제와 값싼 노동력을 필요로 했던 북부의 상황이었다고 주장한다(48). 즉 1910년대의 흑인 대이주는 면화 가격의 폭락과 면화 수확의 감소, 기계화로 인한 잉여 노동력 등과 같은 남부의 사회 경제적 요인과 세계 제1

차 대전의 발발로 인해 유럽으로부터 유입되던 이주민의 수가 급격히 감소함으로써 북부 산업 사회에 생긴 노동력 부족이 맞물린 순전히 경제적인 현상이라는 것이다.

역사적인 측면에서 당시의 상황을 분석한 아데로(Malaika Adero)에 의하면 흑인 대이주는 시카고에서 발행되었던 흑인 신문인 ≪시카고 디펜더≫(*Chicago Defender*)에 의해 촉발된 미국 흑인들의 인간적 삶에 대한 열망이며, 노예 해방 이후에도 여전히 존재했던 흑백 분리와 차별을 제도화시킨 '짐 크로우 법'(Jim Crow Laws)으로부터 벗어나려는 노력의 일환이었다고 설명한다. 또한 그로스만(James Grossman)은 흑인 대이주를 '역사적 명령에 의한 것이기보다는 [미국 흑인들의] 의식적이고 의미 있는 행위'(6)로 파악함으로써 이주자들의 주체적이고 능동적인 의지를 역사적인 요인보다 중요하게 취급한다. 이와 같은 의미에서 그로스만은 1910년대의 흑인 대이주를 '제2의 노예 해방'(19)에 견줄 만한 상징적인 사건으로 간주한다.

노예들은 이동의 자유에 있어 제한을 받았을 뿐 아니라, 남부 내에서의 강요된 이주로 고통 받았다. 많은 흑인들은 작가 하워드 써만의 말처럼 이동할 수 있는 능력을 '자유가 나타내는 여러 가지 의미들 중에서 심리적으로 가장 극적인 것'으로 간주하게 되었다. 해방이 되자 과거에 노예였던 이들은 자신들이 새로 획득한 지위의 가장 의미 있는 요소 중의 하나로 이동의 자유를 움켜쥐었던 것이다. 그 결과 그들과 그들의 아이들은 평등과 기회를 누리기 위해 남부의 시골에서, 남부의 도시로, 마침내 북부의 도시로 이주하였지만, 그들의 꿈은 좌절되었다.

Slaves suffered both restrictions on their freedom of movement and coerced migration within the South, and many blacks came to regard

 오거스트 윌슨의 화해와 통합을 위한 무대

the ability to move as, in writer Howard Thurman's words, "he most psychologically dramatic of all manifestations of freedom." Upon eman－cipation ex－slaves seized upon spatial mobility as one of the most meaningful components of their newly won status. Subsequently they and their children moved, within the rural South, to southern cities, and finally to northern cities, in a frustrating quest for equality and opportunity. (19)

노예주의 허가증 없이는 농장을 떠날 수조차 없었던 노예 시절에서 해방을 맞이한 흑인들이 다른 곳으로 이동한다는 것은 노예의 신분으로부터 벗어난 주체적 인간으로서의 자유를 확인할 수 있는 거의 유일한 방법이었다. 따라서 흑인 대이주는 비록 이들의 이주가 '좁고 구불꾸불한 자갈길'을 깔고, '코크스 용광로의 불길' 속에서 쇠를 다루는 호구지책을 위한 것이었지만, 자유민으로서의 새로운 정체성을 획득하기 위한 탐색이었다. 이 작품의 서문6)에서 윌슨은 평등과 기회를 찾아 '약속의 땅'인 북부로 향했던 당시의 미국 흑인들에 대해 다음과 같이 묘사한다.

남부 최남단과 북부에 인접한 남부 지역으로부터 갓 해방된 아프리카 노예들의 아들들과 딸들이 도시로 흘러 들어온다. 고립되고, 기억으로부터 단절된 채 신들의 이름도 망각하고 단지 그들의 얼굴을 짐작만 하면서, 망연자실한 채로 도착한다. 성경책과 기타를 들고 도착하는 그들의 심장은 가치 있는 노랫소리로 가슴속에서 뜀박질하고 있다. 호주머니는 먼지와 새로운 희망으로 가득 채운 채, 낙인찍힌 남녀들이

---

6) 『오거스트 윌슨의 세 개의 극작품들』(*August Wilson Three Plays*)에 수록된 『조 터너 왔다 가다』를 말하며 이 작품과 앞으로 소개될 『마 레이니의 검은 엉덩이』와 『울타리들』의 작품에 관한 인용문은 이 책의 쪽수임을 밝힌다.

좁고 꾸불꾸불한 자갈길과 코크스 용광로의 불 바람으로부터 자신들의 변화 가능한 일부를 두들기고 변형하여 확실하고 진정한 가치를 지닌 자유민으로서의 새로운 정체성을 만들어 낼 방법을 찾고 있다.

> From the deep and the near South the sons and daughters of newly freed African slaves wander into the city. Isolated, cut off from memory, having forgotten the names of the gods and only guessing at their faces, they arrive dazed and stunned, their hearts kicking in their chest with a song worth singing. They arrive carrying Bibles and guitars, their pockets lined with dust and fresh hope, marked men and women seeking to scrape from the narrow, crooked cobbles and the fiery blasts of the coke furnace a way of bludgeoning and shaping the malleable parts of themselves into a new identity as free men of definite and sincere worth. (203)

위에서 보듯 흑인들이 자유민으로서의 정체성을 찾는 길은 자신들의 일부를 찾아 그것들을 변형하여 자신들의 것으로 만들어야 한다. 비록 아프리카의 유산이 부분적으로는 불타 없어졌을지라도 노예제도라는 공동조건에 의해서 흑인들이 모이게 되면 다시 살아나게 된다. 따라서 이들은 찾아 헤맨다. 이로 인해 등장인물들은 가장 큰 상처 중의 하나인 이산가족의 아픔을 경험하게 된다. 이들은 가족을 찾기 위해 한곳에 정착하지 못하고 끝없이 어디론가 이주한다. 쉐넌의 말처럼 이들은 사실 '명백하고 진실한 가치가 있는 자유민으로서 새로운 정체성'("The Good Christian's Come and Gone: The Shifting Role of Christianity in August Wilson's Plays" 137)을 찾기 위한 정신적인 여행은 물론 잃어버린 가족을 찾고자 헤매다가 북부 산업 사회로 이주하게 된 것이다. 그러나 이들을 기다리고 있는 것은 희망과 약속이 보장된 땅이 아니라 험하고 불 바람이 이는 곳이었다.

먼저 이들은 북부 산업 사회에서 자리를 잡은 세쓰(Seth)라는 하숙집 주인과의 갈등에 부딪힌다. 세쓰는 50대 초반으로 하숙집 주인이자 밤 시간에는 오로우스키(Mr. Olowski)의 공장에서 일하고, 또한 셀릭(Selig)에게 쓰레받기를 만들어 주고 이에 대한 대가를 받는 일을 한다. 세 가지 일을 동시에 하면서 나름대로 북부 산업 사회에서 안정을 찾아가는 기존 정착민이다. 힘겹게 북부 산업 사회에 정착한 세쓰에게 있어서 무엇보다도 중요한 것은 자신의 위치를 지켜 나가는 것이다. 따라서 세쓰는 자신들을 적대시하는 북부 산업 사회의 이념에 순응하면서 하나씩 쌓아 온 평판이 하숙인들로 인해 손상될까 봐 염려한다.

극의 첫 장면에서 세쓰는 하숙집 뒤뜰에서 바이넘(Bynum)이 비둘기를 제물로 바치는 의식을 거행하는 모습을 보고 '미친 짓'(1)이라고 비웃는다. 극의 시작부터 정착민인 세쓰가 바이넘이 치르는 의식을 비난하고 계속해서 경계의 눈길로 주시하는 것은 그들이 북부 산업 사회에서 어떻게 살아왔는가를 보여주는 단적인 예라 할 수 있다. 북부 사회는 건국 초기부터 미국의 발전에 기여한 미국 흑인들보다 피부색이 같고 동일한 문화적 배경을 지닌 백인 이주자들에게 한결 우호적이다.

> 세쓰: ······백인들이 전 세계에서 몰려들고 있어. 백인들은 건너온 지 채 6개월도 되지 않아서 내 재산보다 많은 것을 가지게 되지. 그런데도 이 검둥이들은 계속해서 몰려온단 말이야. 걸어서······말을 타고서······성경책을 가지고서 말이야.

> SETH: ······White fellows coming from all over the world. White

fellow come over and in six months got more than what I
got. But these niggers keep in coming. Walking……riding……
carrying their Bibles. (209)

이러한 북부 산업 사회에서 얻은 위치이기에 그 자리를 지키고자
전전긍긍하는 세쓰의 모습은 다른 흑인 이주자들과의 갈등을 낳는
다. 바이넘이 토요일 아침이면 하숙집에서 재즈를 불러댐으로써 자
신의 존재를 알리는 제레미(Jeremy)의 행방을 묻자 세쓰는 술에 취
해 망나니처럼 행동을 해서 경찰관이 그를 잡아갔다고 한다. 바이넘
이 경찰관들은 그를 오래 붙잡아 두지 않을 거라며 머지않아 다시
하숙집에 올 것이라고 추측하자 세쓰는 “이 집은 평판 좋은 집이다.
나는 술주정뱅이나 이 근처의 망나니들은 받아들일 수 없다.”라고
단호하게 주장한다(47). 이러한 세쓰의 태도는 흑인 대이주기 당시의
흑인 내부의 갈등은 물론 더 나아가 북부 산업 사회가 미국 흑인들
에게 가하는 차별의 성격을 알려주기도 한다. 기존 정착민과 이주자
들 간의 당시의 갈등 상황을 그로스만은 다음과 같이 설명한다.

시카고의 흑인 중산층은 남부의 흑인 민속문화에서 긍정적인 가치
를 거의 발견할 수 없었다. 그 문화는 남부의 농경 사회에서 흑인들
이 지닌 의존성과 비참함을 상징했기 때문에 현대의 북부 도시에서
자리를 잡을 수가 없었고, 전형적인 흑인상에 대한 백인들의 통념을
확인시켜 주었을 뿐이었으며 그 결과 시카고의 흑인공동체가 내세우
고 싶었던 이미지에 먹칠을 하게 되었다. 차후에 일부 기존 정착자들
이 회상했던 것처럼 이주자들이 도착하기 전의 인종관계의 ‘황금기’는
비록 그것이 노골적인 갈등과 흘러버린 세월에 의해 왜곡된 견해가
표명된 것이긴 했지만 시카고의 흑인들은 그들이 획득했던 공민권을
확보하기 위해 오랫동안 열심히 일해 왔다.

  오거스트 윌슨의 화해와 통합을 위한 무대

Chicago's black middle class could see little redeeming value in
southern black folk culture. Symbolizing the dependency and degradation
of blacks in the rural South, it had no place in the modern northern
city and only confirmed white stereotypes, thereby tarnishing the image
that Chicago's black community wished to project. Although the "golden
age" of race relations before the migrants arrived, as later recalled by
some Settlers, represented a view distorted by time and open conflict,
black Chicagoans had worked long and hard to attain what civil rights
they had won. (152)

실제로 오랜 세월 동안 자신의 목소리도 내지 못하고 묵묵히 일한 대가로 얻은 위치이기에 세쓰의 염려는 그만큼 더 큰 것이다. 남부로부터 이주하는 흑인들로 인해 지금까지의 인종관계의 황금 시대가 깨질지도 모른다는 세쓰의 두려움에 대한 표출은 루미스(Loomis)의 등장 이후에 더욱 커진다.

일요일 저녁마다 하숙집에는 아프리카 노예들의 링 샤우츠(Ring Shouts)의 추억담으로 부름과 응답의 춤인 주바춤이 거행된다. 모두가 열중하고 있는 가운데 루미스는 그만두라고 소리치더니 어느 순간 자신이 성령(Holy Ghost)을 보았다며 갑자기 춤을 추기 시작한다. 루미스는 춤을 추다가 바닥에 드러누워 물 위를 걷는 뼈들을 보았는데 그 뼈들은 바로 흑인들이라고 말한다. 루미스는 안간힘을 다하여 바닥에서 일어나려고 노력하나 설 수가 없다. 이러한 루미스의 정신 혼란 상태를 목격하고 세쓰는 그를 이 집에서 내보내야 된다고 강력히 주장한다. 딸까지 있는 루미스를 어디로 보내냐고 반대하는 버싸(Bertha)의 의견에도 세쓰는 아랑곳하지 않는다. 세쓰는 루미스를 처음 보았을 때 뭔가 심상치 않아 보였다며 그가 어디로 가든지 자신은 신경 쓰지 않는다고 말한다.

세쓰를 비롯한 기존 정착민들의 최고의 과제는 북부 산업 사회라는 적대적 환경하에서 살아남는 것이었으므로 이들은 북부 산업 사회의 기존 질서를 철저히 추종해 왔다. 따라서 백인 중심 사회의 질서와 이념에 반하는 바이넘, 제레미, 루미스와 같은 흑인들은 세쓰와 같은 기존 정착민들에게는 위협적일 수밖에 없다. 백인 사회는 남부 이주자들과 북부의 기존 정착민들을 차별화하지 않고 같은 흑인으로 간주하기 때문에 세쓰는 백인 사회의 비난거리가 될 남부 출신 흑인들과는 의도적으로 거리를 두고, 자신들과 남부 이주자들 간의 경계를 긋고자 한다.

세쓰가 맺는 백인 사회와의 관계 역시 남부에서 이주해 온 흑인들의 그것과 크게 다르지 않다. 세쓰는 숙련공임에도 충분한 임금을 받지 못하고 밤에만 일해야 하는 불이익을 당한다. 그럼에도 불구하고 세쓰는 일자리를 잃게 될 위험성이 따르므로 정당한 요구마저 할 수 없다. 이러한 흑백 간의 불평등은 세쓰와 셀릭이 맺고 있는 관계에서도 드러난다. 셀릭은 쓰레받기 생산에 크게 기여하지 않지만 세쓰보다 훨씬 많은 이윤을 챙긴다. 이러한 현실 속에서도 세쓰는 셀릭과의 관계를 거부할 수 없다. 왜냐하면 세쓰는 셀릭을 통해서만 쓰레받기를 유통시킬 수 있기 때문이다. 이들이 맺고 있는 경제적 관계뿐만 아니라 다른 흑인 등장인물들과의 관계 역시 미국 내에서의 흑백관계의 역사와 그 본질을 보여준다.

흑인이라는 이름 때문에 당한 현재의 상황과 흑인들 간의 갈등을 극복하기 위한 방법으로 세쓰는 자신이 공장을 운영하여 미국 흑인들에게 일자리를 제공함으로써 북부 산업 사회에서 완전한 경제적 독립을 이루고자 한다.

세쓰: 자, 제레미만 놓고 보자고요. 도로를 다 놓고 나면 그는 뭘 하
지요? 어디 딴 곳에 가서 또 도로 놓는 일이나 할 수밖에 없
어요. 자, 만약 내가 그 애한테 냄비 만드는 법을 가르쳐 주
면……그러면 그 애는 그 누구도 빼앗아 갈 수 없는 걸 가지
게 되는 거라고요. 시간이 좀 지나면 자기 연장을 가지고서
어디 다른 곳으로 가서 자기 냄비를 만들 수도 있고요. 물건
을 팔 사람을 찾으면 될 거라고요. 보세요, 셀릭은 냄비도 못
만들잖아요. 그는 팔 줄은 알아도 만들 줄은 모르거든요. 연장
좀 하고, 일꾼 5명만 있으면, 냄비를 아주 많이 만들어서 셀
릭은 어딘가 가게를 열수도 있을 거라고요. 그런데 이 사람들
은 그런 점을 알지도 못해요. 코헨 씨도 샘그린도 말이에요.

SETH: Now, you take the boy, Jeremy. What he gonna do after the
put in that road? He can't do nothing but go put in another
one somewhere. Now, if he let me show him how to make
some pots and pans……then he'd have something can't nobody
take away from him. After a while he could get his own
tools and go off somewhere and make his own pots and
pans. Find him somebody to sell them to. Now, Selig can't
make no pots and pans. He can sell them but he can't
make them. I get me five men with some tools and we'd
make him so many pots and pans he'd have to open up a
store somewhere. But they can't see that. Neither Mr. Cohen
nor Sam Green. (242−43)

세쓰의 이러한 노력은 북부 산업 사회에서 노동의 주체가 되기
위한 시도라는 점에서 높이 평가할 만하다. 그러나 공장을 운영하려
는 세쓰의 계획은 백인 사회에 의해 허용된 한계 내에서만 가능한
일이다. 공장을 세우기 위해서는 여태까지 차곡차곡 쌓아서 마련한

집을 저당 잡혀야 한다. 만약 잘못될 경우 세쓰는 다른 이주 흑인들과 마찬가지로 정착하지 못하고 떠돌이 생활을 할 수밖에 없다. 그러므로 세쓰는 이와 같은 위험한 모험을 감행할 수 없다. 세쓰가 큰 이익을 안겨 줄 수 있는 쓰레받기 판매에 대해서 다소 무관심한 것도 백인들의 영역을 침범하지 않음으로써 그들의 반감을 사지 않으려는 의도적인 행위이다. 세쓰는 자신의 공장을 세우기 위해서는 백인 사회의 동의가 필요하다는 것과 동의하에 공장을 세우는 것 또한 셀릭을 비롯한 백인들에게 더 큰 이익을 준다는 것을 안다.

세쓰 이외에 경제활동을 하는 유일한 인물인 제레미는 백인 감독관에게 50센트를 바치지 않아 해고당한다. 두 사람의 대화에서 현실 타협을 통해 생존을 추구하는 기존 정착민과 남부로부터 이동의 자유를 마음껏 구가하는 이주자의 견해 차이가 드러난다.

> 세　쓰: 이런, 도대체 그게 말이 돼? 고작 50센트를 주지 않으려고 일주일에 8달러를 버는 일자리를 놓친다는 게 도대체 말이 되냐구. 7달러 50센트가 이익이잖아! 이런 식이면 넌 무일푼이 될 거야.
>
> 제레미: 그건 정말 말도 안 돼요. 저는 8달러밖에 벌지 못해요. 왜 제가 50센트를 주어야 하냐구요? 그 사람은 흑인들 모두에게서 뺏는 돈이 10달러나 된다구요. 그건 내가 1주일 내내 일해서 버는 돈보다도 많다구요.

> SETH: Boy, what kind of sense that make? What kind of sense it make to get fired from a job where you making eight dollars a week and all it cost you is fifty cents. That's seven dollars and fifty cents profit! This way you ain't got nothing.
>
> JEREMY: It didn't make no sense to me. I don't make but eight

dollars. Why I got to give him fifty cents of it? He go around to all the colored and he got ten dollars extra. That's more than I make for a whole week. (261)

세쓰는 착취당하는 현실을 받아들이고 그러한 현실 속에서 최선책을 추구하는 반면, 제레미는 현실의 부당함에 당당히 맞선다. 그러나 제레미가 시도하는 저항방법은 '언제든지 기타를 들고 길을 떠나 다른 곳을 찾아 나설 수 있는'(261) 이동의 자유뿐이다. 이러한 제레미의 저항은 자신에게 불평등과 억압을 강요하는 사회와의 대응 자체를 거부하는 행위이며, 미국 흑인들이 처한 상황을 개선시킬 가능성이 없는 수동적인 행위에 불과하다.

흑인들에게 일을 시키고 자신들의 요구에 따르지 않으면 해고해 버리면서도 그 사람이 누구인지조차 관심 없는 북부 산업 도시는 제레미에게 희망과 기대를 충족시켜 주는 약속의 땅이 아니다. 다시 말해서 북부 사회는 역시 아무런 이유 없이 자신을 투옥하고 2달러를 갈취하는 북부 경찰들과 일주일에 8달러밖에 벌지 못하는 자신에게서 일을 계속할 수 있게 해 주는 대가로 50센트를 요구하는 결함 투성이의 약속의 땅일 뿐이다. 정의가 통하지 않는 사회에서 살아남기 위한 방법으로 세쓰가 현실 타협의 방법을 선택했다면, 제레미는 흑인의 것 찾기에 몰입하는데, 대표적인 예로 그의 첫 등장장면을 들 수 있다.

제레미가 앞문으로 들어온다. 약 25세 정도의 나이에, 앞길이 양양하고 삶의 도전을 정면으로 마주할 수 있으리라는 인상을 준다. 그는 늘 웃는 얼굴이다. 아직 혼이 깃든 노래는 부르지 못하지만 능숙한 기타 연주자이다.

Jeremy enters the front door. About twenty−five, he gives the impression that he has the world in his hand, that he can meet life's challenges head on. He smiles a lot. He is a proficient guitar player, though his spirit has yet to be molded into song. (215)

월슨이 제레미를 미국 흑인 문화의 상징인 블루스와 연관된 기타 연주자로 설정하고, 이와 같은 당당한 태도를 그에게 부여한 것은 커다란 의미를 지닌다. 아직은 혼이 깃든 노래를 부르지 못하지만 능숙한 기타 연주자인 제레미는 언젠가는 흑인의 영혼을 담은 블루스를 부를 수 있는 가능성이 있기 때문에 바이넘도 그를 가르치려고 애쓰는 것이다. 바이넘은 제레미가 미국 흑인들의 음악적 전통을 구연할 수 있는 가능성이 있다고 인정하여 그를 씨퍼스(seefus)에서 벌어지는 기타 콘테스트에 나가도록 한다.

그러나 제레미는 음악적 자질에 담긴 의미를 파악하지 못하고 단지 흑인들의 영혼을 담은 블루스를 연주하는 실력을 '삶을 즐기는'(262) 데에만 사용한다. 그는 삶을 정면으로 마주할 수 있을 것 같은 가능성 있는 인물임에도 불구하고 '워킹 블루스'만 구가하는 것이다. 워킹 블루스의 한계는 제레미가 접근하는 두 명의 여성과의 관계에서도 드러난다. 두 명의 여성은 서로 상반되는 면모를 보여주는데, 매티(Mattie)는 가정을 형성하기를 원하고 몰리(Molly)는 제레미와 마찬가지로 워킹 블루스를 구가하면서 정착된 생활을 거부하는 인물이다. 제레미는 매티가 자신을 버리고 떠난 남편 잭 카퍼(Jack Carper)를 찾을 때까지 남자 친구가 되어 주겠다며 그녀와 함께 한다. 그러나 매티보다 뛰어난 미모를 지닌 몰리를 본 즉시 매티를 버리고 몰리와 함께 길을 떠나는 제레미의 모습은 정착된 가정생활보다는 성적인 즐거움만을 추구하는 그의 한계를 드러낸다.

또한 제레미와 몰리에게서 찾아볼 수 있는 워킹 블루스의 한계와 문제점은 몰리가 요구한 세 가지 조건에서 더 잘 드러난다. 몰리는 '자신은 일을 하지 않을 것이며', '제레미가 많은 돈을 벌어야 한다'면서 '남쪽으로 가지 않겠다'(263)는 것을 조건으로 내세우는데, 이러한 사항들은 남부의 굴욕적인 상황을 벗어나기 위해 북부로 떠나온 이동의 자유에 담긴 부정적인 면모다. 몰리가 내세운 조건은 그녀의 어머니가 다른 사람의 일만 하다 세상을 떠났기 때문에 자신은 그런 생활을 되풀이하지 않으려는 것이 그 표면적인 이유이지만, 상징적으로는 노예제도하에서 노예 주인에 의한 강제노동을 할 수밖에 없었던 굴욕적인 역할을 더 이상 담당하지 않으려는 주체적인 의지의 표현이기도 한다.

그러나 비록 몰리나 제레미의 워킹 블루스를 주체적 의지의 표현으로 간주하더라도 미국 사회의 억압에 단순히 떠나감의 자유로 대응하는 것은 이들의 생존 자체를 불가능하게 만들 것이 분명하다. 단지 워킹 블루스만 구가하는 것만으로는 자신의 노래를 찾고 미국 사회와 바람직한 관계를 형성할 수가 없기 때문이다. 특히 남쪽으로 가지 않겠다는 몰리의 조건은 과거와의 대면을 거부하고 삶의 환상만을 추구하는 흑인 대이주 당시의 젊은이들의 모습을 대변하는 것으로 볼 수 있다. 이러한 입장은 켐벨(Jane Campbell)의 지적처럼 '노예제의 과거는 잊혀지는 것이 최상'(x iv)이라고 여겼던 1960년대 이전에 팽배했던 미국 흑인 역사에 대한 비주체적인 부정적인 반영이다. 몰리가 남부와의 대면을 회피하려는 이유는 그 역사가 괴로움과 아픔을 안겨 주기 때문이지만, 이러한 아픔도 자신의 일부로 당당히 마주할 수 있어야 비로소 온전하고 주체적인 개인으로 자리매김할 수 있다는 점을 그녀는 인식하지 못하는 것이다. 물론 제레미와 몰리처럼 자신의 의지에 따라 억압과 착취로 얼룩진 남부를 떠나는 행위 자체가 과거에 누리지 못하던 자유를 구가하는 상징적인 의미를 지니지만, 이들처럼 미국 흑인 역사에 대한 정확한 인식 없이 단순한 개인적 자유의 추구만으로는 자유민으로서의 정체성을 획득할 수 없다.

월슨은 북부 산업 사회에서 정착하여 현실과 타협된 자아로 자기의 것을 조금씩 확보해 가는 세쓰의 삶과, 정체성을 찾기 위해 남부에서 북부로 이주하여 개인적인 삶을 구가하는 제레미와 몰리를 통해서 흑인들의 삶의 방향을 제시하고 있다.

이제 이들은 노예 신분이 아닌 자유민으로서 개인적 자아를 확립한 세쓰의 삶과 진정한 흑인의 역사를 삶의 일부분으로 받아들여 흑인 개인이 아니라 흑인 집단의 정체성을 위해 나아가야 한다. 따라서 월슨은 워킹 블루스만을 추구하는 제레미와 몰리를 2막 1장을 마지막으로 무대에서 퇴장시키고 진정한 흑인 역사를 곱씹어 보는 역할을 바이넘과 루미스에게 맡긴다.

(2) 아프리카의 유산: 이파(Ifa)와 에슈(Eshu)

이 극의 제목인 『조 터너 왔다 가다』는 바이넘이 부르는 블루스 노래다. 조 터너는 테네시 주 주지사 핏 터니(Pete Turney)의 동생으로 흑인들을 '주사위 도박'(crap game)에 끌어들인 다음 이들에게 도박죄를 씌워 내쉬빌이나 미시시피 주의 감옥 농장으로 보낸 사람으로 알려져 있다(Southern 336-37 참조). 흑인들은 이러한 인물인 조 터너로 인해 구속당했던 세월의 한을 다음과 같은 노래로 토로하고 있다.

그들은 나에게 조 터너가 왔다 갔다고 말하네.

오 이럴 수가
그들은 나에게 조 터너가 왔다 갔다고 말하네.
오 이럴 수가
흑인들을 잡아 갔다네.

사십 개의 쇠사슬을 가지고 왔다네.
오 이럴 수가
사십 개의 쇠사슬을 가지고 왔다네.
오 이럴 수가
흑인들을 잡아 갔다네.

THEY TELL ME JOE TURNER'S COME AND GONE
OHHH LORDY
THEY TELL ME JOE TURNER'S COME AND GONE
OHHH LORDY
GOT MY MAN AND GONE

COME WITH FORTY LINKS OF CHAIN
OHHH LORDY
COME WITH FORTY LINKS OF CHAIN
OHHH LORDY
GOT MY MAN AND GONE (264)

이 작품의 기저에 깔려 있는 위의 블루스는 바이넘이 자신은 물론 주변 인물들의 의식을 일깨우기 위해 부르는 노래다. 조 터너는 왔다 갔으니 이제 우리 흑인들은 스스로를 찾기 위해 노력해야 된다는 메시지를 담고 있다. 이와 같은 메시지는 다음과 같은 바이넘의 노래로 계속 진행된다.

이제 내 일은 모두가 잘 될 거야
이제 내 일은 모두가 잘 될 거야
이제 내 일은 모두가 잘 될 거야
나는 왕을 보러 갈 거야
SOON MY WORK WILL ALL BE DONE
SOON MY WORK WILL ALL BE DONE
SOON MY WORK WILL ALL BE DONE
I'M GOING TO SEE THE KING (256)

바이넘은 이제 모든 일이 이루어질 것이라는 희망의 노래를 계속해서 울려댄다. 이와 같은 블루스는 흑인 개개인은 물론 아프리카계 미국인의 집합적인 감정을 파편적으로 보여주는 노래로서 중요한 의미를 지닌다.

블루스 외에도 이 작품에서 두드러진 흑인의 역사는 극적인 주바춤이다. 블루스와 주바춤은 등장인물 개개인의 고통을 표현하는 목소리일 뿐만 아니라 더 나아가 흑인공동체에 새로운 삶을 시작할 수 있는 힘을 제공한다. 모든 등장인물들은 주바춤으로 하나가 되어 흑인공동체를 형성하며, 흑인 문화의 일부분을 각각 맡아 보여준다. 제레미와 몰리는 워킹 블루스를, 바이넘은 흑인의 혼이 깃든 블루스는 물론 노예제도를 실제로 경험한 주술사로서의 역할을 한다. 한때 시골교회의 집사로 아프리카의 유산인 주바춤에 합류하지 못하던 루미스는 직접 조상들의 뼈를 목격함으로 인해 아프리카 유산의 소중함을 깨닫고 마침내 주바춤에 합류한다. 특히 바이넘과 루미스는 각각 아프리카의 신화적인 선조로서 이파와 에슈의 전통을 전한다.

바이넘은 뿌리 찾는 자(root worker), 엮어 주는 자(binding man), 치료자(healing man)의 역할을 동시에 한다. 이러한 역할자로서 그는

아침마다 하숙집 뒤뜰에서 비둘기를 제물로 바치는 의식을 거행한
다. 이러한 그의 주술적인 힘은 아프리카의 노예로 거슬러 올라가는
전통에 의해서 나온다. 그는 노예 농장 시절의 주술사에서 아프리카
종족의 의술인의 역할을 담당하는 후예로 발전된다. 대부분의 주술
사들은 공포 속에서 마술적인 힘을 찾았지만 바이넘은 열정, 사랑
그리고 감수성에서 그 힘을 찾는다. 제노베스(Eugene D. Genovese)
는 주술사의 이러한 경향을 악의 도구에서 선의 도구로 발전시켰다
고 설명한다.

　　주술사들은 악인들일지도 모른다. 그들은 유럽에서 학대를 받은 마
녀들처럼 부당하게 취급당했으며 인류에 대한 복수를 추구해 왔을는
지 모른다. 어떤 경우라도 공포는 그들의 무기가 되었는데, 그 이유는
일반적으로 한 사람에 대한 호의적인 행동조차도 그 밖의 누군가를
희생시킴으로써 이루어지기 때문이다. 우리 시대의 바보가 아닌 불운
한 주술사들은 사람들을 연구했으며 그리고 어떻게 그들에게 사치스
런 정신 분석학자들이 부러워할지도 모르는 결과를 만들어 내는 충고
를 제공할 수 있는지를 배웠다. 그들은 이러한 재능을 특별히 '뿌리
찾는 자'로서의 일에 사용하여 명백하게 긍정적인 서비스에 가까운
일을 수행해 왔다.

Conjurers might be evildoers; they might be people who, like the
witches of the European persecutions, had been wronged themselves
and sought revenge on mankind. In either case, fear had to be their
weapon, for even a good deed for one person normally had to come
at the expense of someone else. Down to our own time, hoodoo doctors,
not being fools, have studied their people and learned how to provide
them with advice designed to produce results an expensive psychoanalyst
might envy. They have put this talent to particular use in their work

as "root doctors" and have thereby performed the closest thing to an unambiguously positive service. (Pereira 64 재인용)

바이넘은 이와 같이 그의 주술적인 힘을 올바르게 사용하여 세상에 영향력을 행사하고자 한다. 책임감이 강한 그는 주변 인물들에게 도움을 주려고 노력하는 등의 전통적인 전도사로서의 역할을 수행한다. 그는 사람과 사람 사이의 새로운 관계를 만들어 주는 자가 아니라 같이 해야만 했던 사람들을 단지 함께 하도록 도와주는 촉매자로서의 역할을 하기도 한다. 이러한 바이넘의 역할은 아프리카 문화유산인 요루바 전설 속에 등장하는 이파 전통에 바탕을 두고 있다.
어덕비샌(Clara Odugbesan)은 이파를 다음과 같이 설명한다.

이파는 세상에서 질서를 장려하고, 인간과 신들 사이에서 선을 위해 심사숙고함으로써 그릇된 것들을 바로잡으려는 기능을 하며, 그리고 불확실한 곳에서 확실성을 생산해 내는 기능체계이다.

Ifa is a system whose function is to promote orderliness in the world, one that corrects all wrongs by mediating between men and gods for good, and produces certainty where there is uncertainty. (Pereira 65 재인용)

이와 같이 이파 전통의 수행자인 바이넘은 등장인물들을 결합시키기도 하고 때로는 분리시키기도 하는 우주적인 힘을 발휘하는 '운명의 대리인'(Pereira 66)이다. 운명의 대리인으로서 바이넘의 역할은 다양하다. 먼저 그는 잭 카퍼에게 사로잡혀 있는 매티에게 아프리카 유산을 주입함으로써 자연스럽게 남편과 자신을 분리하도록 한다. 바이넘은 매티가 자신의 길을 찾아가는 데 도움이 되고자 해결책과

 오거스트 윌슨의 화해와 통합을 위한 무대

부적을 제공하는 등 주술적인 힘을 발휘하기도 한다. "잭 카퍼는 자신의 길을 떠났어. 지금이라도 네 문간에서 원하는 사람을 찾을 수 있어."(225)라는 바이넘의 말이 끝나자마자 필연적인 것처럼 매티와 제레미와의 만남이 이루어진다. 그러나 제레미는 몰리가 나타나자마자 바로 그녀에게 눈길을 돌린다.

바이넘은 또한 성적 능력을 과시하는 제레미에게 여성을 성적 대상이 아니라 진정한 반려자로서, 즉 '여성은 인생이라는 대항로에 남성을 좌초시키는 땅'(220)과 같은 존재로 보아야 한다고 설명한다. 이러한 이성관을 소유한 바이넘은 정착하기를 원하는 매티와 워킹 블루스를 추구하는 제레미가 서로 양립할 수 없음을 감지한다. 이들의 관계를 직감하고 있는 바이넘은 제레미가 매티와 함께 떠난다고 하자 "때로는 네가 있고 싶은 데 있어야 해. 잘못된 곳으로 가면 인생의 모든 것이 꼬일 수도 있어."(225)라고 충고를 한다. 이를 증명이라도 하듯 제레미는 몰리가 나타나자마자 그녀를 탐닉하고 이들은 함께 떠나버린다. 바이넘은 몰리와 떠나버린 제레미를 매티로 하여금 자연스럽게 기억 속에서 지워버리도록 유도한다. 바이넘은 매티에게 행운은 불시에 찾아온다며 부적을 베개 아래 놓고 잠을 자면 좋은 일이 반드시 올 거라는 등의 지속적인 도움을 주고자 노력한다(271). 이러한 격려는 또다시 매티와 루미스를 결합시키는 힘으로 이어진다. 바이넘의 친절한 조언으로 매티는 자아를 찾은 루미스를 쫓아 나간다. 그녀는 잭 카퍼도 제레미도 아닌 자신을 발견한 루미스와의 결합을 꿈꾸는 것이다.

바이넘은 사람과 사람을 엮어 주거나 또는 분리시키는 역할을 하는 동시에 루미스가 정체성을 찾는 데 많은 도움을 준다. 루미스는 조 터너의 속박으로 인해 짓밟힌 영혼의 소유자이다. 커다란 코트를 입고 고통스런 응시 아래 떨면서 하숙집에 들어오는 모습에서도 그의 떠도는 영혼을 짐작할 수 있다. 그는 뿌리를 내릴 세상 그 자체를 잃어버린 듯 혼란스럽다.

> 제레미: ······그는 이따금 뭔가에 홀린 듯하다. 그의 발꿈치에서 으르렁거리는 것 같은 지옥의 개들에 의해 쫓기는 사람이 아니라, 자신에 관한 뭔가를 이야기해 주는 세계를 탐색하는 인물이다. 그는 자신의 주위에서 소용돌이치는 힘과 조화를 이룰 수 없어서 그 세상을 자신의 이미지를 담고 있는 것으로 재창조하려 한다.

> JEREMY: ······He is at times possessed. A man driven not by the hell hounds that seemingly bay at his heels, but by his search for a world that speaks to something about himself. He is unable to harmonize the forces that swirl around him, and seeks to recreate the world into one that contains his image. (216)

이러한 혼란스런 루미스의 마음의 상태는 아프리카 문화유산인 에슈 전통과 맞물린다. 어덕비샌은 아프리카 전통인 에슈와 이파의 차이점을 설명하면서 "에슈는 무질서와 혼돈과 연관된다. ······에슈와 이파는 인간과 신을 중재한다. 그러나 에슈는 그들 사이를 혼란시킨다."(Pereira 65 재인용)고 설명한다. 에슈의 후손인 루미스는 무질서와 혼돈 속에서 자신이 뿌리내릴 세상을 창조해야 한다. 그러기 위해서는 무질서한 세계를 정돈시키고 그릇된 것들을 바로잡는 이파의 도움을 필요로 한다. 따라서 루미스가 자신의 세상을 와해시킨 조터너의 굴레로 인한 상처를 극복하는 데에는 바이넘의 도움이 필연

　오거스트 윌슨의 화해와 통합을 위한 무대

적임을 알 수 있다.

아버지의 도움으로 자신의 노래를 찾게 된 깊이 있는 영혼의 소유자 바이넘은 루미스가 잃어버린 영혼을 다시 찾고 뿌리내릴 새로운 세상을 창조하기 위해서는 먼저 그 자신의 노래를 찾는 길이라고 충고한다.

<blockquote>

바이넘: 그가 원한 것은 너의 노래였어. 그는 그 노래를 자신의 것으로 만들고 싶었던 거야. 그는 너를 붙잡아서 그 노래를 배울 수 있을 거라 여겼던 게지. 노예를 붙잡을 때마다 그 노래를 가르칠 수 있는 사람을 찾고 있는 거야. 그는 네 자신의 노래를 부를 수 없도록 너를 구속한 거라구. 너는 그가 빼앗아 갈까 봐 두려워서 7년간이나 그 노래를 부르지 못했던 거야. 그렇지만 넌 그 노래를 잃어버린 것이 아니야. 그저 어떻게 불러야 하는지 그 방법을 잊어버렸을 뿐이라구.

BYNUM: What he wanted was your song. He wanted to have that song to be his. He thought by catching you he could learn that song. Every nigger he catch he's looking for the one he can learn that song from. Now he's got you bound up to where you can't sing your own song. Couldn't sing it them seven years cause you was afraid he would snatch it from under you. But you still got it. You just forgot how to sing it. (270)

</blockquote>

바이넘은 조 터너가 루미스를 7년 동안이나 이전의 노예 소유자처럼 자신의 인적 재산으로서 노예화시킨 것은 그를 비롯한 흑인들이 가치 없는 존재여서가 아니라 그들의 노래를 빼앗아 인간적 능력과 정신을 상실한 쓸모없는 존재로 만들려는 의도였다고 인지한다.

그러나 어떤 의미에서 루미스는 조 터너가 정체성을 완전히 빼앗아 가기 전에 석방되었기 때문에 행운아일지도 모른다. 하지만 말콤 엑스(Malcolm X)가 "백인 사회야말로 흑인들에게 정치적, 경제적, 정신적 감옥이며, 사회의 희생자인 흑인의 입장에서는 아메리칸 드림이 아니라 아메리칸 악몽이다."(26)라고 한 것처럼 루미스야말로 7년이라는 세월을 속박당했기 때문에 자유가 무엇인지 잊었고 진정한 그의 자아인식은 고통받는 영혼의 파편으로 갇혀 그의 무의식에 매장된 상태였다. 이러한 그가 정체성을 찾는 데 도움을 줄 수 있는 사람은 영혼의 소유자인 바이넘이다. 자신으로부터 고립된 루미스는 바이넘이 했던 것과 같은 방법으로 진정한 노래를 배워야 한다. 바이넘을 독특한 인간으로 주조해 준 것은 그의 삶과 인종적 기억 안에 있는 모든 파편과 특성들을 인식하고 재구성했기 때문이다.

바이넘: 찾아다녔지. 루미스 자네와 꼭 같았어. 난 내가 찾고 있는 것이 무엇인지도 몰랐어. 내가 알고 있던 거라고는 뭔가가 나를 계속 불만스럽게 한다는 것뿐이었다구. 뭔가가 내 마음을 부드럽고 편안하지 못하게 만드는 거야. 그러던 어느 날 아버지가 노래를 주셨어. 그 노래는 너무 무거워서 다루기가 힘들었어. 지니고 다니기에도 너무 힘들더군. 그래서 그 노래에 맞서서 싸웠어. 그 노래를 받아들이고 싶지가 않았던 거야. 아버지를 찾아서 그 노래를 되돌려 주려고 애썼지. 그런데 그 노래가 아버지의 노래가 아닌 걸 알게 되었지. 그 노래는 내 노래였어. 내 안의 저 깊숙한 곳에서부터 솟아나는 노래였어. 나는 기억 저 멀리 되돌아보고는 그 노래를 만들기 위해 조각들과 단편들을 주워 모았지. 나는 내 자신으로부터 노래를 만들어 낸 거야. 그랬더니 그 노래는 내가 길을 떠나는 데 도움을 주더라고. 길을

 오거스트 윌슨의 화해와 통합을 위한 무대

부드럽게 해서 내 발자국들이 나를 되물지를 않더라고.

> BYNUM: Searching. Just like you, Mr. Loomis. I didn't know what
> I was searching for. The only thing I knew was something
> was keeping me dissatisfied. Something wasn't making my
> heart smooth and easy. Then one day my daddy gave me
> a song. That song had a weight to it that was hard to
> handle. That song was hard to carry. I fought against it.
> Didn't want to accept that song. I tried to find my daddy
> to give him back the song. But I found out it wasn't his
> song. It was my song. It had come from way deep inside
> me. I looked long back in memory and gathered up pieces
> and snatches of things to make that song. I was making
> it up out of myself. And that song helped me on the road.
> Made it smooth to where my footsteps didn't bite back
> at me. (267-68)

바이넘은 미국 땅에서 살아가는 아프리카계 미국인으로서 아프리카의 문화유산이 너무도 무겁게 자신을 짓눌렀기에 아버지에 의해 물려받은 노래를 되돌려 주고 홀가분하게 새로운 삶을 찾으려 했지만 그 노래가 결국은 자신의 기억 저 멀리 깊숙한 곳에서 흘러나온 자신의 노래임을 알게 되었다고 말한다.

이와 같이 노래를 찾는다는 것은 자유인으로서의 새로운 삶을 시작한다는 것을 의미한다. 따라서 루미스는 자신이 조 터너에게 노예로 구속당하고 풀려난 모든 상황을 탐구하여 자신의 것으로 재창조해야만 한다. 이것 자체가 조상들과의 재결합이며 또한 루미스가 과거와의 화해를 추구하는 방법인 것이다. 루미스는 과거와의 화해를 추구하는 방법으로 아내를 선택한다. 그는 아내가 자신이 걸어왔던 낯선 세계에서 자신을 구출해 줄 뿐만 아니라 자신의 노래를 위해 충분한 세계로 이끌어 주는 시작점이라고 생각한다.

그러나 루미스가 바이넘처럼 자신의 노래, 즉 아프리카인으로서의 정체성을 찾고자 하면서 기독교인으로 살아가는 아내에게 집착하는 한 정체성 찾기는 쉽지 않다. 따라서 루미스는 에슈라는 아프리카의 전통과 기독교라는 미국의 전통 사이에서 혼동을 경험한다. 루미스의 이러한 혼란스런 상태는 1막 마지막 장에서 등장인물들이 함께 합류하는 주바춤을 보고 난 후의 그의 반응이다. 그는 등장인물들이 모여 세쓰의 부엌에서 주바춤을 추는 것을 보고 처음에는 멈추라고 소리 지르더니 이내 광적으로 성령을 외쳐대며 미친 듯이 원을 그리면서 아프리카의 리듬으로 주바춤을 추다가 바닥에 드러누워 자신의 비전을 말한다.

> 루미스: 뼈들이 물 위를 걷고 있어. 뼈들이 물 속으로 가라 앉어. 뼈들이 육지로 휩쓸려 가. 육지에서 뼈들은 육체, 흑인들로 변해! 너와 나처럼 똑같이!
>
> LOOMIS: Bones walking on top of the water. The bones sunk into the water. It washed them out of the water and up n the land. They got flesh on them! Just like you and me! (250−51)

이와 같은 루미스의 영적인 부조화는 신과 인간을 혼란시키고 정돈된 세계를 위협하는 에슈의 전통에 기인하므로 이파와의 결합으로 조화로운 인간관계 더 나아가 세상을 창조하는 합일의 순간으로 변화되어야 한다. 따라서 루미스는 이파의 대리인인 바이넘의 지속적인 도움이 요구된다. 바이넘은 루미스가 마싸(Martha)를 찾았음에도 그들이 같은 길로 가지 않을 거라는 것을 감지하고 딸 조니아(Zonia)를 마싸에게 예속시키려고 한다. 바이넘은 루미스와 마싸가 딸이 존재하는 한 완전히 분리될 수 없다는 것을 알면서도 조니아를 어머니에게 엮어 주고, 루미스를 매티와 결합하도록 한다.

바이넘은 또한 루미스가 딸을 어머니에게 데려다 주고 작별인사를 마친 후 마지막 탐색의 단계, 즉 진정한 정체성의 깨달음의 순간에 들어갈 때도 최선의 노력을 보인다.

> 루미스: 내가 가는 곳마다 사람들은 나를 구속했어. 조 터너가 나를 구속했어! 레버렌드 톨리버(Reverend Tolliver)가 나를 구속했어. 당신이 나를 구속했어. 이젠 조 터너가 다녀갔고 헤럴드 루미스는 더 이상 구속받지 않을 거야. 어느 누구도 나를 구속하지 못하게 될 거야!
>
> 바이넘: 너를 구속한 것은 바로 너 자신이야. 너는 너의 노래를 구속했어. 네가 해야 할 일은 일어나 노래하는 일이야, 헤럴드 루미스. 그 노래를 목구멍 밖으로 내모는 데 있어. 네가 해야 할 일은 노래를 하는 거야. 그러면 넌 자유로울 거야.

> LOOMIS: Everywhere I go people wanna bind me up. Joe Turner wanna bind me up! Reverend Tolliver wanna bind me up. You wanna bind me up. Everybody wanna bind me up. Well, Joe Turner's come and gone and Herald Loomis ain't for no binding. I ain't gonna let nobody me up! (286)
>
> BYNUM: You binding yourself. You bound onto your song. All you got to do is stand up and sing it, Herald Loomis. It's right there kicking at your throat. All you got to do is

sing it. Then you be free. (287)

바이넘은 루미스가 자신의 노래를 찾도록 촉구하면서 끝까지 이끌어 준다. 바이넘의 도움으로 루미스는 죄 정화의식을 마치고 스스로 일어나 작별인사를 하며 앞문으로 퇴장한다. 바이넘 또한 이러한 루미스의 죄 정화의식을 자신이 찾던 빛나는 사람을 위한 의식의 재현으로서 인식하고 루미스가 떠나자 자신의 탐색도 또한 끝났다고 생각한다. 바이넘은 그토록 열망하던 빛나는 사람을 발견한 것이다. 이와 같이 바이넘과 루미스는 요루바 전설 속의 이파와 에슈의 전통으로 동전의 앞면과 뒷면처럼 공존함을 알 수 있다.

요루바 전설은 에슈와 오런밀라(Orunmila)의 라이벌관계를 설명하는데 에슈는 사람들을 불운에 빠지지 않도록 보호해 주는 반면, 오런밀라는 사람들에게 예언과 희생을 통해서라도 확실성을 제공해 준다. 보다 논리적인 결론은 오런밀라에 의해서 이해되고 밝혀진 세계가 에슈의 판단에 의한 중재로 불확실성을 가진다는 것이다. 그러므로 오런밀라의 종파인 이파는 에슈를 위한 제의식에 조화를 맞추어 작동된다.

Yoruba legends depict great rivalry between Eshu and Orunmila, Eshu claiming the right to hide people in misfortune, while Orunmila offers them certainty through divination and sacrifice. What appears a more logical conclusion is that the world comprehended and revealed by Orunmila has uncertainties ascribed to intervention by Eshu, who has to be reckoned with. Hence Ifa, the cult of Orunmila, is operated hand in hand with ritual observances for Eshu. (Pereira 65−6 재인용)

위의 어덕비샌의 설명처럼 루미스와 바이넘이 함께 협력함으로써 각각 개개인의 자아를 입증함과 동시에 에슈와 이파라는 아프리카 집단의 정체성이 재확립되는 것은 당연하다. 그러므로 에슈의 전통을 이은 루미스와 이파의 전통을 이은 바이넘이 각각 자신의 특별한 전통 속에서 개인적인 확신과 합동적인 화해에 다다를 때 협동의 자리가 된다는 의미에서 두 인물을 조명한 것이다. 몰레트(Carlton Molette)가 윌슨 극의 구심점은 흑인공동체를 하나로 묶어 주는 데 있으며 그의 극에는 아프리카의 총체적 정신이 내포되어 있다(28)고 주장하는 것처럼 아프리카 전통문화의 계승자인 루미스와 바이넘의 협력은 7년이라는 조 터너의 속박, 즉 백인의 억압을 제거할 수 있는 원동력이자 모든 흑인들의 삶을 지탱시킬 수 있는 중심축이라 할 수 있다.

(3) 새로운 흑인 신화

이 작품에는 당시의 북부 사회에서 찾아볼 수 있었던 미국 흑인들의 대표적인 유형들이 거의 대부분 등장한다. 남부에서 이주해 온 미국 흑인들을 대상으로 하숙집을 경영하는 기존 정착민인 세쓰와 그의 아내 버싸, 이 하숙집에서 오랫동안 거주하고 있는 흑인 주술사 바이넘, 당시의 전형적인 젊은 흑인 이주자들의 모습인 '떠나감'의 자유를 만끽하는 제레미와 몰리, 그러한 '떠나감'의 자유 때문에 고통받는 여성들의 모습을 대변하는 매티, 그리고 당시 흑인의 가정사를 대변하는 루미스 가족이다.

윌슨은 이처럼 다양한 등장인물들의 삶을 통해서 백인이 부여한 흑인상을 해체하고 미국 흑인들이 추구해야 할 바람직한 정체성 형성방식을 제시한다. 정체성을 탐구하는 과정에 있어서 윌슨은 먼저 아프리카의 유산을 강조하고 더 나아가 아프리카계 미국인의 문화를 받아들여 적절히 융화시키는 것이 최선의 방법임을 등장인물들의 삶을 통해 암시적으로 보여주고 있다. '아프리카계 전통의 종교적인 요소들과 기독교적인 요소를 포함한 것이 문화적 담론'(Bogumil 64)인 것처럼 윌슨은 아프리카계 미국인으로서 삶을 사는 흑인들의 담론으로서 아프리카의 전통문화유산과 기독교적인 요소를 포함한 새로운 흑인 신화를 제시하고 있다.

서두에서 성경과 기타를 들고 남부에서 북부로 이주한 흑인들의 이미지를 보듯 이 작품에는 종교적이고 신화적인 기독교의 이미지와 아프리카의 우주론적인 이미지들이 만연되어 있다. 먼저 버짜의 경우를 살펴보면, 그녀는 두 문화가 평화적으로 공존한다. 대표적인 예는 버짜가 아침에 교회에 갔다가 돌아오는 길에 악마로부터 자신을 보호한다는 차원에서 집 구석구석에 소금을 뿌리는 장면이다. 또한 그녀는 루미스가 슬픔을 자신의 집으로 몰고 들어올 때도 그녀는 자신의 춤이 깃들어 있는 마술로 그것을 축복하듯이 부엌으로 몰고 간다. 그리고 부엌에서 모든 갈등과 슬픔은 와해한다. 그녀는 하나님을 껴안으면서 끊임없이 충동질하는 옛 전통의 치료제인 음악과 리듬에 관련된 피의 추억을 마음깊이 연결한다. 아프리카의 제의식과 기도자의 혼합된 모습은 아프리카계 그리스도인으로서의 버짜의 감수성을 나타내며 그녀가 아프리카계 미국인으로서의 정체성을 형성하는데 근본적인 영향력이다.

버짜는 남편 세쓰의 완고함과 협상하며 안락한 결혼생활을 유지하고 주변 인물들에게도 관용을 베푼다. 그녀는 어머니의 모습처럼 등장인물들을 통솔한다. 요리하고 청소하고 충고해 주고 루미스에게 화내는 세쓰에게 맞서서 '피뢰침'(Pereira 70)이 되어 주기도 하며, 제레미가 떠나자 슬픔에 잠겨 있는 매티를 위로해 주기도 하고, 루미

  오거스트 윌슨의 화해와 통합을 위한 무대

스에게 다른 하숙집을 알선해 주기도 한다. 그녀는 조니아에게 하루 빨리 엄마를 찾아 주도록 남편을 자극하기도 하고 조니아를 가엾게 여기며 안아 주는 등의 따뜻한 애정표현도 아끼지 않는다.

대부분의 행동이 부엌에서 일어난다는 것은 중요하다. 버싸가 음식을 제공하고 부엌에서 종종 발생하는 소란스러움을 잠잠하게 하는 역할도 부엌에서 일어나기 때문이다. "버싸의 힘은 그녀의 풍부한 영혼과 두 개의 종교적인 전통들이 종합하여 나타난다."(Pereira 70).

바이넘은 이파 전통의 대리인으로서 아프리카 문화와 제의식을 구체화시킨 인물이다. 그러나 바이넘이 삶의 비밀(the secret of life)을 보여주겠다는 '빛나는 사람'의 제안을 받아들여 그가 인도하는 대로 길을 따라가 경험한 것은 잠재적인 기독교의 흔적이라 할 수 있다. 바이넘이 '빛나는 사람'과 손을 비비고 그 손에 묻은 피로 자신의 몸을 정화하는 의식을 치른 다음에 도착한 곳은 모든 것이 실제보다 큰 낯선 곳이다. 이곳에 도착한 후 같이 갔던 그 사람은 '눈이 멀지 않기 위해서는 눈을 가려야 할 정도로 눈부신'(212) 존재가 된다. 바이넘은 그곳에서 아버지를 만나고 아버지에게 '빛나는 사람'에 관해 묻자 '먼저 가서 길을 보여주는 사람'(213)이라고 말한다. 이것으로 보아 바이넘이 찾는 '빛나는 사람'은 세례요한(John the Baptist)에 대한 암시라 할 수 있다(Pereira 71-3 참조).

윌슨이 '빛나는 사람'에게 요한과 바울(St. Paul)의 개종, 예수의 이미지를 복합적으로 사용하는 것은 중요한 의미를 내포한다. 예수에 앞서서 '먼저 가서 길을 보여주는 사람'은 요한을 뜻하지만 그가 '눈이 멀지 않기 위해서는 눈을 가려야 할 정도로 눈부신' 사람이 되고, 피로 바이넘의 얼굴을 씻어 준 것은 예수와 같은 인물임을 암시하기 때문이다. 한편 '빛나는 사람'의 인도로 바이넘이 '삶의 비밀'을 알게 된 것은 성 바울이 예수의 인도로 기독교를 박해하던 사람으로부터 기독교로 개종하게 된 것에 대한 암시다(Pereira 72). 이처럼 윌슨은 주술사로서 아프리카 문화유산의 실행자인 바이넘을 예수와의 만남이라는 기독교 신화를 대면하게 함으로써 조화로운 영혼의 소유자로 탄생시켜 주변 인물에게 도움을 주는 자로 묘사한다.

루미스의 경우는 바이넘과 대조를 이룬다. 그는 집사의 신분으로 조 터너에게 끌려갔기 때문에 기독교에 회의적이다.

> 루미스: 당신들 모두 여기서서 성령에 관한 노래를 부르고 있군. 성령이 뭐가 그렇게 신성하지? 부르고 또 부르고 있군. 성령이 강림할 거라 생각해? 성령이 강림해 주십사고 노래 부르는 거야? 그게 뭔데, 어? 그게 불의 혀를 갖고 와서는 당신네들의 꼬불꼬불한 머리칼을 불태워 없애버리라는 거야? 당신네들은 성령에 잡혀서 불에 타 죽고 싶은 거야? 그럼 뭐가 남지? 왜 하나님이 그렇게 커야 하지? 왜 그가 나보다 더 커야만 하는 거야? 얼마나 크길래? 얼마나 큰 걸 원하는 거야?

> LOOMIS: You all sitting up here singing about the Holy Ghost. What's so holy about the Holy Ghost? You singing and singing. You think the Holy Ghost coming? You singing for the Holy Ghost to come? What he gonna do, huh? He gonna come with tongues of fire to burn up your wooly heads? You gonna tie onto the Holy Ghost and get burned up? What you got then? Why God got to be so big? Why he got to be bigger than me? How much big is there? How much big do you want? (250)

　　루미스는 자신의 가정을 와해시킨 백인 신에 대한 저항의 목소리
로 다른 등장인물들의 성령에 대한 언급을 비난한다. 이러한 루미스
의 모습은 등장인물들을 혼란시킨다. 따라서 그들에게 있어서 루미
스는 정돈된 세계를 위협하는 인물로 존재한다.

　　루미스는 7년 동안 헤어져 지냈던 아내를 교회에서 찾을 수 있다
는 것을 알고 교회로 가지만 안으로 들어갈 수 없다. 기독교와의 싸
움이 시작된 것이다. 그는 아내가 복음사역을 위해 자신을 떠났기
때문에 그로 인한 증오심으로 성령의 힘을 전복시킨다. 조 터너의
감금이 그에게서 기독교에 대한 믿음의 흔적을 앗아 갔기 때문이다.
영적인 부조화 상태에서 루미스는 모든 등장인물들이 주바춤을 추며
아프리카 제의식을 거행할 때 격분하여 성령을 토해낸다. 시련을 통
해서 루미스는 자신을 지탱할 수 있는 힘이 아프리카인으로서의 정
체성을 깨달았을 때 온다는 사실을 발견했기 때문이다. 따라서 7년
만에 해후한 마싸가 기독교에 충실할 것을 루미스에게 권고하자 그
는 다음과 같이 말한다.

　　　루미스: ……나는 양의 피와 성령의 불로 세례를 받았다. 그러나 나
　　　　　　　는 무엇을 얻었는가, 흥? 나는 구원을 받았는가? 적들은 내
　　　　　　　뼈에서 살을 발라냈어. 나는 나의 피로 질식당했는데 당신
　　　　　　　이 나에게 준 것이 구원이냐?

　　　LOOMIS: ……I done been baptized with blood of the lamb and the
　　　　　　　fire of the Holy Ghost. But what I got, huh? I got
　　　　　　　salvation? My enemies all around me picking the flesh
　　　　　　　from my bones. I'm choking on my own blood and all
　　　　　　　you got to give me is salvation? (288)

루미스는 자신의 분노를 기독교로 돌린다. 왜냐하면 그에게 있어서 기독교는 백인들의 종교이자 백인들의 구원자일 뿐이며 흑인에게 고통의 근원지이기 때문이다. 백인 기독교인들이 아프리카인들을 노예로 팔았고 백인 하나님은 하나님의 이름으로 농장 소유자가 목화를 따는 노예들을 착취하더라도 백인들이 내는 헌금 때문에 그들을 축복했다고 고발한다. 기독교는 흑인 노예들이 자신의 운명을 스스로 포기하도록 했으며 다음 세계의 구원이라는 약속은 흑인들의 모든 고통을 치료해 주는 만병통치약으로서 제공되었고 계속해서 백인으로 하여금 흑인을 종속시키도록 했다.

그러나 루미스는 후세의 보상이 아니라 현재 삶의 자유를 원한다. 루미스의 자유는 조 터너와 예수가 아니라 진정으로 자신에게 달려 있다는 것을 깨달았을 때 온다. 그러므로 루미스는 "나는 그 누가 나를 위해 피를 흘리기를 원하지 않는다! 나는 나 자신을 위해 피를 흘릴 수 있어."(288)라며 가슴을 칼로 베고 그 피를 얼굴에 문지르는 죄 정화의식을 통해 자유로운 아프리카인으로 거듭난다.

> 루미스: (루미스는 자신의 가슴을 칼로 죽 긋는다. 얼굴 전체에 피를 묻히고는 깨달음에 이른다.) 내가 일어섰어! 내가 일어섰다고! 내 다리가 일어섰단 말이야! 이젠 설 수 있게 되었어! (자족의 노래인 자신의 노래를 발견했고, 완전히 부활하여, 정화되고 생명의 숨결을 부여받고, 심장의 작동과 육신의 속박 말고는 다른 어떤 방해물로부터도 자유로워진 그는 세상에서의 자신의 존재에 대한 책임을 받아들였기에, 자신의 정신을 끔찍할 정도로 수축시켰던 주변 환경을 넘어 자유로이 솟구쳐 올랐다.)

> LOOMIS: (Loomis slashes himself across the chest. He rubs the blood

over his face and comes to a realization.) I'm standing!
I'm standing! My legs stood up! I'm standing now! (Having
found his song, the song of self−sufficiency, fully resur−
rected, cleansed and given breath, free from any encumbrance
other than the workings of his own heart and the bonds
of the flesh, having accepted the responsibility for his own
presence in the world, he is free to soar above the environs
that weighed and pushed his spirit into terrifying contra−
ctions.) (288−89)

스터키(Sterling Stuckey)는 이러한 루미스의 깨달음의 순간은 독립된 사건이 아니라 모든 삶의 경험에 종속되어 나타나는 과정의 최고점이라고 설명한다(Pereira 75 재인용). 이것은 그의 기독교인으로서의 정체성의 박탈임과 동시에 진정한 아프리카인으로서의 정체성을 부여안은 것이다. 이제 그는 똑바로 설 수 있다. 그러나 그는 세례 요한과 같은 기독교의 선구자가 아니다. 대신에 그는 새로운 전통을 만든다. 그의 경험은 아프리카의 뿌리를 찾음으로써 흑인들을 진정한 정체성을 찾는 길로 인도한다.

이와 같이 등장인물들은 아프리카계 신화와 기독교 신화의 상징물과 관습들 사이에서 끊임없는 영적 협상을 거쳐 자아확립을 추구한다. 윌슨은 각각의 등장인물마다 다른 해결책을 보여준다. 아프리카인의 정체성이 풍부한 바이넘에게는 묵시적인 기독교의 흔적을 주입함으로써 주변의 인물들을 통솔하는 조화로운 인간으로 제시하고, 기독교인이었던 루미스에게는 아프리카의 문화유산을 찾음으로써 정체성을 추구하도록 설정하고 있다. 또한 마싸나 버싸의 경우도 기독교 문화와 아프리카 문화를 적절하게 혼합하여 조화로운 인간관계를 유지하도록 하고 있다. 또한 아버지와 함께 했던 조니아도 이제는 어머니 마싸에게 맡겨짐으로써 흑백 문화 모두에 대한 이해를 바탕으로 균형 잡힌 교육으로 이끌도록 결론을 맺고 있다. 따라서 이 극은 기독교 전통과 아프리카 전통을 씨줄과 날줄로 엮어 만든 새로운 흑인 신화인 아프리카계 기독교의 직물이라 할 수 있다.

2. 『두 대의 기차가 달리고』

(1) 나의 것 찾기

이 작품은 미국의 1969년을 배경으로 한다. "비록 1969년이 시대적 배경일지라도 이 극은 근본적으로 1968년에 있었던 잊혀지지 않는 커다란 사건[7]에 대한 사무친 재반응"(Shannon, *The Dramatic Visi-*

---

7) 블랙 파워 운동(Black Power Movement)으로 말콤 엑스가 암살당한 해인 1965년에 미국 남부에서 시위 행렬을 주도하던 인권 운동가인 카마이클 (Stokely Carmichael)이 외친 구호 블랙 파워(Black Power)가 도화선이 되어 시작된 흑인 인권을 위한 운동이다. 출발 배경과 과격한 구호가 주는 인상과는 대조적으로 블랙 파워 운동의 본질은 일종의 흑인 민족주의였다. 카마이클은 블랙 파워 개념을 다음과 같이 정의하였다.

　블랙 파워의 개념은……이 나라에 있는 흑인이 결합하도록, 그들의 유산을 인정하도록, 공동체감을 형성하도록 촉구하는 부름이다. 그것은 흑인들이 목표를 세우고, 자신의 조직들을 이끌고, 그리고 이러한 조직들을 지지하도록 흑인들에게 촉구하는 것이다. 그것은 인종차별주의 기관과 이 사회의 기존 가치들을 거절하기 위한 부름이다.

　The concept of Black Power……is a call for black people in this country to unite, to recognize their heritage, to build a sense of community.

on of August Wilson 169)이다.

　블랙 파워 운동은 흑인의 역사와 전통에 대한 재인식, 의식 개혁을 통한 흑인의 정체성과 공동체 의식의 확립, 그리고 이를 바탕으로 인종적 차별과 억압을 극복하려 한 민족주의적 운동이었다. 이러한 민족주의적 성격의 블랙 파워 운동을 당시 예술 운동으로 전환한 것이 순수 흑인 예술 운동이었다. 순수 흑인 예술 운동에 참가한 작가들은 예술의 기능과 작가의 현실 참여를 강조하였다. 이들은 미국 사회에서 오랫동안 유지되어 온 인종적 편견과 차별이 흑인들을 육체적, 정신적인 타자로 만들어 인간적인 가치와 존엄성을 상실시켰기 때문에 가장 시급한 일은 흑인들이 왜곡된 자아상과 패배감을 버리고 긍정적인 자아의식을 확립할 수 있도록 하는 의식 개혁에 힘썼다. 또한 이들은 흑인 작가야말로 이와 같은 의식 개혁에 도움을 줄 수 있거나 의식 개혁을 선도할 수 있는 작품을 써야 한다고 주장하였다. 순수 흑인 예술 운동의 대표적 이론가로 간주되는 닐은 이 운동의 성격에 대해 다음과 같이 설명하였다.

　흑인 예술 운동은 사회로부터 소외당하는 예술가의 어떠한 개념에도 철저히 반대한다. 순수 흑인 예술은 블랙 파워 개념과 미학적, 정신적인 자매이다. 이러한 것으로서 순수 흑인 예술은 미국 흑인들이 필요로 하는 것과 갈망하는 것을 직접적으로 다룬다.

The Black Arts Movement is radically opposed to any concept of the artist that alienates him from his community. Black Art is the aesthetic and spiritual sister of the Black Power concept. As such, it envisions an art

---

It is a call for black people to begin to define their own goals, to lead their own organizations and to support those organizations. It is a call to reject the racist institutions and values of this society. (44)

that speaks directly to the needs and aspirations of Black America. (29)

순수 흑인 예술 운동에 참여한 작가들은 흑인을 악이나 죄와 동일한 것으로 간주하며 흑인의 존재 자체를 부정하는 백인의 미적 기준을 버리고 흑인의 역사, 전통, 문화, 정서, 정치적 현실을 토대로 흑인 고유의 모든 예술을 창조적인 표현으로 종합한 흑인 미학의 확립이 필수적이라고 믿었다. 이들은 영가, 블루스, 재즈와 같은 음악적인 요소, 흑인 서민의 구어 리듬, 어휘, 화법과 같은 일상생활적인 요소, 미국 흑인의 삶에 중대한 의미를 지니는 흑인 영웅 및 사건들과 같은 역사적인 요소 그리고 모든 흑인 문화의 뿌리로 간주되는 아프리카적인 요소들을 융합하여 새로운 미학을 형성하기 위해 노력하였다. 특히 이들은 흑인 음악을 미국 흑인의 현실을 전달할 수 있는 가장 순수한 형태로 간주하고 흑인 음악인 블루스, 재즈를 작품 속에 조합하여 자연스럽게 흑인 음악과 문학작품과의 미학적 연결을 시도하였다.

이러한 사회적 운동의 물결과 더불어 1960년대의 정치적인 상황은 역사상 가장 젊은 대통령 케네디(Robert Kennedy)를 중심으로 가장 많은 변혁이 미국 사회 곳곳에서 일어났다. 대외적으로는 월남전 참전과 쿠바의 위기가 있었으며 국내적으로는 흑인 민권 운동, 여성 해방 운동 등 기존의 체제를 전복하고 새로운 문화를 구축하려는 반문화 운동이 광범위하게 진행되었다.

말콤 엑스와 같은 지도자는 백인이 구원받을 수 없는 악마이고 그들이 지배하고 있는 미국 사회는 흑인에게 악몽 같은 '정치적, 경제적, 정신적 감옥'(152)이나 다름없는 것이므로 흑인은 수단과 방법을 가리지 말고 이 감옥에서 벗어나 백인과 결별해야 한다고 주장하였

 오거스트 윌슨의 화해와 통합을 위한 무대

다. 학생 흑인 운동 지도자인 카마이클도 비폭력 흑인 민권 운동이
나 흑백 공존에 회의를 품었다. 이러한 와중에 1966년과 1967년 사
이에 몇몇 도시에서 유혈 폭력 사태가 일어났고 1968년 비폭력 무
저항 철학과 기독교적 사랑을 바탕으로 흑인 민권 운동을 이끌어 온
마틴 루터 킹 목사가 그리고 그로부터 몇 달 후에는 흑인 민권의
옹호자였던 케네디 상원 의원이 암살자의 총에 맞아 사망하게 되었
다. 이 두 암살 사건은 민권 운동과 반전 운동에 있어서 순진한 희
망과 이상주의에 종말을 고하고 130여 개 이상의 도시에서 유혈 폭
동을 일으키기에 충분했다. 이로 인해 그동안의 흑인의 지위 향상을
위한 노력에도 불구하고 흑인의 삶은 여전히 좌절의 상태였다.

존슨(Daniel M. Johnson)과 켐벨(Rex R. Campbell)은 1960년대에
도시 지역의 경제적 격변으로 북부 도시로 보다 나은 삶을 꿈꾸며
남부에서 이주해 온 많은 흑인들은 실업, 고용 불안정, 저임금으로
인한 불안정한 삶을 살 수밖에 없었으며 경제적 대변동이 불가피했
던 1960년에는 전체 34%의 흑인들이 북부에 살았는데 1969년에는
39%에 달하였다고 설명한다(154). 흑인들이 도시로 모여들자 백인
중산층은 흑인을 피해 교외로 빠져나가 도시 공동화와 경제적 쇠퇴
의 결과를 야기하여 흑인들은 더욱더 곤란한 지경에 빠지게 된다.
게다가 경제를 장악하던 백인이 빠져나가고 도심은 인구의 수가 줄
어들며 사회복지와 의료, 교통 등의 사회적 서비스의 질이 현저하게
저하되었다(Johnson & Campbell 152).

흑인들이 '약속의 땅'이라고 굳게 믿었던 것과는 달리 실제로 북
부에서의 삶은 백인들에게 집세, 음식, 의복 등에 터무니없는 가격을
지불해야만 하는 인종적 차별과 편견에서 벗어날 수 없음을 알게 되
었다. 콘(James H. Cone)은 『마틴, 말콤, 미국』(*Martin & Malcolm &*

America)에서 남부에서 북부로 온 흑인들의 현실에 대한 당혹감뿐만
아니라 북부의 도시에서 또다시 도시의 변두리로 내몰리게 되는 상
황에서 인간의 기본권이 박탈되는 흑인들의 심적 고통을 다음과 같
이 설명하고 있다.

흑인들이 '약속의 땅'이라고 기대했던 북부의 도시와 그들이 실제
로 알게 된 북부와의 차이는 엄청나서 그들은 좌절과 절망감으로 자
부심이나 자기 존중을 파괴하고 있다. 흑인들은 남부에서 그토록 오
랫동안 배제되어 왔던 자유를 갈망하고 있는 것이다. 그들은 다른 백
인들처럼 물질적인 부를 가지기를 원하며 백인들처럼 일할 기회와 동
시에 놀 수 있는 기회를 바라는 것이다. 그러나 그 대신 그들은 도시
의 슬럼가의 좁은 방에 기거하며 백인 집 주인들에게 집세를 지불하
고 그리고 집세, 음식비, 의복비를 터무니없이 상인들에게 지불하며,
흑인들이 남부에서 '백인의 법'으로 익히 알고 있는 것보다 흑인의 삶
에 어떤 존경심도 보이지 않는 경찰들에 의해 단속되기 예사였다.

The contrast between what blacks expected to find in the "promised
land" of the North and what they actually found there was so great that
frustration and despair ensued, destroying much of their self−esteem
and dignity. Blacks expected to find the *freedom* which had eluded
them for so many years in the South; that is, they expected to have−
like other Americans−the right to live wherever they chose and to work
and play with whomever they chose. Instead they found themselves
crammed into small ghetto sections of the cities, paying to white
landlords and merchants exorbitant prices for rent, food, and clothing,
and being policed by white cops who showed no more respect for
black life than the "white law" they knew so well in the South. (317)

이와 같은 격변의 1960년대를 감수성이 예민한 나이에 생생하게 체험한 윌슨에게 있어서 흑백의 관계는 노예와 소유주의 관계와 다를 바 없었다. 윌슨은 1960년대의 흑인 민권을 위한 많은 노력들이 몇몇 투사와 순교자의 이름으로 남았을 뿐 60년대에 싹 틔운 흑인 의식 고양과 흑인들의 정치적 권리를 위한 노력이 지속적으로 이어져 가고 있지 않다고 생각하였다. 따라서 윌슨은 『두 대의 기차가 달리고』에서 60년대의 흑인 민권을 위한 많은 노력들이 단지 몇몇 투사들의 항거에 그치지 않기를 바라며 계속 이어 나가고자 했다.

윌슨의 대부분의 작품을 연출한 로이드 리차즈도 그를 대변하듯이 작품을 다음과 같이 설명하고 있다.

윌슨은 그가 썼던 모든 극에서 시도하였던 것을 이 극에서도 시도한다. 그의 극들은 10년이라는 기간을 중심으로 그 기간 동안 학대받아 온 사람들의 삶을 조명한다. 그는 자신의 작품을 시대적 사건을 연대기적으로 조명하거나 그 시대의 문제에 대한 대화로 접근하지 않았다. 그는 모든 것들을 그가 길거리에서 마주쳤거나 마주치기를 피했던 인물들을 통해서 접근하였다. 그는 매일같이 자신들의 삶에 영향을 미치고, 또 당시대의 문제에 영향을 끼치면서 당시대의 문제를 다루어 가는 시도를 통해 인물들을 알 수 있도록 인물들을 설정하였다. 살기 위한, 살아남기 위한, 번창하기 위한, 자존심을 지키기 위한 그들의 투쟁 속에서 우리는 당시의 사람들을 인식하게 된다. 역사가 등장인물의 삶과 결정에 영향을 미치는 것과 같이 여러분은 흐르는 시간의 역사를 보게 된다.

August has done here what he has done in all the plays he has written. His plays have centered themselves in a decade and have illuminated the life of an oppressed people during that time. He has not approached the plays as historical chronologies of the events of a time, or even as dialogues on the problems of a time. He has approached everything through characters, characters who any of us may have encountered or avoided encountering on the street. He has put them in a position where we can get to know them through their attempts to deal with the issues of their time as they affect their everyday lives. And in their struggle to live, to survive, to thrive, to respect themselves, one begins to perceive these people in their time; you see the history flowing to the time and flowing from it as it affects the lives and the decisions of those characters. (Pettengil 202−03)

위에서 보듯 윌슨은 당대의 역사적 사건을 경험한 하층민의 인물들이 걸어온 삶의 역사를 통해 60년대의 흑인 민권 운동을 이어 나가고 있다. 이러한 1960년대를 다시 쓰기 위해 『두 대의 기차가 달리고』에서는 삶과 죽음을 암시하는 정육점과 영안실 사이에 자리 잡고 있는 피츠버그의 한 식당에 모여든 인물들의 일상생활에 초점을 맞추고 있다.

멤피스(Memphis)가 운영하는 북부 게토우 지역에 있는 이 식당은 이 극의 등장인물들이 함께 모이는 곳으로 이들은 1960년대에 있었던 사회적 소용돌이의 밖에 머물고 있다. 이곳은 등장인물들이 저마다의 가난한 삶 속에서 서로의 영혼을 위로하고 격려하며 흑인이라는 공동체 의식을 느낄 수 있도록 해 주는 피난처다. 이곳에서 이루어지는 대화는 흑인들 간의 유대감을 더해 주고 밖에서 일어나는 모든 폭력으로부터 안전하게 지켜준다. 그런데 시당국의 도시계획에 의해 식당이 헐려야 하는 위기의 순간에 처해 있다. 흑인의 공동체 의식이 무너지는 찰나에 생존의 위협을 느끼는 이들은 살아남기 위한 길을 모색하지 않을 수 없었다.

이들이 생존할 수 있는 길은 복권에 당첨되거나, 도박으로 돈을 따거나, 보험금을 노리고 방화하거나, 도둑질을 하거나, 강도짓을 하는 것이었다. 막다른 궁지에 몰린 이들은 이러한 행위로부터 자신의 존재의미를 느끼고 분노에 대한 갈망을 어느 정도 완화시킬 수 있었기 때문이다.

극중 인물 중 햄본(Hambone)이야말로 러츠(Luts)에게 자신의 경제력을 통제당하고 "나는 나의 햄을 원해요."라는 오로지 몇 마디로 백인 사회에 대한 자신의 분노를 표현함과 동시에 빼앗긴 자신의 것을 찾고자 투쟁하는 인물이다. 햄본의 역사는 침묵당해 왔다. 그러기에 그가 극 내내 반복적으로 발화하는 몇 마디는 이 극의 유일한 액션이며 백인의 부당함에 대항하는 흑인 전체의 분노를 표현하는 행위로서 코모스(kommos)[8]를 연상케 한다.

햄본은 백인 러츠의 울타리에 페인트칠을 해 준 대가로 햄을 받기로 되어 있었다. 러츠는 칠을 제대로 하면 햄본에게 햄을 주기로 하였고, 그렇지 못하면 닭고기를 주기로 약속했다. 햄본이 울타리에 칠을 잘했음에도 불구하고 러츠는 그에게 닭고기를 주었다. 그 후 햄본은 9년 반 동안이나 "햄을 받아야 해."라고 읊조리고 다니면서 일관되게 자신이 일한 대가를 정당하게 보상하라고 주장한다. 햄본이 자신의 노동에 대한 정당한 대가를 요구하는 것은 그의 자존심의 표현으로 홀로웨이(Holloway)가 "그는 백인들이 무엇을 던지든지 기

---

8) 고전 그리스 드라마에서 코모스는 인물의 심오한 감정을 표현하기 위해 합창하는 서정적인 유형물로 사용된다. "나는 나의 햄을 원해요."라는 햄본의 말은 반복적으로 사용되는 그의 합창으로서 과거의 백인 사회의 기만성을 구체화하고 아프리카계 미국인들의 곤경을 조명해 줌으로써 현재의 삶을 더 나은 방향으로 이끌어 준다. 이와 같은 의미에서 햄본은 코모스를 연상케 한다고 할 수 있다(Bogumil 98 참조).

꺼이 받아들이려 하지 않을 것이다.”(30)라고 말한 것으로도 알 수 있듯이 끝까지 자신의 주장을 굽히지 않는다. 어원학자 메이저(Clarence Major)는 햄본이라는 이름 자체에서 정체성이 드러나는데 “기독교에서 노아는 햄을 흑인의 고대 조상으로 간주하며 19세기 말에서 지금까지 햄본이라는 말은 특별히 힘든 시기의 음악이나 삶에서 흑인 문화적 경험을 표현하는 다각적인 메타포가 되었다.”(220)고 말한다. 이렇게 볼 때 햄본의 경험이야말로 흑인과 백인들의 모든 역사를 요약해 준다고 볼 수 있다. 햄본은 백인의 불법에 대항하는 흑인들의 분노와 질긴 비애를 나타내는 인물로 자신이 마땅히 받아야 할 것을 위해 기꺼이 싸운 전사기질을 소유한 인물들 중의 하나다.

정의를 기다리다 정신 이상자가 될 수밖에 없었던 운명에 처해 있지만 햄본은 종종 문맥에 관계없이 연극 전체를 통해 “나는 나의 햄을 원해요. 그가 나에게 내 햄을 줄 거야.”라고 주문처럼 끈질기게 외치는 인물이다. 멤피스는 햄본의 이러한 행동이 자기만족적이며 북부에서 통용되지 않는 낡고 뒤떨어진 남부의 심리를 반영한다고 비아냥거리며 응수한다(30). 비록 멤피스와 같은 냉정한 시선도 있지만 쉐넌의 지적처럼 햄본의 행위는 당연한 권리로서 미국으로부터 자신의 몫을 받아내겠다는 흑인 전체의 확고한 의지를 상징하는 것(*The Dramatic Vision of August Wilson* 184)이다.

결국 햄본은 자신의 햄을 얻지 못하고 죽음을 맞이하나 그 죽음은 자신뿐만 아니라 등장인물들에게 구원의 수단을 제공하며 흑인 각각의 인물에게 떨어진 불운을 해방시킨다는 의미를 지닌다. 스털링(Sterling)은 햄본을 위해 러츠의 가게 문을 깨고 훔쳐 온 햄을 그의 관 속에 넣어 준다. 행동보다는 언어 지향적인 이 작품에 자그마한 행동을 일으킨 스털링의 이와 같은 행동은 흑인의 힘과 결속을

보여주는 승리의 행위이다. 심지어 그가 은행에서 돈을 훔쳤을 때에
도 범죄 행위라기보다는 사회에 대한 저항의 몸짓으로 간주된다.

스털링이 처한 환경에 비추어 볼 때, 그가 은행을 턴 행위는 단순
한 범죄 행위가 아니다. 그것은 사회가 그에게 제공한 선택권에 대한
저항의 몸짓으로서, 고귀하고 영웅적인 행동으로 볼 수 있다.

For Sterling, given his circumstances, robbing a bank is not simply
a criminal act. It can be seen as a noble and heroic thing, a gesture
of resistance to the options society offered him. (Dworkin 8)

스털링이야말로 불굴의 정신으로 사회에 당당히 맞서는 윌슨의 등
장인물 중의 한 명의 전사인 것이다.

비록 뜻을 이루지는 못했지만 리사(Risa) 또한 햄본의 영혼을 기
린다는 의미에서 좋은 관을 마련하기 위해 애쓴다. 또한 자신의 가
게에 와서 사업을 방해한다고 생각하여 햄본에게 거리감을 두고 리
사가 햄본을 위해 먹을 것을 마련하는 등의 배려를 할 때 곱지 않
은 시선을 보냈던 멤피스는 그를 위해 꽃과 "볼을 이전에 떨어뜨렸
던 모든 사람은 가서 주워라."(110)라는 글귀에 사인을 하여 보낸다.
웨스트(West)는 비록 돈을 받고 장례식을 치러 줄지라도 햄본의
영혼을 숭배하는 자다. 웨스트에 의하면 햄본은 연락을 취할 친인척
도 없고 앨라바마에서 왔다는 것을 제외하고는 어느 누구도 그의 본
명조차 모른다고 한다. 햄본이 남부 출신일 뿐 특별한 개인적인 이력
이 없다는 점은 그가 남부의 모든 끔직한 역사를 지닌 흑인 전체를
의미하는 것이다. 이러한 의미에서 볼 때 햄본의 '햄 찾기' 노력과 주
변 인물들의 도움은 백인 사회에서 흑인의 것을 찾기 위한 흑인공동

체의 항거인 것이다. 또한 윌슨은 로쓰타인(Rothstein)과의 인터뷰에서 "햄본이 1960년대에 햄 대신 닭을 받아들이지 않는 새로운 흑인이 탄생하였음을 보여준다."("Round Five for the Theatrical Heavyweight"7)고 설명하듯 햄본은 1960년대에 등장한 새로운 흑인상으로 백인의 부당함으로부터 해방된 인물이다. 따라서 윌슨은 흑인 전체를 의미하는 햄본을 통해서 60년대 흑인 민권 운동의 맥을 계속 이어 나가는 것이다.

（2） 흑인 역사의 수용

이 작품의 시대적 배경이 변혁의 1960년대이지만 변화한 환경 속에서 흑인들이 사용하는 언어와 이야기, 그들이 먹는 것, 관심사, 그들이 믿는 신과 그들이 시간을 보내는 방법 등에 주의력을 환기시킨다면 마치 흑인들의 삶에 얽혀 있는 구전설화를 듣는 것 같은 인상을 받는다. 바로 이러한 맥락에서 안센(Ansen)은 이 작품 속에서 "우리가 목격하고 있는 것은 60년대의 연극이 아니라 구전 역사의 한 형태로 끝없는 흑인의 경험을 엿듣는 데 초대된다."(70)라고 한다.
이 극은 블루스 음악의 '형식 없음'을 모방하듯 느리고 우울하게 반복적으로 전개되며 행위 지향적이지 않고 언어 지향적이다. 등장인물들은 자신들이 겪어 온 삶의 경험담을 이야기하는데, 이야기 자체가 그들에게는 파편화된 도시의 낯선 풍경 속에서 친교의 수단이자 기억의 행위이다. 특별한 행동이 없이 등장인물들이 이야기에 참여함으로써 다양한 관점이 관객들에게 제시될 뿐만 아니라 이야기 자체를 즐기는 것은 아프리카 문화의 전통과 관련이 있다. 이러한 측면에서 연출가 리차즈가 윌슨의 작품이 "나이든 사람들의 발치에 앉아 이야기를 듣는 것 같다."(Shannon, *The Dramatic Vision of August Wilson* 174)라고 설명한다.

누군가에게 이야기를 하고, 그 이야기를 들어 줄 만한 상대가 있다는 것 자체가 흑인들에게는 구원이기도 하다. 따라서 등장인물들은 이야기를 통해서 자신의 의미를 깨닫는 순간을 맞이한다. 리사는 남자들의 유혹을 피하기 위해 양쪽 다리와 음부까지 자해를 한 인물로 기존의 스테레오 타입의 여성이 아니다. 그런데 양아버지의 죽음으로 인해 절망적인 시기에 놓여 있을 때 은행을 털어 교도소에서 시간을 보낸 후 갓 출소하여 돈 한 푼 없는 스털링에게 리사가 끌리는 것은 오로지 그의 이야기를 통해서다. 멤피스는 불안한 마음을 떨쳐버리기 위해 이야기를 쏟아내기도 한다. 이들에게 있어서 이야기 자체가 하나의 치유방법이기 때문이다.

윌슨은 이 극에서 '이야기하기'(storytelling)의 기술을 가장 탁월하게 구사하는 사람으로 홀로웨이를 설정한다. 홀로웨이는 다양한 화제에 대해 논평하고 과거의 사건을 구두로 제공하는 역할을 한다. 예를 들면 그는 울프(Wolf)와 스털링이 앤트 에스터(Aunt Ester)의 충고에 따라 강물에 돈을 던지자 그들의 빈곤 원인이 무엇인지 알지 못한 채 주술적으로 문제를 해결하려고 한다는 비난을 하기도 하고, 햄본의 죽음 앞에서도 러츠와 햄본 사이의 거래 계약은 햄에 대한 문제를 미해결로 남겼다고 자신의 견해를 피력한다. 또한 멤피스가 울프와 스털링을 게으르다고 표현하자 홀로웨이는 다음과 같은 자신의 이론을 펼친다.

> 홀로웨이: 사람들은 흑인들이 게으르다고 말하지. 흑인은 세상에서
>   가장 힘들게 일하는 사람들이야. 무료로 삼백 년 동안

일해 왔어. 점심조차 거르며 일을 했어. 그런데 느닷없이 흑인들이 게으르다니. 어떻게 일하는 건지를 모르는 거지. 흑인들에게 돈을 주고 일을 시켜야만 되자 갑자기 일이 없다는 거야. 만약 흑인들이 없었다면 백인들은 가난했을 텐데 말이야.

HOLLOWAY: People kill me talking about niggers is lazy. Niggers is the most hard-working people in the world. Worked three hundred years for free. And didn't take no lunch hour. Now all of a sudden niggers is lazy. Don't know how to work. All of a sudden when they got to pay niggers, ain't no work for him to do. If it wasn't for you the white man would be poor. (34)

극이 진행되는 동안에 자주 홀로웨이는 극의 이슈가 되는 사건을 더 큰 문맥 안으로 위치시키는 철학적 관점을 제공한다. 멤피스가 합법적인 일을 함으로써 불과 몇 달러를 벌더라도 전혀 돈을 벌지 않는 것보다 더 낫다는 경제논리를 펴자 홀로웨이는 스털링 같은 젊은이가 하루에 10달러를 번다면, 그 돈은 필수품을 사는 데 다 소모되기 때문에 힘든 노동이 보여주는 대가는 아무것도 없을 거라고 답변한다. 홀로웨이는 더 나아가 처음엔 미흡하더라도 작은 컵을 부지런히 채우면 언젠가 흡족한 상태에 이를 수 있으리라는 워싱턴 (Booker T. Washington)의 주장에 반박하며 미국 사회에서 흑인이 꿈을 이루려고 하는 것은 '구멍 뚫린 양동이로 모래를 운반하려는 것'(34)과 흡사한 일이라는 자신의 지론을 편다.

자신만의 삶에 대한 철학으로 세상을 대하는 홀로웨이는 멤피스의 식당에 드나드는 흑인들의 삶에 진지하게 참여하고 주시한다. 이러한 면에서 로차는 홀로웨이를 '지역 사회의 연장자이자 구전 역사가'(116)라고 부르며 "아프리카신인 에슈의 조명이자 아프리카계 미국인의 언어적 유산인 '라우드 스피킹'(loud speaking)이 반향된 인물"이라 표현하고 있다("American History as 'Loud Talking' in *Two Trains Running*" 118). 언뜻 보기에 홀로웨이는 아무 일에나 끼어드는 수다쟁이로 보일지 모르나 단순히 수다쟁이라 하기에는 매우 객관적인 시각을 소유한 인물이며 사물에 대한 분석능력이 뛰어나다. 그는 멤피스가 스털링에 대해 게으르고 일하기 싫어한다고 불평하자 "백인들이 흑인을 이용하여 돈 벌 수 있는 방법을 생각해 낼 수 있다면……우리 흑인들은 모두 일을 하고 있을 텐데"(35)라고 날카로운 지적을 한다. 그는 오랜 기간 동안 백인의 흑인 노동력 착취와 그러한 것을 가능케 하는 권력구조에 대해 넌지시 말하고 있는 것이다.

홀로웨이의 말은 때때로 철학적 지혜를 담고 있기도 하다. 햄본이 죽자 홀로웨이는 그의 죽음에 대한 직접적 언급을 피하며 "당신은 사랑과 죽음을 가졌지. 죽음이 당신을 찾은 거야……사랑을 찾는 것은 당신에게 달렸어."(102)라고 말한다. 홀로웨이는 백인의 교묘한 설득을 있는 그대로 받아들이는 순진한 흑인들을 깨우쳐 주기 위해 노력도 한다. 그는 "흑인이라는 단어와 총이라는 단어를 같은 문장 안에서 쓰면 백인들은 우리를 체포하려고 할 거야. 사보타주, 평화 방해, 폭동 선동, 정부타도 음모죄 등 생각할 수 있는 모든 죄목을 씌워서 말이지."(85-6)라며 60년대의 인종적 충돌과 당시의 편집증적인 정신 상태에 대해 언급하기도 한다. 쉐넌이 "홀로웨이는 흑인의 경험에 대한 시대의—어쩌면 세기의 대변인이었다."(*The Dramatic Vision of August Wilson* 175)라고 하는 이유도 바로 그의 능숙한 '이야기하기'에 기인한다.

윌슨은 또한 "플롯이나 행동이 아닌 이야기 자체만을 의도적으로 강조함으로써 관객들이 이야기를 자기 나름대로 다르게 듣고 아프리카의 종족적 관습들을 상기시키는 분위기를 환기하도록 유도한다."(*The Dramatic Vision of August Wilson* 174) 헤리슨 역시 윌슨의 극에 등장하는 대부분의 이야기꾼들은 "삽화적 일화와 방백, 그저 내뱉는 듯한 반복적인 말로 줄거리를 엮어 하나의 일관성 있는 무늬를 만들어 가면서 이야기 속에 내재되어 있는 의미를 확대시킴으로써 긴장감을 증폭시키고 그를 통해 시간과 공간을 확장시킨다."(*August Wilson: Three Plays* 301)라고 말한다.

극의 전편에 무의미한 듯한 말 "햄을 줘, 햄을 받아야 해."라고 되뇌며 다니는 햄본의 대사는 자주 반복되면서 흑인의 정당한 노동에 대한 부당한 보상, 흑과 백의 균형 잡힌 정의의 실현 등을 논하는 이 극의 다른 인물들의 이야기와 맞물린다. 이렇게 햄본의 짧은 대사는 다른 이야기와 교차되며 흑인의 역사를 관통하는 흑인에 대한 착취와 부당한 대접이라는 미국 사회의 인종적 문제로 거시화되는 의미를 얻게 된다. 따라서 햄본이 발화하는 짧은 대사는 등장인물들에게 공동체 의식을 깨닫게 함으로써 과거 조상과의 연결고리를 잇게 한다.

내가 계속해서 반복하는 주제는 우리 자신을 다시 연결하는 필요성이다. 토지에 기반을 둔 농경 사회인 아프리카에서 뿌리가 뽑혀 미국 남부로, 다시 시골로 끌려가서 몇 백 년이 지나 아프리카계 미국 문화가 태어났다. 그때 그 문화의 바로 중심부에서 우리 자신의 뿌리를 뽑아 그 문화를 포장된 길거리로, 즉 반기지 않는 산업화된 도시 세계로 옮기려고 시도한 것은 끔찍한 실수였다. 우리가 남부에 그냥 있었더라면 더 좋았을 것이다. ……우리가 할아버지의 입장에 있다는 연결 의식은 파괴됐다. 이것이 내가 극으로써 해 보려고 시도하는 것이다. 그런 연결을 만들자. 그것이 중요하다고 나는 생각하기 때문이다. 공동의 과거를 가졌었기 때문에 우리에게 공동의 과거가 있고 공동의 미래가 있다.

The theme I keep coming back to is the need to re−connect yourself. Having been uprooted from Africa, an agrarian land−based society and taken into the South, again rural, after a couple of hundred years an African−American culture was born. Then, right in the middle of that to uproot yourself and to attempt to transport that culture to the pavements, to an urban industrialised world which was not welcoming was a terrible mistake. I think it would have been better if we had stayed in the South. When we left we left people back there. ⋯⋯that connection is broken, that sense of standing in your grandfather's shoes. This is simply what I'm trying to do with my plays. Make that connection. Because I think it's with all. Having shared a common past we have a common past and a common future. (Bigsby 303 재인용)

아프리카에서 역사 전승자는 부족의 역사가로서 부족들에게 노래와 리듬을 전달해 주고 구전 전통의 특성을 지닌 지혜를 전달해 주는 인물이다. 윌슨은 이 극에서 아프리카인의 역사적 구전자로서 현존하는 남성으로 홀로웨이를 설정했다면, 가상의 여성 인물로는 앤트 에스터를 부각시킨다. 지역 사회에서 앤트 에스터는 등장인물들이 상담하고 운명을 점치는, 즉 신탁을 제시하는 인물이다. 따라서 모든 등장인물들은 앤트 에스터를 찾아가서 충고를 구하고 그녀의 말에 따라 삶의 방향을 정한다. 앤트 에스터는 기독교로 대변되는 예언자 사무엘(Samuel)과 반대되는 가상적 인물이다. 윌슨은 이들을 무대로 등장시키지 않고 등장인물들의 말을 통해서 관객에게 전달하며 관객 또한 등장인물의 말을 통해 그들의 역할을 본다.

여기서 앤트 에스터의 나이는 322세로 묘사된다. 이러한 그녀의 나이는 흑인이 노예로 미국에 왔던 초창기로부터 극의 시간적 배경이 되는 1960년대까지를 상징적으로 나타내 주는 것으로 와트링턴(Dennis Watlington)은 '앤트 에스터의 나이는 흑인 전체에 대한 경험의 저장소'(107)를 암시한다고 언급하고 있다.

흑인의 뿌리이자 역사를 상징하는 앤트 에스터를 그 누구보다도 신봉하는 인물은 홀로웨이다. 그는 예언자 사무엘의 머리를 만지면 부자가 된다고 믿고 있는 흑인들이 사무엘의 장례식에 줄지어 서 있다는 스털링의 말을 듣고 "앤트 에스터는 너에게 더 많은 돈을 줄 거야. 그녀는 너를 바르게 만들어 줄 거야."(22)라고 단언한다. 또한 홀로웨이는 햄본이 "그는 나에게 나의 햄을 줄 거야. 나는 나의 햄을 원해."(22)라며 주문을 읊조릴 때도 "그가 해야 할 일은 앤트 에스터를 만나러 가는 일이야."(23)라고 충고한다. 더 나아가 홀로웨이는 자신의 운명을 앤트 에스터에게 의존하고 있다는 사실을 스털링에게 말한다.

> 홀로웨이: 스털링 너도 가서 그녀를 만나봐. 난 가끔 그녀를 만나러 가지. 내 영혼이 씻겨지는 것 같더구나. 그녀가 하는 건 단지 머리에 손을 얹는 것뿐일 거야. 하지만 네가 그전에 결코 가질 수 없었던 느낌을 갖게 될 거야. 삶에 있어서 모든 게 진정 고요해지고 평화로워지거든.

> HOLLOWAY: Go on up there and see her. I go up to see her every once in a while. Get my soul washed. She don't do nothing but lay her hands on your head. But it's a

feeling like you ain't never had before. Then everything
in your life get real calm and peaceful. (24)

스털링은 교도소에서 나와 어떤 일이든 할 각오로 이것저것 직업
을 찾고 있으나 그의 현실은 "하숙집 여주인은 내가 만약 그녀에게
12달러를 지불하지 못한다면 나는 길거리에서 헤매야 해."(20)라는
사실에서 보듯 암울하다.

> 스털링: 내가 하는 전부는 세상에서 살기 위해 노력하는 것이야. 하
> 지만 세상은 미쳐 가고 있어. 난 내가 이 세상에 태어난
> 게 유감이야. 한번은 이 여성이 나에게 "스털링, 난 당신의
> 아기를 갖고 싶어."라고 말했지. 난 그녀에게 우리가 아기
> 를 가지게 되면 그 아이는 75세까지 살 것이고 그가 얼마
> 나 많은 지옥 같은 삶을 살겠어. 난 아무에게도 그런 짐을
> 지울 수 없어라고 말했어.

> STERLING: All I do is try to live in the world, but the world
> done gone crazy. I'm sorry I was ever born into it.
> This woman told me one time, "Sterling, I wanna
> have your baby." I told her if we have a baby he
> might live to be seventy−five years old. Just think
> how much hell he gonna catch. I wouldn't do that to
> nobody. (52)

논리가 통하지 않고 노동의 진정한 대가가 지불되지 않는 백인
사회에서 살아가기 위해 남달리 삶에 열정이 있는 스털링은 숫자 게
임에 탐닉한다. 이들에게 있어서 숫자 게임은 자신이 존재한다는 사
실을 느끼게 해 주는 도구이기 때문이다. 이 극에서 홀로웨이와 더

불어 경제적으로 안정을 유지하는 멤피스조차 숫자 게임에서 딴 돈
으로 자신의 식당을 구입할 수 있었다는 점을 감안하면 흑인들에게
있어서 숫자 게임은 삶과 직결된다고 해도 과언이 아니다.

> 멤피스: 내가 내 옷을 매일 갈아입을 수 있는 장소를 가지게 된 것
> 은 팔구 년 전에 내가 숫자를 맞추게 되고 나서였어. 봐,
> 이 주위의 대부분의 검둥이들은 그렇게 하지 못해. 그들이
> 할 수 있는 유일한 길이란 숫자를 맞추거나 크랩 게임에서
> 행운을 거머쥐는 것뿐이야. 일하고 있는 사람들은……그들
> 이 할 수 있는 일이란 것이 그들의 소득세가 환급되는 것
> 을 기다리는 것뿐이야. 절반 정도는 정부가 그들에게 사기
> 를 치고 있어.

> MEMPHIS: It wasn't till I hit the numbers eight or nine years ago
> that I got to the point where I could change my clothes
> every day. See, most of these niggers around here can't
> do that. The only way they can do that is to hit the
> numbers or get lucky in a crap game. The ones that
> working……the only way they can do anything is to wait
> on their income tax return. Half the time the government
> cheat them out of that. (3)

백인 사회에서 실질적인 싸움은 언어가 아니라 경제력에 있다는
것을 인식한 스털링도 숫자 게임을 통해서 갑작스런 부를 누리기를
꿈꾼다. 그에게 있어서 숫자 게임은 운명을 통솔하고 돈을 모으는
유일한 방법이기 때문이다. 그는 리사의 양쪽 다리에 있는 상처의
수 7과 8 그리고 음부에 있는 상처 1을 고려한 숫자 781로 숫자 게
임에서 2달러를 번다.

 오거스트 윌슨의 화해와 통합을 위한 무대

그는 알버트(Albert)를 찾아가 2달러를 찾고, 지난번에 자문을 구하기 위해 앤트 에스터를 찾아갔지만 그녀가 아파서 볼 수 없었기에 다시 찾아간다. 앤트 에스터는 스털링에게 "당신이 가진 것 그리고 당신이 가진 최고의 것을 더 유익하게 해라."(98)라는 충고와 더불어 20달러를 강물에 던지라고 한다. 스털링은 앤트 에스터의 말대로 20달러를 강물에 던지고 리사와 미래를 함께하기를 희망한다. 그는 앤트 에스터가 자기 보고 '하나님이 보낸 사람'(98)이라고 했다며 리사에게도 앤트 에스터를 찾아가 보라고 충고하기도 한다. 스털링은 또한 앤트 에스터가 자신을 관대한 이해력을 가진 사람으로 표현하고 그 이해심을 발휘할 때가 왔다고 했다는 말을 리사에게 전한다.

이와 같은 앤트 에스터의 긍정적인 말에 힘을 얻어 스털링은 리사의 자위행위가 남긴 상처를 보듬어 안기로 결심하고, 비록 리사의 확실한 답변을 듣지는 못했을지라도 그녀에게 청혼을 한다. 스털링이 극의 결말 부분에서 러츠의 가게 문을 깨고 햄을 훔쳐와 햄본의 관 속에 넣어 주는 행위야말로 이 극의 주제 중의 하나인 '가서 볼을 잡아라.'를 실천하는 행위이다. 이러한 스털링의 영웅적인 행위는 아프리카의 구전 역사가인 앤트 에스터의 영향력인 것이다.

앤트 에스터의 영향력은 백인 예언자 사무엘조차도 그녀를 만나고 싶어 하는 모습에서 더욱더 두드러진다. 홀로웨이에 의하면 "대부분의 사람들은 예언자 사무엘이 앤트 에스터를 만나러 갔다는 사실을 모른다."(25)며 사무엘은 언제나 예언자는 아니라고 말한다. 그리고 사무엘은 탈세의 목적으로 자신의 모든 돈을 가지고 교회에 가다가 체포되었으나 앤트 에스터의 충고대로 시장을 찾아가 그의 불운을 행운으로 바꾸었다고 홀로웨이가 전한다. 앤트 에스터의 조언을 받아들여 사무엘은 기부금도 받아 빅맨이 된 것이다.

　　백인의 기독교 사회를 대표하는 예언자 사무엘이 흑인의 예언자 앤트 에스터의 충고를 따르고 의존하는 것은 백인의 이념체제를 전복시키는 힘으로 작용한다. 기독교와 아프리카 유산과의 대립관계에서 아프리카 문화유산의 중요성과 동시에 흑백의 적절한 결합을 부각시키고자 하는 윌슨의 의도로 볼 수 있다. 윌슨 또한 흑인들이 과거 유산인 앤트 에스터와의 조우를 통해서 미래의 변화를 예측할 수 있다는 주장을 피력하는 것이다. 이러한 앤트 에스터를 통해서 멤피스 또한 "공을 떨어뜨렸으면 돌아가서 주워야 한다."라는 조언을 듣게 되고 그로 인해 멤피스의 삶에 드리워진 구름들을 제거하는 방법을 터득하게 된다.

　　멤피스는 처음에는 앤트 에스터가 어떤 사람의 처지를 행운으로 변화시키는 것을 본 적이 없다며 그녀의 존재보다는 사무엘의 머리를 만지면 부자가 된다는 말을 믿는 것이 낫다는 견해를 가지고 있었다. 그러나 결국 그는 앤트 에스터를 방문한 후 백인 사회가 흑인들에게 가한 부당한 규칙들을 익힌다. "내가 규칙을 알기에 그들이 무엇을 한다 해도 나는 그 규칙을 이용할 거야."(Bogumil 17)라는 멤피스의 대사에서 보듯 그는 백인들에게 자신의 힘을 행사할 것 같은 희망감을 준다. 결국 그는 철거라는 위기에 처한 식당에 대한 대가로 20,000달러를 주겠다는 당국의 제안도 보류하고 30,000달러를 달라고 요구한다. 만약 시당국이 거절하면 멤피스는 자신의 몫을 챙기지 못할 형편이지만 백인 변호사를 고용하여 기대 이상의 35,000달러라는 돈을 받아낸다.

　　웨스트는 죽은 그의 아내가 천국에 있는지를 묻기 위해 앤트 에스터를 찾는다. 앤트 에스터를 방문하기 전에는 죽은 자의 영혼을 위로하는 장의사였지만 죽음에 관해 제대로 알지 못했다. 그는 다만 직업상 일했을 뿐이다. 홀로웨이도 폐렴에 걸린 할아버지의 고통을 잠재우기 위해 앤트 에스터를 찾아가 문제를 해결했다. 이와 같이 등장인물들은 어려운 상황에 처할 때마다 앤트 에스터의 조언을 구하고 그녀가 시키는 대로 움직인다. 앤트 에스터의 충고를 따른다는 것은 이들에게 있어서 또 다른 상처가 될 수 있는 오점을 굴절시키기 위한 노력인 것이다. 이처럼 등장인물들이 지친 영혼을 위로받기 위해, 앞으로의 삶의 방향을 결정하기 위해 아프리카 구전 역사의 전승자인 앤트 에스터를 찾는 것과 심지어 백인 기독교 사회를 대표하는 사무엘조차도 그녀에게 의존하는 상황 설정은 흑인은 물론 백인도 흑인의 역사를 수용하고 있음을 묵시적으로 나타내고 있다.

(3) 또 하나의 기차

『두 대의 기차가 달리고』의 제목은 1951년에 발표된 워터즈(Muddy Waters)가 부른 "여전히 바보"("Still a Fool")라는 제목의 블루스에서 가져온 것이다. 이 노래의 줄거리는 다른 남자의 아내와 사랑에 빠진 한 남자가 그 애인을 만나러 가려 하지만 자신이 가고자 하는 방향의 기차가 없음을 한탄하는 내용이다. 이런 의미의 기차를 윌슨은 이 작품에서 '백인들에 의해 왜곡된 자신들의 역사의 중요한 요소들을 무시할 것인가 아니면 되찾을 것인가 중에 하나를 택해야 하는 선택의 문제'(Saunders 10)를 상징하는 것으로 바꾸었다. 즉 윌슨은 왜곡된 흑인들의 역사를 무시할 것인가, 아니면 인정하고 과거를 거울삼아 정체성을 회복할 것인가에 관한 자신들의 역사에 대한 시각으로 바꾸어 설정한 것이다. 이를 위해 윌슨은 기차를 은유로 이용하고 있다. 이 극에 빈번히 등장하는 기차 도로의 이미지는 흑인을 구속하기 위해 백인이 사회의 도처에 쳐 놓은 제약을 의미한다. 이러한 굴레 속에서 흑인들이 나아가야 할 방향을 찾는 것이 월슨의 숙제로 그는 이와 같은 작품의 이미지를 주제로 연결시키는 메타포로 사용했다고 다음과 같이 말한다.

이 극에는 두 개의 이미지, 즉 노예 해방 이후 미국의 흑인들이 직면하는 문화적 동화와 분리라는 두 개의 이미지가 있다. 이러한 이미지가 내 마음속에서 달리는 두 대의 기차가 되었다. 나는 어떤 기차도 자신을 위해 움직이지 않는 인물에 대한 극을 쓰고 싶었다. 그는 가려는 곳에 도달하기 위해서는 새로운 철로를 건설해야 했다. 왜냐하면 그 기차는 그의 길로 가지 않을 것이기 때문이다. 그것이 바로 내가 탐구한 이미지이다.

There were two ideas in the play, or at least two ideas that have confronted black America since the Emancipation, the ideas of cultural assimilation and cultural separatism. These were in my mind the two trains running. I wanted to write a play about a character for whom neither of these trains were working. He had to build a new railroad in order to get where he was going, because the trains are not going his way. That was the idea when I started out exploring. (Bogumil 112)

월슨의 대부분의 작품에서 토론의 문제로 제기되는 것은 바로 '어디로 가는 가'이다. 즉 흑인들이 백인의 문화에 동화할 것인지, 아니면 분리할 것인지 끊임없이 정신적 항해를 하고 있다는 것이다. 이 작품에서 모든 등장인물들의 이와 같은 경험은 식당 주인인 멤피스의 경험으로 응축되어 제시된다. 등장인물들이 저마다 자신의 과거와 현재의 경험담을 이야기하고 이들의 다양한 이야기를 통해서 흑인들의 공통적인 경험들이 추출된다. 이 공통적인 경험은 다시 멤피스라는 한 인물의 삶이자 등장인물들의 삶으로 읽을 수 있다.

멤피스는 『마 레이니의 검은 엉덩이』에 등장하는 레비의 아버지를 연상케 하는 가슴 아픈 과거가 있다. 36년 전 그가 미시시피 주 잭슨에서 백인으로부터 산 땅에서 물이 나오자 백인들은 그가 아끼는 노새의 배를 갈라 죽이고 집에 불을 지르는 등의 위협을 가함으로써 판 땅을 도로 찾으려고 시도했다. 그러자 멤피스는 살아남기 위해 잭슨에서 북부의 피츠버그로 도망칠 수밖에 없었다. 피츠버그에서 성실하게 식당을 운영하여 경제적으로 어느 정도 능력을 갖춘 지금 그는 남부 고향으로 돌아가 빼앗긴 땅을 되찾겠다고 말한다.

> 멤피스: 나는 곧 돌아갈 거야. 나는 길을 알지도 못해. 내가 할 수 있는 일이란 오직 기차역까지 가는 길을 알아내는 거야. 매일 두 대의 기차가 운행되거든. 나는 기차 시간표를 알고 있었어. 바뀌었을지도 모르지……만일 바뀌었다면, 게시판에 써 있을 거야.

> MEMPHIS: I'm going back one of these days. I ain't even got to know the way. All I got to do is find my way down to the train depot. They got two trains running every day. I used to know the schedule. They might have changed it……but if they did, they got it posted up on the board. (31)

멤피스가 말하는 두 대의 기차 역시 동화와 분리라는 개념이다. 그러나 멤피스는 동화와 분리라는 두 대의 기차로 고향으로 돌아갈 수 없기에 지금까지 이를 실천에 옮기지 못하고 있다. 따라서 그는

이제 또 하나의 기차를 건설하고자 곧 철거될 운명에 처한 식당의
정당한 보상금을 받기 위해 시당국을 상대로 힘겨운 싸움을 벌이고
있다. 멤피스가 선택하여 시도해 볼 수 있는 방법으로 세 가지 길이
차례로 제시된다. 우선 극이 시작되면서 장례식을 치르게 되어 있는
예언자 사무엘을 통하여 기독교가 제시된다. 예언자 사무엘은 교회
목사임에도 불구하고 흑인 사회의 최고 부자이며 생전에 여러 명의
여자들과 지낸 것으로 소문이 난 인물이다. 그의 장례식장에는 그의
머리를 만지면 축복을 받아 부자가 될 것이라고 믿는 자들로 장사진
을 이룬다. 멤피스의 식당 여종업원인 리사가 예언자 사무엘은 하나
님이 정의 구현을 위하여 흑인에게 보낸 사람이므로 그에게 정신적
인 의지를 하라고 멤피스에게 충고한다.

> 리사: 예언자 사무엘은 설교자가 아니에요. 그는 성서 속에 있는 것
> 과 같은 예언자예요. 하나님은 그를 흑인이 정의를 얻는 데
> 도움을 주기 위해 보내셨어요.

> RISA: Prophet Samuel wasn't no preacher. He was a prophet like
> they have in the Bible. God sent him to help the colored
> people get justice. (87)

리사의 사무엘에 대한 칭송의 말에 멤피스는 사무엘이야말로 정의
구현 따위에는 전혀 관심이 없고 목사의 신분으로서 부귀영화를 누
리기 위해 오직 돈에만 관심이 있는 인물이라고 신랄하게 비판한다.

> 멤피스: 사람들은 거기에 줄지어 서 있을 때 정의에 관한 것은 전
> 혀 생각하고 있지 않아. 그들은 예언자 사무엘처럼 돈에

 오거스트 윌슨의 화해와 통합을 위한 무대

대해서만 생각하지. 그게 그가 생각하는 모두야. 정의는 두
번째 오는 거지.

> MEMPHIS: The people ain't thinking about no justice when they lined
> up there. They thinking about money like Prophet Samuel.
> That's all he thought about. Justice come second. (87)

멤피스는 정의 실현을 위해 존재해야 할 기독교가 부를 위해 존
재하고 또한 그 부를 좇기 위해 사무엘의 장례식에 줄지어 서 있는
흑인들조차도 이해할 수 없다. 멤피스에게 있어서 이러한 기독교야
말로 흑인을 문화적으로 지배하는 세력화된 요소로서 다른 문화를
억압하는 또 다른 형태의 식민주의의 투영으로 보는 것이다.

멤피스가 다음으로 택할 수 있는 방법은 말콤 엑스식의 인권 운
동에 참가하는 것이다. 홀로웨이가 백인에 대한 극단적인 사고 때문
에 비극적 운명을 맞이할 수밖에 없었던 말콤 엑스의 모습을 안타까
워한다.

> 홀로웨이: 말콤은 너무 큰 인물이 되었어. 사람들은 그를 성인이라
> 불러. 문제는 바로 그거야. 그는 너무도 큰 인물이 되었
> 어. 큰 인물이 되었을 때 할 수 있는 일이라곤 하나도
> 없어. 사람들은 모든 성인을 죽였어. 성 베드로. 성 바오
> 로. 사람들은 그들 모두를 죽였어. 네가 성인이 될 때,
> 죽는 것밖에 다른 방도는 없는 거야.

> HOLLOWAY: Malcolm got too big. People call him a saint. That's
> what the problem was. He got too big, and when
> you get that big ain't nothing else you could do.
> They killed all the saints. Saint Peter. Saint Paul.

They killed them all. When you get to be a saint there ain't nothing else you can do but die. The people wouldn't have it any other way. (41)

이에 멤피스는 말콤 엑스식 인권 운동뿐 아니라 대부분의 흑인 해방 운동이 말만 앞세우고 실제 행동은 전혀 하지 않는다는 점을 지적하며 인권 운동에의 참가를 거부한다.

> 멤피스: ……흑인들 모두가 원하는 것은 단지 모이는 것뿐이야. 그들은 하나의 집회가 끝나자마자 그 다음을 위한 계획을 시작하고 있어. 흑인들은 그 사이에 일어난 일들은 잊고 있어. 너희들은 행동으로 박차를 가하기 위해 모여야 해. 정작 행동을 해야 할 때는 이 흑인들은 앉아서 머리나 긁적이고 있지.

> MEMPHIS: ……All them niggers wanna do is have a rally. Soon as they finish with one rally they start planning for the next. They forget about what goes in between. You rally to spur you into action. When it comes time for action these niggers sit down and scratch their heads. (85)

멤피스 역시 말콤 엑스를 존중하지만 성급하게 백인에게 대항하면 오히려 역효과를 내고 그 결과 죽을 수밖에 없기에 모든 일을 점진적으로 해결하려는 자세를 취하는데 이러한 그의 행동은 백인 사회에서 살아남기 위한 전략인 것이다.

존재를 인정해 주지 않는 사회에서 살아남는 것은 쉽지 않다. 많은 사람들은 살아남지 못한다. '나는 중요한 사람이다.'라는 감정을 지니

 오거스트 윌슨의 화해와 통합을 위한 무대

고 있지 못하는 많은 젊은 흑인들은 자기 자신이나 다른 누구에게 대
해서도 존경심을 지니지 못한다. ……만일 급진적인 어떤 일이 이루어
져 이러한 광기에 종지부를 찍지 않는다면 아프리카계 미국인 공동체
는 자멸하게 될 것이다.

It is not easy to survive in a society that says you do not count.
Many do not survive. With the absence of black pride, that 'I am
somebody' feeling, many young African Americans have no respect for
themselves or anybody else. ……If something radical is not done soon
to put an end to this madness, the African American community will
soon commit suicide against itself. (Cone 90)

존재를 인정해 주지 않는 사회에서 아프리카계 미국인으로서 살아
남기 위해 멤피스는 극단적인 방법이 아니라 온건한 방법으로 백인
들에게 맞선다. 멤피스의 이러한 행동 배경을 이해하기 위해서는 그
의 시간 개념에 대한 인식을 짚어 볼 필요가 있다.

멤피스는 시간이라는 개념을 현재 진행형으로 인식하고 있는 햄본
과는 대조적인 인물로 시간에 대해 과거와 미래라는 개념으로 인식한
다. ……과거와 미래라는 개념이 극 중 내내 멤피스의 사고를 지배한다.

Memphis conceives of time primarily in terms of past and future in
contrast to Hambone who conceives of time in terms of a continuous
present. ……These two moments, one pat and one future, dominate
Memphis' thinking throughout the play. (Bogumil 109)

멤피스는 과거를 밑거름 삼아 과거의 연장선상에서 미래를 건설하
려는, 즉 깨어 있는 역사를 바로 세우기를 소망한다. 그는 언젠가는

포드 차를 타고 스토발(Stoval) 집을 찾아가 백인의 잘못된 점을 바로잡으려는 계획을 세우고 있다. 그러나 그는 자신의 역사를 바로 세울 수 있는 날을 기다리고 있지만 햄본과 더불어 그들은 백인들에게 이용만 당하는 실정이다.

이제 멤피스에게 주어진 마지막 선택은 흑인의 역사 전승자인 앤트 에스터에게 의존하는 것이다. 멤피스는 곤경에 처할 때마다 앤트 에스터에게 조언을 구한다. 흑인으로서 경제적으로 성공한 멤피스는 앤트 에스터에게서 흑인들 자신이 어떻게 환경에 조화를 이루어 나가야 되는지 교훈을 듣는다. 멤피스가 앤트 에스터를 찾아가 자신이 살아온 삶에 대해 이야기하자 그녀는 "되돌아가서 볼을 잡아라."라고 말한다. 멤피스는 그녀의 말이 자신의 미래를 결정하는 하나의 실마리가 되었음을 인정하고 고향 잭슨으로 돌아가 백인 스토발에게 빼앗긴 땅을 되찾고자 결심을 한다. 멤피스는 앤트 에스터의 충고, 즉 흑인의 역사를 수용함으로써 미래의 삶을 계획한다. 멤피스는 햄본의 죽음 앞에서도 햄본이 주술적으로 반복했던 "그는 나에게 나의 햄을 줄 거야. 그는 나에게 나의 햄을 줄 거야. 나는 나의 햄을 원해."(110)라는 말을 흉내 내는데 이것은 급진적인 60년대의 민권 운동과 맥을 같이한다. 집회만 열고 행동은 하지 않는다고 흑인들의 민권 운동을 비난하고, 점진적인 방법으로 백인 사회에 맞서 왔던 멤피스가 급진적인 방법으로 백인에 대항한 햄본을 표본으로 삼는 것은 이 두 방법의 적절한 융합을 간접적으로 제시하는 것이다. 즉 동화와 분리라는 상반된 두 대의 기차가 아닌 화해와 통합으로 조합한 멤피스의 또 하나의 기차인 것이다.

멤피스 외에도 윌슨은 흑인 등장인물들이 백인 사회에서 살아가는 데 있어서 중요한 것은 조화와 균형이라는 사실을 강조하고 있다.

게이츠(Henry Louis Gates)가 "윌슨이 홀로웨이를 만든 것은 백인 청중으로 하여금 흑인의 역사를 경험하기 위해서였다."(42)라고 설명한 것처럼 홀로웨이는 아프리카 역사 전승의 현대적인 역할자이다. 그는 흑백의 권력구조, 결제논리, 철학적 지혜, 객관적인 사고와 뛰어난 분석능력을 소유하고 있다. 그의 이러한 능력은 미국 사회에서 백인들이 사용한 규칙을 답습함으로써 터득한 삶의 철학이다.

웨스트 또한 같은 교훈을 배웠다. 웨스트는 비록 흑인들을 상대로 영업을 하는 장의사로서 백인 경쟁자가 없이 호황을 누려 현재 맞춤 신사복에 캐딜락을 몰고 다니는 인물이다. 그는 비록 실패하기는 하였지만 멤피스가 소유한 땅의 재개발 가능성을 간파하고 그 땅을 매입하기 위해 끈질긴 회유책을 쓰기도 한다. 그는 변화하는 세상과 자본주의의 법칙을 터득한 인물로 흑인의 열등한 사회적 지위를 인정하고 조금씩 주어진 사회적 여건 속에서 점진적으로 개선을 추구한다.

> 웨스트: 너는 작은 컵을 가져. 그게 네가 필요한 모두야. 네가 작은 컵을 가지고 있으면 누군가가 컵에 약간만 부어도 반절은 차거든. 십 갤런의 양동이는 결코 채울 수 없어. 만약 네가 인생 여정에서 작은 컵을 가지고 있으면 넌 결코 실망하지 않을 거야.

> WEST: Get you a little cup. That's all you need. Get you a little cup and somebody put a little bit in and it's half full. That ten-gallon bucket ain't never gonna be full. Carry you a little cup through life and you'll never be disappointed. (94)

웨스트가 급진적 변화를 시도하는 스털링에게 점진적 변화를 구하라는 조언이자 그의 자본론이다.

이 극의 유일한 여성 등장인물인 리사는 음식을 제공하는 전형적인 여성의 역할과 동시에 멤피스의 식당에서 일을 함으로써 경제활동에 참여하고 있다. 엘럼(Elam)이 "리사는 여성에 대한 전통적 기대를 거부함으로써 여성성의 문화적 법규 밖에 존재한다."("*Ma Rainey's Black Bottom*: Singing Wilson's Blues" 81)라고 한 것처럼 그녀는 남성의 성적 대상이 되는 것에 대한 항거의 표시로 자애를 함으로써 백인 남성 중심의 가부장적 제도에 도전한 새로운 흑인 여성상이다. 이와 같은 등장인물의 성향과 더불어 3세기 동안 흑인들의 삶의 활력소가 되었던 음악이 쥬크 박스(Juke Box)의 고장으로 인해 잠시 중단되어 소리를 내지 못하고, 앤트 에스터가 아파서 잠시 동안이지만 방문객을 받지 못하는 점은 표면적으로 두드러지는 '흑인 역사의 수용'이라는 측면을 어느 정도 누그러뜨린다. 관객이 드라마의 생명을 좌우한다는 점을 감안해 볼 때 월슨 또한 백인 관중의 취향을 고려하지 않을 수 없었던 것이다. 철저히 '흑인에 관한, 흑인에 의한, 흑인을 위한'(134) 흑인 중심적 연극을 주창한 두보이스(W. E. B DuBois)가 실제로 자신은 당대의 그 어떤 흑인보다도 유럽식 전통에 익숙한 유럽식 기준으로 흑인의 발전을 도모했던 것처럼 월슨 또한 흑인의 문화를 전면에 내세우고 흑인 미학을 강조하면서도 등장인물의 삶에 흑백 사이의 교류와 상호 이해의 가능성을 담아 놓는다.

전통적으로 흑인의 정체성은 문화적 동화와 문화적 분리주의라는 이분법적 사고와 관련지어 왔으나 이제 미국 사회에서 아프리카계 미국인으로서 흑인성을 유지하는 길은 동화, 분리라는 이분법적 사고가 아닌 조화나 통일의 개념적 사고인 것이다. 이러한 사고로 삶에 임하는 이 극의 중심인물인 멤피스는 흑인 역사라는 주춧돌 위에 백인 사회에서 경험한 논리를 하나씩 쌓아 거대한 자신의 기차를 건설할 것이다. 즉 이 기차는 아프리카의 문화유산을 바탕으로 미국 사회에서 아프리카계 미국인으로서 살아가기에 적합한 흑인성과 백인성을 조합한 하나의 도구이다. 멤피스는 그 기차를 타고 남부로 돌아가 빼앗겼던 땅을 되찾고 자신의 새로운 나라를 건설할 수 있으리라는 희망으로 관객에게 다가온다. 뿐만 아니라 모든 등장인물의 삶이 멤피스의 삶으로 응축되어 나타나듯이 그의 기차는 모든 등장인물의 기차로 귀착될 수 있다. 따라서 동화와 분리라는 이분법적 사고를 지양하고 흑백 사이의 상호 이해와 통합을 바탕으로 건설된 맴피스의 또 하나의 기차는 자신은 물론 모든 등장인물을 정신적 감옥에서 탈출시키는 새로운 흑인 신화로 자리매김되리라는 희망감을 준다.

Ⅲ. 부조화에서 조화로

미국 사회에서 지배민족인 백인의 연극과 공연 관습들은 내용뿐만 아니라 형식 면에서도 아프리카에 뿌리를 둔 흑인들의 전통과는 무관하게 이식되었다. 이에 따라 피지배민족의 전통문화를 '원시적이다' 또는 '단순하다'라는 식으로 배제하는 경향이 있었으므로 이에 대한 저항이 대체로 전통문화 되살리기의 양상을 띠게 되는 것은 당연한 일이라 하겠다. 민속문화에 뿌리를 둔 상연들은 역사의 보존을 도와주는 기억의 도구일 뿐만 아니라, 의사소통의 특수 체계를 통해 그리고 접촉 이전의 지역 관습들과 관련된 특수한 가치를 통한 문화적인 차별성을 유지하는 효과적인 전략이 된다. 이러한 맥락에서 미국 흑인들이 그들의 전통문화를 되돌아보는 것 그 자체가 백인에 대한 흑인의 저항이라 할 수 있다.

흑인들은 백인들에 대한 저항담론으로서 그들만의 풍속과 제의를 사용했는데 무엇보다도 중요한 것은 가장 흑인적인 민족의 혼을 담아내는 블루스라 할 수 있겠다. 이와 같은 측면에서 『마 레이니의 검은 엉덩이』와 『일곱 개의 기타』를 지배하는 블루스는 엘럼이 "음악은 메시지다.”(*The Past As Present In the Drama Of August Wilson* 18)라고 정의하듯 흑인들의 삶을 표현해 주는 요소로 작용한다.

『일곱 개의 기타』는 전편에 블루스가 흐르고 각 장마다 등장인물 개개인의 삶을 블루스로 표현함으로써 한 장 한 장 엮어 2막 14장이라는 흑인의 삶을 완성한 작품이다. 『일곱 개의 기타』는 일곱 명의 등장인물을 상징하며 일곱 개의 기타가 어우러져 한 곡의 블루스가 완성되듯 특정 주인공을 중심축으로 플롯이 전개되기보다는 일곱 명의 등장인물에게 골고루 분산되어 그들의 삶을 마치 에피소드처럼 구성한 한 편의 블루스다. 이러한 의미에서 이 작품은 1927년 미국 시카고에서 있었던 미국 흑인 음악의 발전 단계를 그린 『마 레이니의 검은 엉덩이』의 속편이라고 할 수 있다.

『마 레이니의 검은 엉덩이』가 1920년대 당시 블루스 여가수 마 레이니의 삶을 재조명한 것이라면 『일곱 개의 기타』는 그로부터 20여 년이 지난 1948년에 있었던 미국 흑인 남성 가수 크러드럽(Arthur Crudrup)의 삶을 플로이드라는 등장인물을 통해 재구성한 작품이다.

흑인들에게 있어서 음악은 흑인과 백인 간의 그리고 흑인 음악가들 간의 긴장을 드러낼 뿐만 아니라 만남의 자리이며 야망, 필요, 경험 때문에 헤어진 사람들을 간단히 결속시키는 조화의 근원이다. 구술화법의 한 종류인 부름과 응답의 양식을 차용하고 있는 블루스는 흑인들이 이제까지 겪어 온 고통을 달랠 뿐만 아니라 흑인 사회 전체가 겪은 고통을 표현하는 집단적인 성격을 지닌다(Harris 61). 등장인물들이 부르는 블루스는 물론 개개인의 삶과 플롯에서 엮어 나가는 이야기 자체가 블루스 형식을 띠며 다음 인용문과 같이 흑인 연극이 지켜야 할 네 가지 원칙이 담겨져 있다.

참된 니그로 연극의 작품들은 다음과 같아야 한다. 1) 우리에 관한 것이어야 한다. 즉 작품은 흑인의 삶을 있는 그대로 드러낼 수 있는 플롯을 가져야 한다. 2) 우리에 의한 것이어야 한다. 즉 작품은 출생부터, 그리고 계속적인 교류를 통해, 오늘날 흑인으로 사는 것이 어떠한지 아는 흑인 작가에 의해 쓰여져야 한다. 3) 우리를 위한 것이어야 한다. 즉 극장은 우선 흑인 관객에게 봉사하여야 하고 흑인의 오락과 인정에 의해 지지받고 유지되어야 한다. 4) 우리 가까이에 있어야 한다. 극장은 평범한 흑인 대중의 집단 근처의 흑인 구역에 위치해야 한다.

The plays of real Negro theatre must be: 1. About us. That is, they must have plots which reveal Negro life as it is. 2. By us. That is, they must be written by Negro authors who understand from birth and continual association just what it means to be a Negro today. 3. For us. That is, the theatre must cater primarily to Negro audiences and be supported and sustained by their entertainment and approval. 4. Near us. The theatre must be in a Negro neighborhood near the mass of ordinary Negro people. (DuBois 134)

"작가는 영원성과 계속성 그리고 일관성을 갖춘 연극을 만들어 고통받는 형제자매를 자신의 끊임없는 증인으로 확보하기 위한 운동을 할 수 있는 전초기지로 이용할 수 있게 하는 것"(Foreman 74)이라고 한 것처럼 윌슨은 블루스를 통해 흑인극의 내용과 형식을 올바른 방향으로 이끌고자 노력했다. 이와 같은 블루스야말로 등장인물 개개인의 파편화된 삶을 하나의 유기체적인 공동체 의식으로 엮어 내고 불협화음이었던 삶의 질곡을 조화로운 화음으로 소리를 내고 있다. 이때 불협화음의 개인적인 삶의 부분 부분은 전체를 위해 기능하고 존재한다. 이러한 의미에서 극 속의 블루스는 루카치가 설명한 예술 작품의 유기적 총체성의 강조와 밀접한 관련이 있다.

 오거스트 윌슨의 화해와 통합을 위한 무대

　　모든 예술작품은 하나의 완결된, 자체 내적으로 완성된 연관관계 그리고 그 운동과 구조가 '직접적으로' 명백한 그러한 연관관계를 제시하여야 한다. 이러한 직접적 명백성의 필연성은 문학에서 가장 뚜렷하게 나타난다. 하나의 소설 혹은 하나의 극의 현실적이고도 심오한 연관관계는 종결부에 가서야 비로소 드러날 수 있다. 종결부가 비로소 발단부에 대한 현실적이고도 완전한 해명을 제공한다는 것은 그 관계의 구조와 작용의 본질에 속하는 것이다. (『리얼리즘 미학의 기초 이론』 52)

　　총체성을 강조하는 것은 질서와 조화 속에서 아름다움을 발견하는 것을 뜻한다. 따라서 위의 두 작품을 통해서 블루스가 작품 속에 어떻게 조화롭게 스며들어 흑인들의 불협화음적인 삶의 모습이 조화로운 합창곡으로 편곡되는지 살펴보겠다.

1. 『마 레이니의 검은 엉덩이』

(1) 흑인의 역사: 블루스

　　말과 글이 억압된 상태에서 흑인들의 전통문화인 이야기하기, 블루스 등의 구술 전통은 흑인들에게 단지 오락이나 예술을 위한 예술로서 삶의 주변에 머물렀던 것이 아니라 일상의 삶을 관류하는 하나의 정신적이고 정치적인 힘이었다. 『마 레이니의 검은 엉덩이』는 작품의 제목이자 마 레이니가 부르는 블루스 노래로서 흑인의 음악인 블루스가 백인들에 의해 상품으로 변화하는 역사적인 순간을 극화하므로 블루스를 통한 미국 흑인의 문화가 사실은 '미국 문화 전체'를 의미한다고 빌링튼(Michael Billington)은 말한다(86). 따라서 블루스는 흑인의 역사이자 미국의 역사라 할 수 있다.

대부분의 한국인들이 농악장단에 맞추어 어깨를 들썩일 수 있는 것과 같이 블루스는 흑인들의 가장 밑바닥에 깔려 있는 정신세계를 대변한다. 따라서 블루스를 진정으로 이해하기 위해서는 흑인들의 정서, 그들이 살아온 역사 그리고 지금도 흑인들의 삶을 옭매고 있는 현실의 모순에 대한 관찰이 반드시 선행되어야 한다. 이러한 측면에서 블루스의 기원을 간단히 살펴보면 다음과 같다.

19세기와 20세기 초에 걸쳐 미국의 남부에는 노예 신분에서 해방은 되었지만 여전히 하층민의 생활을 면치 못하던 수많은 흑인들이 있었다. 뉴올리언스(New Orleans)를 위시한 도시로 몰려든 이들은 노예 시절 목화 농장에서 일하면서 부르던 노동요를 그대로 간직하고 있었는데, 그것이 바로 '블루스'의 모태가 된다(성기완 36). 따라서 초기에 블루스는 대중을 즐겁게 하는 예술로서가 아니라 단지 흑인들 간의 의사소통의 일환인 노래로서, 또한 극단적인 인종차별의 고통 속에서 신음하는 억압받는 민중의 저항의 외침으로서 존재했다. 즉 블루스는 운문과 노래로 표현된 흑인들의 삶의 체험이며, 경험의 부활이고, 그 형태 자체가 미국 흑인들이 어떻게 고난을 극복해 왔는가를 보여주는 주목할 만한 예다. 널리 알려진 엘리슨의 『보이지 않는 인간』(*Invisible Man*)에서 내린 블루스에 대한 정의는 이를 잘 설명해 준다.

블루스는 사람의 의식 속에 살아 있는 잔혹한 경험의 고통스런 세부 사항과 에피소드들을 보존하고 그 들쭉날쭉한 알곡을 손가락으로

 오거스트 윌슨의 화해와 통합을 위한 무대

가리키며 철학이 주는 위안으로 극복하는 것이 아니라 거의 비극에 가까우면서도 희극적인 서정성을 그 경험에서 짜냄으로써 극복하고자 하는 충동이다. 형태로 보면 블루스는 개인적인 실패의 자전적인 경험담을 서정적으로 표현한 것이다.

[The blue is]an impulse to keep the painful details and episodes of a brutal experience alive in one's acting consciousness, to finger its jagged grain, and to transcend it, not by consolation of philosophy but by squeezing from it a near‒tragic, near comic lyricism. As a form, the blues is an autobiographical chronicle of personal catastrophe expressed lyrically. (78)

뉴올리언스 거리의 흑인 비렁뱅이들, 어쩌면 장님에 절름발이었을 지도 모르는 이들이 부른 구슬픈 선율이 바로 블루스요, 스토리빌 (Storyville)의 데둠(Marie Desdumes) 같은 흑인 매춘부가 매일 저녁 손님을 상대로 부른 한 맺힌 노래가 바로 블루스다(성기완 37). 중심부가 아니라 주변부에서 고통받는 사람들에게 관심을 쏟았던 윌슨의 작품 연구에 있어서 이러한 블루스에 대한 연구는 필수적이라 하겠다. 윌슨은 여러 번의 인터뷰를 통해서 자신의 작품이 "전적으로 블루스에서 나오는 사상과 특성에 기초한다."(Plum 561 재인용)고 주장했다. 그는 쉐퍼드(Vera Sheppard)와의 대담에서도 "블루스는 내 작품의 샘솟는 샘물이며, 나의 영감의 원천이다. 나는 블루스를 흑인이 세상 속에서 스스로를 발견할 수 있는 미국 흑인의 문화적인 반응이다."(7)라고 자신의 블루스에 대한 견해를 밝히고 있다. 엘럼은 이러한 윌슨의 주장을 '블루스 신학'("*Ma Rainey's Black Bottom: Singing Wilson's Blues*" 77)으로 표현하기도 했으며 또한 윌슨은 모이어즈(Bill Moyers)와의 인터뷰에서 자신의 극에서 블루스의 중요성을 다음과 같이 주장하였다.

> 블루스는 미국에서 흑인 자신을 발견할 수 있는 상황으로 이끌어
> 주며 흑인의 문화적 반응을 내포하고 있기 때문에 우선적으로 중요하
> 다. 블루스는 구술 전통의 일부분으로서 이를 통하여 흑인들의 생각
> 과 태도 그리고 철학적인 체계가 블루스 안에 포함되어 있다. 블루스
> 는 정보를 전달하는 방식이다.
>
> The blues are important primarily because they contain the cultural
> responses of blacks in America to the situation they find themselves
> in. Contained in the blues is a philosophical system at work. You get
> the ideas and the attitudes of a people as part of an oral tradition.
> This is a way of passing along information. (Bogumil 17 재인용)

미국 흑인들이 정체성을 찾아가는 유일한 통로가 된 블루스는 흑
인의 역사적, 문화적 보고일 뿐만 아니라 음악이 주는 독특한 보존
방식9)을 가지고 있다. 단순한 형식과 서양 음악에서처럼 정확한 음
정의 평균율 음을 내는 것이 아니라 마치 우리의 창처럼 질질 끌리
거나 미분화된 음을 보다 밀도 있게 내어 악기 자체가, 목소리처럼
유장한 흐름을 간직하는 이러한 블루스의 특징은 아프리카 토속 음
악의 특징으로서 '흑인과 백인의 차이를 드러내는 은유'(Shafer,
"Breaking Barriers: August Wilson" 271)이며, 시공을 초월하여 상처
받은 흑인의 마음을 치유할 수 있는 강장제 역할을 했다.

---

9) 12소절을 기본으로 1도, 4도, 5도의 간단한 코드패턴을 반복하는 것이며,
   "후렴에서 부름과 응답 형식으로 반복하는 연의 구조, 성악양식에 나타
   나는 가성(falsetto: 남성 가수가 보통의 음역 위의 음을 여린 소리로 내
   는 인위적인 목소리)에 의한 브레이크, 기타나 하모니카 같은 악기로 성
   악을 흉내 내는"(Brittanica) 등의 기본 구성을 취하고 있는 것이다.

 오거스트 윌슨의 화해와 통합을 위한 무대

흑인 영가와는 다르게, 블루스는 집단으로 부르는 노래가 아니다. 정상적인 상태에서 불려졌을 때, 블루스는 보통 한 사람의 남자나 여자가 부른다. 흑인 영가가 종종 고통에서 벗어나, 천국에 가서 이후에 행복하게 하는 것에 대해 노래하는 반면, 블루스는 여기 지상에서, 고통의 한가운데에, 친구도 없고, 배도 고프고, 사랑에 실패한 것 등에 대해 노래한다. 블루스의 분위기는 거의 항상 의기소침하다. 그러나 블루스가 불려지면, 사람들은 웃는다.

Unlike the spirituals, the blue are not group songs. When sung under natural circumstances, they are usually sung by one man or one woman alone. Whereas the spirituals are often songs about escaping from trouble, going to heaven and living happily ever after, the blues are songs about being in the midst of trouble, friendless, hungry, disap-pointed in love, right here on earth. The mood of the blues is almost always despondency, but when they are sung people laugh. (Hughes 26)

흑인들의 느낌이나 생활 자체를 여과하지 않고 그대로 표현하는 블루스는 단순히 고통을 회피하고 잊어버리려는 노력이 아니라 현실의 고통을 이겨낼 수 있는 힘을 부여하는 미국 흑인 정신의 결정체인 것이다. 블루스야말로 미국 흑인 문화의 한 부분으로서 미국 문학의 모체가 된다.

블루스는 종합이다 [……] 노동가, 여럿이 부르는 속가, 들판에서의 외침, 종교적인 화음, 금언, 민중 철학, 정치적 논평, 음란한 유머, 애가, 그리고 또 더 많은 것들이 미국에서 항상 작동하고 있는 혼합체를 구성하고 있는데……그 혼합물은 항상 신대륙에 사는 아프리카 인들의 특별한 경험이 되며, 그것을 만들고, 변형하며 대치한다.

> The blues are a synthesis [······] Combining work songs, group seculars, field hollers, sacred harmonies, proverbial wisdom, folk philosophy, political commentary, ribald humor, elegiac lament, and much more, they constitute an amalgam that seems always to have been in motion in America······ always becoming, shaping, transforming, displacing the peculiar experiences of Africans in the New World. (Baker, *Blues, Idelogy, and Afro – American Literature* 5)

윌슨 또한 블루스를 흑인들이 경험한 사회적, 정신적인 것을 내포하고 있는 의미의 집합체, 흑인의 영혼을 담고 있는 음악이라고 생각했다. 따라서 그는 흑인의 정신적 지주였던 블루스를 수용함은 물론, 시대적인 변화의 흐름에 맞는 국민적인 성향까지도 받아들이자는, 즉 흑백 모두에게 인식의 지평을 넓힐 것을 시사하고 있다.

윌슨의 작품은 어떤 구체적인 역사적 상황하에서 흑인의 일상적인 삶을 통해 그들의 정체성, 문화, 역사, 가치를 곱씹어 보게 한다. 이 작품 역시 '겨울이 지났지만 호수를 건너오는 바람이 봄이 온다는 약속을 하지 못하는'(xv) 1927년의 냉기가 감도는 3월, 시카고를 배경으로 본격적인 북부 산업 사회와의 접촉에서 경험한 미국 흑인들의 삶을 다룬다. 남부에서 일자리를 찾아 북부 도시로 이주한 흑인 대이주가 시작된 지 10여 년이 지난 1927년경에는 미국 남부의 흑인 문화와 북부 산업 문명과의 본격적인 접촉이 이루어졌다. 이로 인해 시공을 초월하여 흑인들의 혼을 담아 정보 전달의 수단으로 구전되어 내려온 블루스는 1920년대 음반 산업으로 대변되는 산업 자본주의와의 접촉을 계기로 상업적 생산물로서의 음반 산업으로 탈바꿈하여 널리 대중에게 보급되었다.

이 작품의 배경인 1927년은 마이크가 발명된 직후로 음반화가 이

   오거스트 윌슨의 화해와 통합을 위한 무대

루어져 탄생 이후 수십 년간 흑인만의 것이었던 블루스가 백인들에 의해 상품으로 변화하는 역사적인 순간이었다. 그리하여 블루스 음악이 500개가 넘는 음반이 발매되었으며 흑인에게만 약 1000만 개의 음반이 판매되었다(Smith 480). 하지만 마 레이니, 베씨 스미스(Bessie Smith)로 대변되는 고전 블루스(Classic Blues)[10]의 인기가 서서히 시들어 가고 킹 올리버(King Oliver), 루이 암스트롱(Louis Armstrong), 젤리 롤 모턴(Jelly Roll Morton)과 같은 재즈 음악가들의 보다 발전된 형태의 재즈가 유행하기 시작했다(Oakley 86). 이제 청중과 가수의 관계는 음반 구매자와 음반에 녹음된 목소리로 바뀌었다. 따라서 상업적 생산물로서의 음반은 철저하게 상호적이던 가수와 청중의 관계를 상호 교감이 불가능한 일방적인 관계로 전환시키기도 했다(Sidran 66).

청중과 가수를 하나로 묶어 주는 연결고리 역할을 했던 블루스가 기계 문명의 발달로 청중과 가수를 분리시키게 되었지만, 오히려 흑인 문화의 전통을 유지하는 데에 상당한 도움을 주기도 했다. 음반 산업의 발달로 남부와 북부에 걸친 모든 흑인들이 자신들의 문화를 자유로이 접할 수 있게 되었으며, 인종 간의 장벽을 넘어서 백인들에게도 전파될 수 있는 기회를 제공했기 때문이다(Sidran 64−5).

2000년대의 흑인의 역사를 다시 쓰고 있는 윌슨에게 있어서 역사적인 교차의 순간이 바로 그의 새로운 역사이듯, 이 작품이 배경으

---

10) 마 레이니와 베씨 스미스로 대표되는 고전 블루스는 블루스와 '블루스'라는 꼬리표를 떼어버린 딕시랜드(dixieland), 래그타임(ragtime), 재즈(jazz) 그리고 스윙(swing)이라는 명칭으로 변화되는 중간 단계로 볼 수 있다 (Jones, *Blues People* 93−4). 이와 같은 고전 블루스의 생성은 남부 농경 지역을 생활의 무대로 삼았던 미국 흑인들이 흑인 대이주를 통해서 처음으로 북부 산업 자본주의와의 본격적인 접촉을 시작했음을 알려주는 증거라 할 수 있다. 히긴바썸(Evelyn Higginbotham)은 남부 흑인 문화가 북부 산업 사회의 상업주의와 접촉하게 된 것이 고전 블루스가 출현하게 된 중요한 계기였음을 지적한다(164).

로 삼는 것도 고전 블루스의 생성과 쇠퇴, 그리고 재즈의 등장으로 이어지는 미국 흑인 음악에 있어서의 변화이다. 다시 말해서 '마 레이니의 검은 엉덩이'라는 곡을 고전 블루스 가수들 중에서 남부 전통을 가장 충실히 따르는 마 레이니[11]의 버전으로 연주할 것인가 아니면 시대적인 흐름에 맞춘 레비의 버전으로 녹음을 해야 할 것인가에 대한 등장인물들의 갈등이 주요 내용이다.

그러나 이러한 변화에도 불구하고 고전 블루스는 그 음악양식에 있어서 본질적인 변화가 없었다. 1920년대 중반 이후에 본격적으로 등장한 재즈나 스윙은 전통적인 미국 흑인 음악에 서양 음악의 기법이 접목된 새로운 감수성의 음악이었는데 이는 당시의 거장 루이 암스트롱의 재즈에 관한 사이드런의 주장에서도 알 수 있다.

그의 연주에 담긴 지적 요소와 정서적 요소의 균형은 인종과는 무관하게 많은 청중을 감명시켰다. 암스트롱은 리듬과 발성에 대한 구전적인 접근과 서양의 화성구조에 대한 직관적 파악을 결합시킴으로써 흑인과 백인 모두를 만족시키는 새로운 통합물을 창조했다.

The balance of intellectual and emotional content in his playing impressed a vast and integrated audience. Armstrong combined the oral approach to rhythm and vocalization with an intuitive grasp of Western harmonic structure, creating a new synthesis acceptable to both blacks

---

11) 마 레이니는 이 작품의 주인공으로 조지아 주 출신의 실존 인물로서 본명이 거투루드 맬리사 닉스 레이니(Gertrude Malissa Nix Rainey 1886~1939)인데 블루스의 어머니이자 최초의 흑인 블루스 가수로 불린다(Brittanica). 연애쇼 가수 출신으로 1902년부터 블루스를 부르기 시작했으며 1935년 은퇴할 때까지 블루스 음악은 그녀 삶의 중심이었다. 마 레이니는 1923년에서 1928년 사이에 블루스 음악가, 흑인 재즈 연주가들과 함께 90개가 넘는 곡을 녹음했다(Brittanica).

and whites. (61)

재즈가 미국 흑인들만의 음악이 아닌 전 세계에 걸쳐 많은 애호가를 지닌 미국 음악으로서 자리잡은 것도 블루스에 서구 음악의 기법을 도입했던 암스트롱과 같은 재즈 연구가들의 공로라 할 수 있다. 그러나 서구 음악의 기법을 도입했던 암스트롱의 재즈 역시 그 음악적 뿌리는 여전히 블루스였다. 특히 암스트롱이 서구의 음악 기법을 습득했던 방법이 악보나 정상적인 음악 교육이 아닌 청각을 통한 직관적인 이해였던 점은 암스트롱의 재즈가 서구의 음악적 기법이나 가치관에 함몰되지 않고 구전 전통의 즉흥성 속으로 이를 끌어오는 창조적 모방이었음을 보여주는 중요한 증거이다. 따라서 즉흥성이 강조되는 재즈야말로 흑인의 음악인 동시에 민중의 음악이라 할 수 있다. 파농이 "서로를 인정하지 않는 인간들이란 서로 점점 흩어지기 마련이고 서로 얘기를 덜하기 마련"(*The Wretched of the Earth* 256)이라고 한 것처럼 블루스에서 재즈로 변화된 1920년대의 시대적 상황 속에서 흑인은 백인의 문화를, 백인은 흑인의 문화를 존중할 것을 윌슨은 조용히 주장하는 것이다. 윌슨은 다원주의 문화가 지배하는 미국이라는 나라에서 삶의 터전을 마련하는 길은 공존의 삶을 모색하는 길이라 여겼기 때문이다.

이 방법의 일환으로 윌슨은 흑인 전통문화인 블루스를 보존하면서 동시에 시대적 상황에 의해 변화된, 다시 말해서 흑과 백을 동시에 포용할 수 있는 재즈도 받아들일 것을 등장인물들의 삶을 통해서 주장한다. 그러나 오랫동안 감금되었던 흑인의 목소리를 발화하는 과정이 험난한 일이기 때문에 흑인의 입장에서 흑인들을 대변하는 작업으로서 윌슨은 조금은 정제되고 완곡한 표현으로 자신의 의지를

관철시키고 있다. 따라서 월슨의 극작품들은 표출할 수 없는 고통을
승화시키는 흑인의 삶이 응축된 한 편의 블루스라 해도 과언이 아니
다. 특히『마 레이니의 검은 엉덩이』는 작품의 구조뿐만 아니라 등장
인물 개개인의 모든 일화들이 블루스의 특징과 밀접한 관계가 있다.

그러므로 이 작품 속에서 블루스적인 요소들이 어떻게 스며들어
한 편의 블루스를 연상케 하는지 그리고 등장인물 개개인의 삶이 어
떠한 흑인의 역사를 구성하고 있는지 플롯을 통해 살펴보고자 한다.

（2） 교차로의 노래

월슨은『마 레이니의 검은 엉덩이』를 쓰게 된 배경을 다음과 같
이 설명하고 있다.

나는 음악을 듣고 글을 쓰기 시작했다. 나는 흑인 음악가들의 경제
적 착취문제를 탐구해야겠다고 제일 먼저 생각했다. 극은 전적으로
레코딩 스튜디오에서 일어난다. 나는 그 문제와 씨름하다가 팽개쳤다.
나는 1978년 다시 작품으로 돌아왔고 밴드 멤버들의 목소리가 들리기
시작했다. 그래서 나는 밴드룸의 문을 열고 그 안에 누가 있는지를
살피기로 하였다. 작품을 쓰는 시간 내내 나는 내 방에서 음반을 들
었다. 나는 남성 블루스 가수들 찰리 패튼(Chalie Patton), 선 하우스
(Son House)의 음악을 들었다. 왜냐하면 나는 밴드 내의 남성들에 관
해서 쓰고 있기 때문이다. 나는 정직하게 쓰려고 노력했으며 블루스
의 힘을 얻기 위해서 애썼다.

I listened and I began to write. My first idea was to explore the
economic exploitation of black musicians. The play took place entirely
in the recording studio. I wrestled with that a while and abandoned it.

> I came back to the play in 1978 and I began to hear the voices of
> the band members. So I decided to open the door to the band room
> and see who was inside. The whole time I was writing, I was listening
> to records in my room. I was listening to the male blues singers—
> Charlies Patton, Son House—because I was writing the men in the
> band. And I was trying to write honestly, to acquire the force of the
> blues. (Smith 480 재인용)

이와 같이 윌슨은 흑인 음악인들의 경제적 착취와 더불어 블루스가 어디서 나오는가를 보여주기 위해서 악단원들의 삶을 보여주어야 했다(Bigsby 293).

윌슨은 거대한 우주를 스튜디오라는 제한된 공간으로 옮겨 지하 연주실과 녹음실에서 액션의 일부분을 담당하는 흑인 음악인들과 통제실에서 이들의 음악을 착취하는 백인 경영인을 통해서 흑백이라는 인종의 이야기, 즉 흑인의 역사를 보여준다. 백인들의 착취의 대상이었던 흑인들은 자신의 경제적 안정을 성취하기 위해 투쟁해야만 하기 때문에 서로 간에 화합을 이루기가 어렵다. 『마 레이니의 검은 엉덩이』에 나오는 등장인물들의 삶도 이러한 충돌들로 만연해 있다. 그러나 그러한 개개인의 불협화음 속에서도 그들이 어느 순간 집단의식을 느끼는 정점이 있는데 이 순간이 바로 블루스음악을 연주하는 순간이다. 테일러(Regina Taylor)가 "극에 등장하는 인물들은 모두가 살아 있는 블루스다."(18)라고 말한 것처럼 윌슨은 미국에서 억압당한 흑인 개개인의 삶을 전달하는 매체로서 진정한 블루스의 힘을 이용한 것이다. 왜냐하면 블루스야말로 윌슨의 등장인물들이 언제나 투쟁해야만 하는 억압의 힘으로부터 벗어날 수 있는 안전한 방법이기 때문이다. 따라서 이 작품의 등장인물들의 삶 자체, 그들의 이야기, 그리고 행위 자체가 한 편의 블루스다. 등장인물들의 극적인 투쟁과 그들 개개인의 이야기는 대화, 액션 그리고 음악의 앙상블로 교차하여 반복된다. 이처럼 이 작품이 한 편의 재즈구조로 이루어져 있기 때문에 등장인물들의 갈등과 화합의 순간을 중심으로 작품의 전개방식을 살펴보는 것이 무엇보다도 중요하다.

막이 열리면 스튜디오 소유자인 백인 스터디밴트(Sturdyvant)와 마 레이니의 매니저인 어빈(Irvin)이 스튜디오에서 녹음을 위해 마이크 점검을 하고, 악단 멤버인 커틀러(Cutler), 슬로우 드래그(Slow Drag), 톨레도(Toledo)는 그들이 연습하고 쉴 수 있는 공간인 밴드룸으로 들어온다. 커틀러는 악단원의 리더로 50대 중반이며 기타와 트럼본을 연주한다. 그의 연주 실력은 탄탄하나 음악적 이해는 자신이 연주하는 악보에 제한되어 있다. 그는 마 레이니와 스터디밴트 둘 중의 어느 한쪽에 치우치지 않고 상황에 따라 적절히 움직이며 다른 멤버들도 자신의 의견에 따라주기를 요구하는 등의 리더십을 발휘한다. 그러나 기타가 블루스 연주에서 필수 불가결한 악기일지라도 리듬이나 맞춰 주는 정도로 쓰이듯 그의 역할 또한 한계가 있다. 슬로우 드래그는 베이스 연주자로서 관대하고 갈등을 피하고자 노력하며 블루스의 근본적인 리듬을 이해하고 멜로디의 차이도 반영할 줄 아는 인물이다. 거대하고 견고한 베이스라는 악기의 특징이라도 반영하듯 그는 주변의 사건에 영향을 덜 받으며 이름이 함축하는 바와 같이 다소 느리다. 톨레도는 악단 멤버들 중에 유일하게 글을 읽고 쓰는 능력이 있는 인물로 피아노 연주자다. 재즈 연주에 있어서 피아노는 트럼펫의 솔로 연주를 적절하게 뒷받침해 주는 리듬악기로서의 역할을 하며, 피아노 연주자는 솔로와 친밀한 유대관계가 요구되는 인물이다.

 오거스트 윌슨의 화해와 통합을 위한 무대

이들과 어빈, 스터디밴트와의 대화 속에서 독자는 주인공 마 레이니와 또 한 명의 악단 멤버인 레비(Levee)가 1시까지 도착한다는 사실을 알 수 있다. 마 레이니가 1막 중반이 지나서야 등장하는 것은 악기 연주 끝에 보컬이 나오는 것과 유사(Shannon, *The Dramatic Vision of August Wilson* 78)한 재즈의 형식이며, 윌슨은 레비도 그녀와 엇비슷하게 등장시킴으로써 이들의 긴장관계를 엿볼 수 있도록 하고 있다. 스터디밴트는 마 레이니와 레비가 보이지 않자, 마 레이니의 행방에 관해서만 관심을 보일 뿐 레비는 안중에도 없다. 왜냐하면 마 레이니의 음성만이 자신의 경제적 목적에 부합하기 때문이다.

잠시 후 구두를 사러 나간 레비가 도착한다. 레비는 트럼펫 연주자이며 다른 멤버들보다 훨씬 어린 30대 초반으로 화려하고 쾌활하다. 일반적으로 가장 재즈적인 악기로 알려진 트럼펫은 화려하고 밝은 성격을 표현하기에 적합하기 때문에 가장 나이 어리고 즉흥적인 레비가 트럼펫을 연주하는 것은 중요한 의미를 지닌다. 그는 연주를 하는 재능은 타고났지만 그의 트럼펫 소리는 귀에 거슬리며 자주 틀린 음을 내는 한계성이 있다. 악단 멤버들은 당시 성공한 밴드에 적합한 옷 스타일을 하고 있지만 위에서 보듯 이들은 모두 다 부적합한 결함을 지닌 평범한 사람들이다. 이와 같은 인물들의 설정은 가장 평범한 사람들의 이야기를 진솔하게 담아내려는 윌슨의 글쓰기 전략으로서 흑백 모두에게 자연스럽게 침투하여 설득력을 행사하는 요소로서 작용한다.

악단 멤버들은 마 레이니가 오기를 기다리며 이런저런 이야기를 하는데 우리 독자들은 이들의 이야기를 통해 그들 각자가 어떠한 삶을 살았으며, 주어진 삶을 어떻게 대하는지 엿볼 수 있다. 스터디밴트는 어빈에게 악단 멤버들을 잘 다룰 것을 종용하고 시대가 변했으니 이번에는 곡을 재즈화해야 된다고 말한다. 그는 음반 산업이 잠도 못 잘 정도로 까다로워 2년 후쯤이면 존경받을 만한 직물산업을 하겠다는 뜻을 비친다. 그는 직물산업을 하기 위한 경제적 안정을 마련하고자 흑인의 문화와 흑인의 목소리를 수단으로 이용하는 것이다. 어빈은 이러한 스터디밴트에게 흑인 악단원들을 잘 다루겠다고 충성을 보인다.

새 신발을 사 가지고 레비가 들어오자 커틀러는 리더답게 리허설을 하자고 제안한다. 모두 동의하나 레비는 구닥다리 밴드음악은 하지 못하겠다며 자신이 개작한 노래를 마지막 파트에 부르기로 이미 스터디밴트와 약속이 되어 있다고 말한다. 커틀러는 악단 멤버인 동안은 마 레이니의 음악을 연주해야 된다고 레비에게 상기시킨다.

톨레도와 레비는 Music을 쓸 수 있는지 내기를 하고 레비가 MUSIK으로 써서 톨레도가 이겼으나 악단원 멤버들 중에서 어느 누구도 올바른 철자가 무엇인지 증명할 길이 없다는 해프닝이 벌어진다. 이들은 "요즘 모든 것이 바뀌고 있다."는 말에 대해 서로 엉뚱한 의견을 주장하며 언쟁을 벌인다. 이들은 쉬지 않고 이것저것에 대해 이야기를 하나 어느 것 하나 서로의 일치점을 찾지 못하고 각자 자신의 의견을 말할 뿐이다.

그러나 이들은 어느 순간 커틀러의 지시로 연주를 함과 동시에 마 레이니의 노래 부분을 슬로우 드래그가 부르면서 앙상블을 이룬다. 이때가 바로 단원들의 대사, 연주라는 행위, 노래라는 블루스가 교차하는 순간으로 불협화음이 없는 찰나이다. 그런데 다음 순간 곧바로 이들은 "마 레이의 검은 엉덩이"라는 곡목을 마 레이니의 버전으로 할 것인지 레비의 버전으로 할 것인지에 대해 갈등에 놓인다. 커틀러, 슬로우 드래그, 톨레도는 마 레이니의 버전으로 하자며 레비와 서로 언쟁을 벌인다. 그러나 슬로우 드래그는 마 레이니가 오면 이 문제는 해결이 될 테니 더 이상 말다툼하지 말자고 제안한다. 이에 레비는 마 레이니는 거리에서 여왕이었고 여기는 녹음 스튜디오이며, 멤피스가 아니라 시카고이므로 스터디밴트와 어빈(Irvin)의 의견을 따라야 한다고 주장하고 커틀러도 이 의견에 동의한다. 그리하여 이들은 레비의 지휘하에 리허설을 하며 활기를 띠나 슬로우 드래그의 악기가 풀어지는 바람에 중단된다. 슬로우 드래그가 실수하여 레비의 신발을 밟자 레비는 화를 내고 신발을 닦는다. 잠시 후 슬로우 드래그는 다시 연주하고 레비는 노래를 부른다.

레비가 노래를 부르는 동안 톨레도는 자연스럽게 흑인들의 고통에 관한 이야기를 시작하고, 다른 단원들도 이에 합류한다. 톨레도는 흑인의 문제는 홀로 해결할 수 없으며 '우리'가 함께 해결해야 한다고 주장한다. 레비만 이해하지 못하자 톨레도가 레비에게 악마라고 말한다. 악마라는 단어에 꼬리를 물고 슬로우 드래그는 악마에게 영혼을 팔아버린 카터(Eliza Cotter)에 관한 이야기를 한다. 이들은 서로의 의사소통에 걸맞은 대화든, 아니든 자기가 아는 한도 내에서 끊임없이 이야기를 주고받는다.

비록 장의 구별이 없다 하더라도 액션이 밴드룸과 스튜디오에서 일어나기 때문에 자연스런 재즈의 흐름과도 같이 이야기가 계속된다. 스터디밴트는 어빈에게 마 레이니가 아직 오지 않음에 대해 추궁하고 어빈은 다시 톨레도를 추궁하는 장면과 무대의 이중적 구조는 흑백 간의 수직적인 관계를 엿볼 수 있는 가장 주목할 만한 부분이다. 스튜디오에서는 마 레이니와 그녀의 조카 실베스터(Sylvester), 더씨 매(Dussy Mae), 경찰관, 스터디밴트 그리고 어빈이 소란스럽고, 밴드룸에서는 슬로우 드래그라는 이름에 얽혀 있는 이야기가 진행된다.

한편 톨레도는 흑인들은 역사의 찌꺼기들이므로 스스로 해야 할 일을 자신들이 찾아야 한다는, 즉 흑인들이 스스로의 문화를 찾아야 한다는 장광설을 늘어놓기도 한다. 밴드룸에서는 이러한 멤버들의 이야기가 어느새 "마 레이니의 검은 엉덩이"에 관한 레비의 버전 곡 속으로 뒤섞이고, 스튜디오에서는 마 레이니가 자신의 노래를 부르며 말더듬이 조카 실베스터에게 곡의 도입 부분을 잘 해낼 것을 당부한다.

이때 레비의 버전 곡이 밴드룸에서 들려오고, 세상이 변하여 레비의 버전이 새로운 음악의 흐름에 적합하다는 어빈의 주장에 관해 마 레이니는 적개심을 느낀다. 이 장면은 마 레이니의 고조된 심리적 상태를 보여주는 부분이자 스튜디오와 밴드룸의 분위기가 교차되는 순간이다. 이 순간은 곧 마 레이니의 강력한 주장에 따라 레비가 부르기로 되어 있던 노래 도입 부분을 실베스터가 부르는 장면으로 이어진다. 이에 레비는 분노를 느끼는데 설상가상으로 톨레도가 레비는 스터디밴트에게 "그럽죠"라고 항상 말하기 때문에 백인의 스파이라고 말하자 그는 더욱더 분노감을 느낀다. 분노로 가득 찬 레비는 자신이 '그럽죠'라는 방식으로 백인을 대하게 된 자신의 가족사를 털어놓는다.

그러나 곧이어 커틀러는 실베스터가 말더듬이이므로 도입 부분을 소화해 낼 수 없다고 어빈에게 말함으로써 어빈이 레비의 버전으로 녹음하자고 한다. 어빈이 통제실에서 확성기로 "달빛 블루스" 먼저 녹음하고 나중에 "마 레이니의 검은 엉덩이"를 레비의 버전으로 하라고 하자 레비의 분노는 어느 정도 가라앉지만 상대적으로 마 레이니는 녹음을 하지 않겠다고 단호히 말한다. 할 수 없이 스터디밴트와 어빈은 실베스터에게 기회를 주고 멤버들의 연주와 노래는 어느덧 앙상블을 이룬다.

밴드룸에서는 톨레도가 신문을 보고 있고 레비는 자신의 노래를 부른다. 더씨 매가 들어오자 톨레도는 스튜디오로 가고 레비는 머지 않아 자신의 밴드를 가질 수 있으며, 여자들을 잘 다룰 수 있다는 등의 이야기를 하면서 그녀와 애정 행위를 벌인다. 스튜디오에서는 마 레이니가 커틀러와 톨레도에게 진정한 블루스에 대해 이야기하고 있다. 이때 슬로우 드래그, 실베스터, 레비가 스튜디오로 와서 다시 녹음이 시작된다. 멤버들의 연주 속에 실베스터가 도입 부분을 마치고 이어서 마 레이니는 노래를 한다. "마 레이니의 검은 엉덩이"를 먼저 녹음하고 이어서 "달빛 블루스"를 녹음하려고 할 때 통제실에서 스터디밴트는 마 레이니의 곡이 잘못되었음을 알린다. 어빈이 레비가 플러그를 뽑았을 거라고 하나 레비는 아니라고 변명하는 가운데 마 레이니는 더 이상 녹음을 하지 않겠다는 등의 소동이 벌어진다. 화가 났지만 어빈의 설득에 마 레이니는 다른 코드가 준비되는 15분간을 더 기다릴 것에 동의한다. 이때 톨레도는 자신이 교회에 나가지 않는다는 이유로 부인이 집을 나가 교회에 합류한 사연을 이야기한다.

커틀러는 백혈병을 앓고 있는 누이를 보러 아틀란타로 가던 흑인 목사 레버렌드 게이츠(Reverend Gates)가 백인들에게 둘러싸여 치욕적인 일을 경험한 사실을 말하면서 마 레이니 또한 백인의 돈벌이 수단에 불과하다고 말한다. 이에 레비는 게이츠 목사가 하나님의 아들이라면 그가 치욕스런 일을 당할 때 하나님은 어디 있었냐고 항변한다. 레비가 하나님은 백인의 하나님일 뿐이며 흑인의 기도는 들어주지 않는다고 말하자 커틀러는 하나님을 모욕하지 말라고 소리치며 레비와 몸싸움이 벌어진다. 톨레도와 슬로우 드래그는 커틀러를 잡아떼고 레비를 밀쳐 버린다. 레비는 광분하여 칼을 빼어들어 커틀러의 하나님을 부르다가 다시 칼을 집어넣고 의기양양하게 서 있다. 이 순간 마 레이니는 마지막 노래를 불러 녹음을 마친다. 갈등관계에 놓여 있던 레비가 가장 위기의 순간에 처해 있을 때 그녀는 안정적으로 성공한다.

스튜디오에서는 마 레이니와 실베스터에게 각각의 임금이 지불되자 이들은 떠나 버리고 다른 멤버들은 밴드룸에서 흑인이 수표를 현금으로 바꿀 때 의심을 받는다는 등의 얘기를 하며 계속 기다리고 있다. 어빈과 스터디밴트가 밴드룸으로 들어와 현금으로 25달러씩을 나누어주고 나간다. 레비가 뒤쫓아 나가 스터디밴트에게 자신의 곡을 음반으로 내주겠다는 약속은 어떻게 되었냐고 묻자 스터디밴트는 자신이 원하던 곡이 아니었다며 한 곡당 5달러씩을 보상하겠다고 레비의 주머니에 돈을 넣어 주고 나가 버린다. 이미 레비의 편곡을 자기 손아귀에 넣은 스터디밴트의 야비한 행동에 절망한 레비는 돈을 바닥에 뿌린다. 다른 사람들은 조용히 자신들의 소지품을 챙긴다. 톨레도가 레비의 옆을 지나가다가 레비의 구두를 밟는다. 톨레도가 사과하지만 이미 자신을 통제할 수 없게 된 레비는 칼로 톨레도의 등을 찌른다. 약음기를 끼워 최고조의 음으로 연주하는 레비의 소리 없는 트럼펫 소리가 고통스런 아픔을 토해내듯 들려오며 막이 내린다.

이러한 극의 결말은 단순히 레비의 야만적인 분노가 아니라 그의 분노가 끓어오름으로써 잃었던 순수성을 재발견하고 그가 자신의 자아를 스스로 창조한다는 점에서 자신을 알게 되는 과정이다. 본질적으로 잘 섞이는 재즈의 특성처럼, 악단원 멤버들은 서로가 어우러져 쓰라린 경험담을 토로함으로써 자신의 한을 씻어 버린다. 얼핏 보면 레비가 백인이 아닌 동료 톨레도를 죽임으로써 또 한 번의 죄를 낳고, 그 죄의식 속에 자신을 감금시키는 것 같지만, 재즈가 핍박받는

 오거스트 윌슨의 화해와 통합을 위한 무대

민중의 한을 씻어 주고 '신명'을 돋우어 주는 일종의 '살풀이'이듯 레비의 폭력은 자신의 한을 씻어 버리는 살풀이로 읽어 낼 수 있을 것이다.

　이상과 같이 이 작품은 끊임없는 갈등관계가 교차되어 나타난다. 즉 블루스와 재즈, 마 레이니와 레비, 백인과 흑인, 흑인들 간의 갈등, 블루스와 흑인들의 경험담 등이 쉴 없이 뒤섞여 토로되는 '교차로의 끊임없는 유동성'(Baker, *Blues, Idelogy, and Afro−American Literature* 7)을 드러낸다는 블루스의 본질과 통한다. 따라서 블루스가 교차로의 노래라면 전통과 변화는 같이 가야 하는 길이기에 윌슨은 톨레도의 죽음과 레비의 몰락을 통해서 전통과 변화의 적절한 수용이라는 메시지를 전하고 있다.

（3）부조화 사회와의 타협을 통한 조화

　백인의 억압에 대한 흑인들의 대응방식은 '기다림', '그럽죠 전법', '흑인공동체의 힘 사용' 등 저마다의 삶의 전략으로서 다양하게 나타난다. 이 작품은 기다림이라는 행위로 구성되어 있다. 기다림은 지배자의 권력 행사로, 피지배자들의 살아남기 위한 수단으로 작동한다. 악단원들은 자신들이 속해 있는 밴드의 중심인물인 마 레이니를 기다려야 하며, 재즈를 연주하기 위해 기다려야 한다. 또한 연주하고 난 후에는 임금을 현금으로 지불해 주기를 기다려야 한다. 이들은 스스로가 벌어들인 돈을 의심받지 않고 편안하게 쓸 사회를 기다려야 한다. 이렇게 기다리는 행위 자체가 악단원들에게 있어서는 자신들이 이 사회에 존재한다는 사실을 일깨워 준다. 기다림 속에서 자신들의 존재를 확인하고 또한 서로가 친밀해지는 계기가 된다(Adel 57).

톨레도가 백인 음반 제작자의 비위를 맞추어 자신의 음반을 녹음하고 이를 통해 백인과 동등한 지위를 누리겠다는 레비에게 흑인의 주체적인 인식에 대한 교육을 시도하는 것도 마 레이니를 기다리면서 이루어진다.

> 톨레도: 저, 봐……내 말 좀 들어 보라고. 흑인이 한 말에 힘을 실어주기를 백인들에게 기대하는 한……허락을 받으려고 백인에게 의존하는 한……자신이 누구인지 자신이 어떤 사람인지 결코 알 수가 없어. 그 사람은 그저 백인들이 원하는 대로 되어 버릴 거야. 그건 확실해.

> TOLEDO: See, now……I'll tell you something. As long as the colored man look to white folks to put the crown on what he say……as long as he looks to white folks for approval……then he ain't never gonna find out who he is and what he's about. He's just gonna be about what white folks want him to be about. That's one sure thing. (29)

톨레도는 이와 같이 미국 흑인들의 현실과 흑백관계를 가장 정확히 이해하고 백인 문화와 정신세계에 대한 접근이 가능한 인물이다. 그리하여 톨레도는 실용적인 악보 쓰는 법을 알고 있지만 음악을 MUSIK으로 쓰는 레비에게 "읽는 법을 배워야 해……그러면 모든 것에 관한 기본적인 이해가 가능해."(23)라고 충고한다. 이러한 톨레도의 태도로부터 문자문화에 대한 접근 능력은 미국 땅에서의 생활을 노예로 시작한 굴레를 벗고 진정한 아프리카 출신의 미국인이 될 수 있는 방법을 상징적으로 보여주는 예다.

윌슨은 암흑 같은 세상의 축소판을 백인 소유의 스튜디오로 상정하고 이러한 상황에서의 탈출을 위해서는 흑인들 스스로의 주체적인 삶을 확립하는 일이 시급하다고 주장하며 나아가 흑인들이 과거와의 정신적 유대관계를 복원할 때만이 자신들의 삶이 존재하게 된다는 사실을 호소하고 있다. 윌슨은 이러한 자신의 견해를 톨레도를 통해서 대변하고 있다.

> 톨레도: ……우리는 토마토 값으로 아프리카를 팔았어. 우리는 백인과 같이 되기 위해서 우리 자신을 백인에게 팔았어. 너의 옷 입은 방식을 쳐다봐……그건 아프리카의 방식이 아니야. 그건 백인들의 방식이야. 우린 단지 백인처럼 되기 위해 애쓰고 있어. 우리는 다른 사람이 되려고 자신을 팔았어. 우리는 백인들을 모방만 하고 있어.

> TOLEDO: ……We done sold Africa for the price of tomatoes. We done sold ourselves to the white man in order to be like him. Look at the way you dressed……That ain't African. That's the white man. We trying to be just like him. We done sold who we are in order to become someone else. We's imitation white men. (78)

헤리슨이 "윌슨은 톨레도를 통해 백인의 문화적 제국주의를 거부하고 있다."("The Crisis of Black Theatre Identity" 586)라고 주장한 것처럼 톨레도는 흑인들에게 스스로의 문화를 재발견해야 함을 시사하고 있다. 따라서 이러한 톨레도에게 있어서 점점 백인화되어 가는 레비야말로 역사의 이방인들임에 틀림이 없다.

> 톨레도: 이제 너는 그 스튜를 먹어야 돼. 너는 그 스튜로 너의 역

사를 만들어야 돼. 맞아. 이제 너의 역사는 끝났어. 너의
역사는 끝나고 너는 그 스튜를 먹었어. ……그 스튜는 아직
거기 있어. 너는 너의 역사를 만들었고 그 역사는 아직 거
기 있어. 우린 잉여자들이야. 흑인은 잉여자들이야. 그렇다
면 흑인들이 스스로 해야 할 일은 무엇이겠는가? 그것이
바로 우리가 찾아야 하는 거야. 백인은 네가 잉여자라는
것을 알고 있어.

TOLEDO: Now you take and eat the stew. You take and make your
history with that stew. Alright. Now it's over. Your history's
over and you done ate the stew……That stew's still there.
You done made your history an it's still there. See, we's
the leftovers. The colored man is the leftovers. Now, what's
the colored man gonna do with himself? That's what we
waiting to find out. The white man knows you just a
leftover. (47)

톨레도의 주장은 역사적으로 잉여자에 불과한 흑인들을 해방시키
기 위해서는 백인이 그들에게 부과된 힘없는 위치를 확고히 하여 흑
인 스스로 강인해져야 한다는 철학을 대변한다.

톨레도는 흑인들의 삶을 향상시키기 위해서는 단순히 한두 사람의
노력으로 해결될 수는 없으며 세상의 모든 흑인들이 각자 자신들의
몫을 할 때에만 가능하다는 점을 잘 알고 있다. 특히 이러한 노력은
'나'(I)가 아닌 '우리'(we)가 함께 해 나가야 하는 것임을 지적함으로
써 공동체적 노력의 중요성을 부각시킨다. 이러한 톨레도의 흑인들
에 대한 주체적인 교육은 음반 녹음이 완성될 때까지의 기다림 속에
서 진행된다. 톨레도만이 지닌 '읽고 쓸 수 있는 능력'은 백인 사회

의 이념을 이해할 수 있는 주체적인 능력으로 레비와 동료 악단원들에게 미국 흑인들이 처한 현실과 그 개선 방향을 안내하는 길잡이 역할을 한다.

그러나 톨레도의 안내와는 무관하게 레비는 아무런 변화를 가져오지 못한다. 왜냐하면 레비는 자신의 '악보 쓰기'라는 실용적인 능력을 공동체의 목적을 위해서가 아니라 개인의 목적의식을 달성하려는 의식에 사로잡혀 있기 때문이다. 이러한 레비의 개인주의 의식은 백인들이 흑인의 가정에 가한 억압의 산물이다. 비료와 씨앗을 구하러 나체즈(Natchez)로 간 사이 백인들이 어머니를 강간하자 이에 도전하는 레비에게 큰 상처를 입힌 것을 알게 된 아버지가 웃음으로 백인들을 안심시킨 뒤, 혼자 힘으로 그들을 찾아내서 한 명씩 차례대로 살해했던 아버지로부터 배운 레비의 생존전략이었던 것이다.

> 레비: ……아버지는 백인들에게 겁을 먹지 않았어요. 아닙죠! 그것이 나한테 백인들을 어떻게 다루어야 할지를 가르쳐 주었지요. 난 아버지가 그 나쁜 백인 놈한테 가서 면전에서 씩 웃는 것을 봤어요……그의 면전에서 웃으면서 그에게 땅을 팔았죠. 그동안 어떻게 그를 해치울 건지, 무슨 일을 그에게 할 건지 계획을 세웠어요. 그게 나한테 백인들을 어떻게 다루어야 되는지 가르쳐 주었죠. 그러니 모두 뒤로 물러서서 백인문제에 관해서는 레비에게 간섭하지 말란 말이에요. 난 내가 원하는 사람 누구에게나 웃으면서 그럽죠라고 말할 수 있어요. 이제 기회가 오고 있어요. 백인에 관해서는 레비에게 간섭 말라고요.

> LEVEE: ……My daddy wasn't spooked up by the white man. Nosir! And that taught me how to handle them. I seen my daddy go up and grin in this cracker's face……smile in his face

and sell him his land. All the while he's planning how
he's gonna get him and what he's gonna do to him. That
taught me how to handle them. So you all just back up
and leave Levee along about the white man. I can smile
and say yessir to whoever I please. I got time coming to me.
You all just leave Levee along about the white man. (58)

레비는 이러한 개인주의 전략으로 백인 음반 제작자가 원하는 새
로운 노래를 녹음하여 경제적인 토대를 마련하고 싶어 했다. 그러면
자신은 마 레이니와 마찬가지로 백인들의 존경을 받을 수 있다고 확
신했기 때문이다. 헤리슨은 이러한 레비야말로 '백인풍의 블루스의
원형'("August Wilson's Blues Poetics" 307)이라고 주장한다.

그러나 이와 같은 레비의 개인주의 전략이야말로 '네, 그럽죠.'라
는 식의 생존전략은 결코 백인에로의 동화주의 적인 것이 아니라 레
비가 주장하듯 '백인을 통제하는 방법'(56)이다. 그는 가족의 뼈아픈
경험을 통한 개인주의 전략이야말로 백인의 압제에 저항하는 효과적
인 방법임을 깨닫고 정당화하려고 노력한다. 흑인의 진정한 해방을
독자적인 방식으로 대항하려는 레비의 관점에서 볼 때, 흑인이 공동
으로 힘을 합쳐 자유를 획득하려는 다른 등장인물들의 전략이야말로
'구식의 철학'(56)일지 모른다. 하지만 레비의 개인주의적 전략이 그
의 전사기질을 발휘할지 모르나 또한 문제점이 없는 것은 아니다.

우선 그는 이 작품의 무대가 상징하는 산업 자본주의적 생산관계
에 관해 인식하지 못한다. 윌슨은 악단원들의 연습실을 지하에, 녹음
스튜디오를 그 위에, 통제실은 또 그 위에 배치하는데, 이는 녹음이
라는 백인들의 경제적 목적에 기여하지 못할 때에는 지하에 있다가,
녹음이 시작되면 녹음 스튜디오로 한 단계 올라서지만, 그 역시 이

들의 위쪽에 위치한 통제실의 백인들에 의해 제어되는 위계질서를 보여준다. 이러한 무대 배치는 백인들의 경제적 이익에 도움이 될 경우에는 약간의 지위 상승이 이루어지지만, 그렇지 못할 경우에는 밑바닥으로 떨어지는 미국 흑인 음악가들의 처지를 상징적으로 보여준다. 레비는 자신이 궁극적인 목표로 삼는 마 레이니의 권위도 이처럼 산업 자본주의적 생산관계하에서 백인들의 경제적 이익에 기여할 경우로 한정되는 것임을 깨닫지 못하는 것이다.

산업 사회의 생산관계 속에서 음악가가 지니는 권위의 한계에 대해 제대로 인식하지 못한 것이 레비의 첫 번째 한계라면, 두 번째 한계는 산업 자본주의하에서의 생산자와 소비자 사이의 관계를 잘 이해하지 못하는 데서도 찾을 수 있다. 음반 산업의 표면적인 지배자는 백인 음반 제작자들이지만, 마 레이니가 녹음실에서 누리는 권위를 보장해 주는 것은 다름 아닌 마 레이니의 음악을 사랑하는 미국 흑인들이다. 녹음 기계와 녹음 기술을 소유한 백인들조차 음반의 원재료가 되는 마 레이니의 목소리와 구매자들의 기호를 마음대로 통제할 수 없기 때문이다. 음반 사업은 백인들이 모방할 수 없는 목소리를 지닌 마 레이니의 협조 없이는 시작조차 할 수 없을 뿐 아니라, 출시된 음반을 미국 흑인들이 구입하지 않으면 실패할 수밖에 없다. 레비는 악단을 구성하여, 음반을 취입하고, 경제적 성취를 이루는 모든 일이 스터디밴트의 말 한 마디에 전적으로 달려 있다고 믿지만, 커틀러의 지적대로 마 레이니를 스타로 만들어 준 것은 스터디밴트가 아니라 마 레이니의 음악을 사랑하는 미국 흑인들이라는 점을 레비는 인식하지 못하고 있다.

또한 작곡의 문제에만 국한해 볼 때, 그가 백인 음반 제작자의 주문을 그대로 작곡해 수용하게 되면 흑인의 문화적 정체성이 위협받지 않을 수 없기 때문이다. 흑인 음악가들 내에서는 흑인의 미래를 위해 정작 필요한 것은 흑인의 결속력이지 개인주의적 정신이 아니라는 믿음이 지배적이다. 때문에 개인주의적 생존전략을 구사하는 레비야말로 등장인물들에게 악마로 비칠 뿐이다.

레비와는 달리 마 레이니는 흑인공동체의 힘을 적절히 활용하여 백인들과의 관계에서 우위를 확보한다. 그녀의 모습은 잘못된 현실에 대한 체념적인 순응을 거부하고 철저한 저항의 자세를 취한다.

> 마 레이니: 이런 엉망진창이……어빈, 난 집에 갈 거야! 자 어서 와! 오란 말이야, 더씨.(마 레이니는 스터디밴트가 통제실에서 들어오자 그를 지나친다. 그녀는 외투를 가져오기 위해 무대 뒤로 사라진다.)
>
> 스터디밴트: (어빈에게) 어디 가는 거지?
>
> 어빈: 집에 간다는군요.
>
> 스터디밴트: 어빈, 잡아오라고! 만약 나가기만 하면……(마 레이니는 자기 것과 더씨 매의 외투를 가지고 들어온다.)
>
> 마 레이니: 실베스터, 가자고.
>
> 어빈: (그녀가 외투 입는 것을 도와주며) 마……마……들어봐. 15분만! 딱 15분이면 된다고!
>
> 마 레이니: 실베스터, 어서 와, 외투 가져오란 말이야.
>
> 스터디밴트: 마, 너 스튜디오 밖으로 나가기만 하면……
>
> 어빈: 15분만, 마!
>
> 스터디밴트: 넌 끝이야……끝장나는 거라고! 내 앞에서 나가 버리면……
>
> 어빈: 멜, 제발, 입 닥치고 내가 처리하게 좀 해 줘!

> MA RAINEY: This is the most disorganized……Irvin, I'm going home! Come on. Come on, Dussie. (MA RAINEY walks past

STURDYVANT as he enters from the control booth.
She exits offstage to get her coat).
STURDYVANT: (To IRVIN.) Where's she going?
IRVIN: She said she's gong home.
STURDYVANT: Irvin, your get her! If she walks out of here……
(MA RAINEY enters carrying her and DUSSIE
MAE's coat.)
MA RAINEY: Come on, Sylvester.
IRVIN: (Helping her with her coat.) Ma……Ma……listen. Fifteen minutes!
All I ask is fifteen minutes!
MA RAINEY: Come on Sylvester, get your coat.
STURDYVANT: Ma, if you walk out of this studio……
IRVIN: Fifteen minutes, Ma!
STURDYVANT: You'll be through……washed up! If you walk out
on me……
IRVIN: Mel, for Chrissakes, shut up and let me handle it! (72)

실베스터가 말을 더듬지 않고 무사히 도입부를 마쳤지만 마이크 코드가 빠져 녹음이 되지 않자 마 레이니는 더 이상의 시간을 낼 수 없다고 자신의 목소리를 높이는 것이다.

녹음실에서 마 레이니가 누리는 권위는 이러한 백인 음반 제작자의 태도를 정확히 인식하고, 그들에게 자신이 지닌 경제적 효용성을 최대한 활용하는 데서 생겨난다. 그녀는 자신의 협조가 없이는 이들의 사업에 큰 차질이 생길 수 있음을 잘 알고 있기 때문에 말을 더듬는 실베스터에게 도입부 녹음을 맡기겠다는 생트집에 가까운 요구와 협박도 할 수 있는 것이다. 그녀도 녹음실을 벗어나면 다른 흑인들과 마찬가지로 아무런 힘도 없는 차별받는 흑인일 뿐이다. 녹음실로 오는 길에 마 레이니의 일행이 겪은 사건은 녹음실 밖에서는 그녀가 아무런 권위도 지니지 못함을 잘 드러내 준다.

녹음실로 오는 길에 접촉 사고를 당한 마 레이니 일행이 근처에 정차해 있는 택시에 올라타자, 택시 운전사는 손님을 기다리고 있는 중이라면서 내리라고 윽박지른다. 그 과정에서 실랑이가 벌어지는데, 현장에 도착한 백인 경찰관은 사고 난 승용차마저 마 레이니의 소유인지 의심할 뿐만 아니라 택시 운전사의 증언만을 받아들이고 마 레이니 일행의 증언은 완전히 묵살한다. 상황으로 보아 아무런 잘못을 저지르지 않았으리라 짐작되는 마 레이니를 폭행 구타로 고발하겠다고 서슬이 퍼렜던 경찰관이 아무 일 없었던 것으로 사건을 마무리하고 떠나는 이유도 결국 어빈이 찔러준 뇌물 때문이다. 이 사건에서도 미국 흑인이 그 존재 가치를 인정받는 경우는 백인들에게 경제적 이익을 안겨 줄 때로 한정될 뿐임이 드러난다. 마 레이니는 이러한 현실을 파악할 수 있는 능력의 소유자로서 백인들이 자신의 목소리를 녹음하는 순간 자신에 대한 예술가 대접은 끝난다는 것을 알고 있다.

> 마 레이니: ……그들은 내 목소리를 단추랑 다이얼……이 달린 멋진 상자 안에 가두려고 하지, 그러면서 코카콜라도 사주지 못하는 싸구려들이야. ……그들은 나한테 전혀 신경 쓰지 않아. 그들이 원하는 건 내 목소리뿐이야. 난 그걸 알아. 그들은 아무리 기분이 나빠도 내가 대우받고 싶어 하는 대로 나를 대할 수밖에 없어. 지금 저 뒤에선 내게 온갖 욕을 다 하고 있을 거야……하나님의 자식이라는 것만 빼고는 온갖 욕을 해 대겠지. 그래도 어쩔 수가 없을 거야. 아직 자기들이 원하는 것을 갖진 못했거든. 내 목소리를 저 녹음기에 담자마자, 내가 무슨 창녀라도 되는 듯이 굴러 내려와서는 바지를 챙겨 입을

거라고.

> MA RAINEY: ……Wanna take my voice and trap it in them fancy boxes with all them buttons and dials……and then too cheap to by me a Coca-Cola. ……They don't care nothing about me. All they want is my voice. Well, I done learned that, and they gonna treat me like I want to be treated no matter how much it hurt them. They back there now calling me all kinds of names……calling me everything but a child of God. But they can't do nothing else. They ain't got what they wanted yet. As soon as they get my voice down on them recording machines, then it's just like if I'd be some whore and they roll over and put their pants on. (64)

그녀는 녹음과 운영에서 완전히 배제되어 있는 흑인 음악가들은 블루스가 녹음됨과 동시에 더 이상 전통의 보존자가 아니라 상품 제조자로 취급된다는 현실 속에서 흑인 문화를 생산하는 예술가로서가 아니라 기계로 취급되는 자신의 처지를 매춘부에 비교하면서 불평한다. 그러하기 때문에 자신의 공간인 스튜디오에서 녹음하는 동안에라도 그녀는 결코 역사의 이방인이 아니라 주인공으로서 스스로의 위상을 높이는데, 버먼(Paul Berman)은 이러한 마 레이니를 백인의 힘과 권위에 어떻게 저항하고 도전하는가를 잘 표출하는 인물이라고 묘사하고 있다(11).

마 레이니는 음악에 있어서의 상업적 성공은 자신의 문화적 뿌리와 연결될 때 가능하다고 이해하고 있다. 그러므로 그녀에게 있어서 흑인들의 전통문화인 블루스야말로 그들의 삶에서 빈 공간을 채워 넣는 역할을 할 뿐만 아니라 종교적인 기능까지도 담당하는 것은 당연한 일이라 하겠다.

> 마 레이니: 블루스는 아침에 잠자리에서 일어나는 데에 도움을 주지. 일어나서는 혼자가 아님을 알게 해 주거든. 세상에는 뭔가 다른 것이 있구나. 그 노래로 인해 뭔가가 덧붙여지는 거지. 이 세상은 블루스가 없다면 텅 빈 세상일거야. 난 그 공허를 받아들여서 그것에 뭔가를 채워 넣으려고 애쓴다고.

> MA RAINEY: The blues help you get out of bed in the morning You get up knowing you ain't alone. There's some-thing else in the world. Something's been added by that song. This be an empty world without the blues. I take that emptiness and try to fill it up with something. (67)

이러한 마 레이니의 모습에서 그녀만의 삶의 가치관을 읽을 수 있다. 윌슨은 마 레이니가 그녀의 말더듬이 조카 실베스터에게 노래를 계속하도록 격려하는 모습을 통하여 발언권이 없는 미국 흑인들에게 자연스럽게 발언권을 부여하려는 상징적 시도를 하고 있다. 말하자면 그녀는 백인의 전유물로만 여겨졌던 설득과 가르침이라는 교육적인 방법을 흑인도 사용할 수 있는 위치를 확보함으로써 그들에게 부과된 침묵에서 발화의 단계로 나아가게 된 셈이다. 훅스(bell hooks)는 발화가 갖는 정치적인 힘을 이렇게 지적한다.

피억압자, 식민주민, 피착취자, 그리고 함께 투쟁하는 사람들이 침묵을 깨고 발화하는 행위는 새로운 삶과 새로운 성장을 가능케 하는 치유적 기능을 지닌 도전의 몸짓이다. 이러한 되받아 말하기라는 발화 행위는 단순히 공허한 말을 드러내는 몸짓이 아니라, 대상에서 주체로의 변화를 표현하는 것, 즉 해방된 목소리이다.

Moving from silence into speech is for the oppressed, the colonized, the exploited, and those who stand and struggle side by side s gesture of defiance that heals, that makes new life and new growth possible. It is that act of speech, of talking back, that is no mere gesture of empty words, that is the expression of our movement from object to subject — the liberated voice. (9)

따라서 마 레이니는 백인이라는 지배 세력에 대한 대항담론으로서 흑인의 단성화된 목소리가 아니라 상호 갈등을 일으키고 때로는 상반되기도 하는 흑인의 목소리를 제시한다는 점에서 사회현상을 훨씬 더 실제적으로 접근한다고 볼 수 있다. 현실을 직시하는 마 레이니는 블루스가 미국 흑인들의 삶에서 빈 공간을 채워 넣는 역할은 물론 종교적 기능을 수행하는 매개체로 여긴다.

그러나 현실을 직시하는 마 레이니도 결점이 있다. 그녀는 레비에게 새로운 음악적 스타일을 시도할 기회를 주지 않았다. 마 레이니가 실베스터와 더씨 매만을 보호하고 격찬함으로써 그녀 자신과 레비가 진보되려는 순간을 이해하지도 책임지지도 못한다. 그녀는 변화의 필요를 느끼지 못하고 또한 레비가 진보하려는 희망도 좌절시킨다. 이러한 희망의 좌절은 흑인에게 폭력을 가하는 결과를 낳고 의심할 여지없이 또 다른 몰락을 낳는다.

윌슨의 많은 작품에서 역사적인 변화의 순간은 개인적인 위기의 순간을 야기한다. 역사적인 변화는 종종 등장인물들의 파괴적인 행동을 초래한다. 그것은 바로 구세대의 지혜와 유산을 부정하고 변화의 의미를 완벽히 이해하지 못한 상태에서 변혁만을 추구하다 실패하는 레비를 통해서 보여주고 있다.

지배 사회의 이념에 대한 비판적 고찰이 결여된 레비의 비주체적인 대응방식으로는 자신의 파멸뿐 아니라 미국 흑인공동체 전체가 지배 사회와 바람직한 관계를 형성할 수 있는 지표를 상실케 하는 심각한 문제를 야기한다는 윌슨의 경고라고 할 수 있다.

이 극을 통하여 윌슨은 백인 우위라는 개념을 절대화시키려 하는 백인 중심 지배 사회에 대해 비판하며 피부색을 가치 척도로 삼을 수 없다고 주장한다. 그는 흑인이 아무런 주체성도 없이 사회에 의해 형성되는 객체라고 보지 않는다. 흑인 역시 인간으로서 진정한 가치를 지니고 있음을 윌슨은 역설한다. 흑인의 주체성을 억압하는 사회현실에 당당히 맞서 백인 사회가 흑인에게 요구하는 인간형에서 탈피한 마 레이니는 백인에게 코카콜라를 준비하라고 시키는 등 자신이 원하는 대로 대접받기를 요구한다. 그녀는 억압당한 흑인의 개별적 주체와 중심 문화로부터 축출된 주변 문화의 중요성을 블루스를 통해 엮어 내면서 백인 중심 문화에 필적하는 흑인 문화인 블루스를 통해 백인 중심 가치 기준의 전복을 시도했다.

윌슨은 여기서 그치지 않고 다양한 등장인물들의 삶의 태도를 보여줌으로써 흑백 모든 인종에게 다문화주의를 일깨워 주고 있다. 성공적으로 녹음을 마쳤지만 마 레이니의 흑인 블루스가 사양길로 접어든다는 것, 정확한 인식이 결여된 레비의 백인 흉내 내기, 그리고 흑백문제의 본질을 파악하고 있는 톨레도는 미국 사회에서 더 이상 존재하기가 어렵다. 적절한 화해와 융합할 수 있는 능력을 지닌 커틀러, 슬로우 드래그만이 최소한의 갈등 속에서 살아남을 수 있는 인물들이다. 윌슨은 이와 같은 등장인물들의 삶을 통해서 지배 사회와의 올바른 대응방식이 무엇인가를, 즉 부조화로운 사회에서 살아남기 위한 전략으로 조화에로의 접근방법을 조용히 시사하고 있다.

2. 『일곱 개의 기타』

(1) 지배 사회로 향하여

이 작품의 배경이 되는 1940년대는 1960년대의 민권 운동 다음으로 미국 흑인들의 삶에 있어서 중요한 변화의 시기였다. 세계 제2차 대전을 계기로 미국 역사상 처음으로 미국 흑인들이 미국을 지키는 군인으로서 전쟁에 직접 참여하여 국가에 충성심을 보여주었기 때문이다. 따라서 미국 흑인들은 자신들의 제2차 세계대전 참전이 신대륙의 다른 지역에 비해 훨씬 분명하게 그어져 있었던 인종 구분선이 서서히 붕괴되기 시작했음을 알려주는 전조라 여겼다. 노예제하에서의 미국 흑인 자유민들은 군인이 되기는커녕 인종 구분선이 붕괴될 것을 우려한 미국 백인들에 의해 흑백 간의 선을 넘지 못하도록 법률적 권리를 제한당해 왔던 미국 흑인들이 미국의 군인이 되어 미국을 지키기 위한 전쟁에 참여할 수 있게 된 것은 미국 사회의 진정한 시민이 될 수 있으리라는 희망을 품기에 충분했다.

윌슨도 1940년대 후반 미국 흑인들의 삶에서 이와 같은 희망과 좌절을 가장 본질적인 것으로 간주했다. 윌슨은 라르(John Lahr)와의 개인적인 대화에서 많은 미국 흑인들이 2차 대전에 참전하고 미국을 위해 목숨을 바쳤기에 이제는 2등 시민으로서의 굴레를 벗고 대등한 대우를 받을 수 있으리라는 희망을 지니게 되었지만 목숨을 건 전투에서 살아 돌아온 흑인 병사들을 기다리고 있었던 것은 예전과 다름없는 차별과 박해였다고 말한 바 있다.

여기 1948년 피츠버그의 뒷마당에서, 윌슨은 아프리카계 미국인들이 그들의 가장 큰 희망과 가장 큰 상심 사이에 처해 있던 미국 흑인의 역사에서 극히 중요하고 아이러니컬한 순간을 증언하고 있다. "우리는 전쟁터로 떠나서 국가에 대한 우리의 충성심과 우리가 국가를 위해 기꺼이 싸우고 죽을 수 있음을 보여주었습니다."라고 윌슨은 말한다. "우리는 실제 이제는 뭔가 달라질 것이고 우리에게 1등 시민의 지위가 주어질 것이라고 믿었습니다. 전쟁이 끝난 후 돌아와 보니 그건 사실이 아니었습니다."

Here, in a Pittsburgh back yard in 1948, Wilson is bearing witness to a pivotal, ironic moment in black American history, when African─Americans were poised between their greatest hope and their greatest heartbreak. "We had just gone off and demonstrated our allegiance and willingness to fight and die for the country", Wilson said. "We actually believed that things would be different, and that we would be accorded first─class citizenship. We came back after the war, and that was not true." (99)

이 작품에서 위의 시대적인 상황과 흡사한 중심사건이 플로이드(Floyd)의 삶이다. 플로이드는 기타 연주자이자 블루스 가수로서 시카고에서 "괜찮아"(That's All Right)를 녹음하여 성공한 경험이 있다. 따라서 다시 한 번 시카고에 가서 자신의 노래를 녹음하면 보다 큰 성공을 하여 물질적인 성취가 보장되리라는 희망이 있다. 더 나아가 플로이드는 대부분의 미국 흑인들이 꿈꾸듯이 시카고에 가면 원하는 것은 무엇이든지 얻을 수 있는 약속의 땅이라고 생각한다. 그는 약속의 땅 시카고에서 경제적인 부를 이루어 인간으로서의 존엄성을 인정하지 않는 백인 사회에 대항하고자 한다. 피츠버그에서 흑인들은 복종 이외에 어떠한 선택권도 없다는 것을 그는 알고 있기 때문이다.

> 플로이드: "난 아무 잘못도 없는데 왜 나를 체포하느냐?"고 했더니 경찰이 "너를 사전에 체포해 두어야겠어. 너는 무슨 일을 저지를 수 있어."라고 하더군. 나는 어이가 없어 단지 그를 바라보며 말했지. "어이 경찰 양반 당신 말이 맞아요. 만약 내게도 선택권이 있다면 난 너희들 모두를 칼로 찔러 아무 곳에나 버렸을 거야." 그는 단지 웃었어. 왜냐하면 그는 흑인들은 백인에 대해 어떤 선택권도 없다는 걸 알고 있었기 때문이었어. 그들은 나를 그 자리에 꿇어앉히고 내가 아저씨라고 사정할 때까지 고무호스로 나를 때렸지.

> FLOYD: I asked the police say, "I done nothing. What you arresting me for?" He say, "I' arresting you in advance. You gonna do something." I just look at him and told him, "Well, Boss you right cause if I had my druthers I'd cut you every which away but loose." He just laughed cause he know a black man ain't never had his druthers. They took me down there and beat me with them rubber hoses till I said Uncle. (47)

플로이드는 주거 부정의 부랑자라는 죄목으로, 자신의 표현을 빌

리자면 쓸모없는 인간(worthless)이라는 이유로 자신을 90일간이나 감화원에 가두는 피츠버그의 현실을 시카고에서는 벗어날 수 있으리라고 생각한다.

극 중의 레드 카터(Red Carter)는 "시카고에는 미시시피에서 올라온 흑인들밖에 없어. 61번 고속도로는 시카고로 곧장 뻗어 있어. 61번 고속도로는 세계에서 제일 길어……북쪽으로 쭉 뻗어 시카고로 연결된다니까."(67)라고 말한다. 케인웰(Canewell) 역시 북쪽에는 "사람이 너무 많아."(67)라고 말한다. 플로이드는 "사람이 많을수록 일거리는 더 많아지지. 사람이 많다는 건 기회가 더 많다는 것을 의미하거든. 그렇지만 우리는 기회를 이용할 줄 몰라. 전혀 모른단 말이야."(67)라고 단언하며 시카고로 가겠다는 확고한 의지를 보인다.

미시시피 주에서 온 한 이주자가 회상했던 대로, 누군가가 어디서 '도중에 멈추었는지'에 상관없이 '메카는 시카고'였다. 1916년부터 1919년까지 5만 명에서 7만 명 사이의 남부 흑인들이 시카고로 이주했고, 이 수보다 수천 명 이상이 북부의 다른 지역으로 옮겨가는 도중에 그 도시를 지나갔다.

Regardless of where someone "stopped on the way", recalled one migrant from Mississippi, "the mecca was Chicago." From 1916 to 1919, between fifty and seventy thousand black southerners relocated in Chicago, and thousands more passed through the city before moving on to other locations in the North. (Grossman 4)

시카고가 지니는 이러한 상징성을 감안하면 플로이드의 시카고행은 1910년대에 시작된 흑인 대이주를 완결 짓는 종착역을 향한 여행으로 볼 수 있다. 따라서 쉐넌이 플로이드의 이번 시카고행이 단순히 새 음반 녹음을 위한 여행이 아니라 이전의 성공을 기반으로 하기 때문에 이는 2차 대전에서 미국 흑인들이 미국 사회에 기여한 것과 마찬가지의 의미를 지니는 것으로 지배 사회로의 완전한 편입을 의미하는 상징적인 여행("A Transplant that did not Take: August Wilson's Views on the Great Migration" 660)이라고 주장하는 것은 당연하다.

그러나 2차 세계대전에서 충성심을 보여주었던 미국 흑인들이 1등 시민의 지위가 주어질 것이라고 희망에 부풀어 돌아왔지만 사실은 차별과 박해로 좌절을 맛보았듯이 플로이드의 시카고행도 순탄치 못할 것 같은 암시가 곳곳에서 보인다.

그는 감옥에서 풀려날 때 하루 30센트씩 90일간 일한 대가를 돈으로 환산해서 받을 수 있는 서류를 받고 나오지만 정작 서류는 잃어버리고 빈 봉투뿐이다. 그는 빈 봉투를 가지고 돈을 찾아 어머니의 묘비석 비용을 할부로 갚기 위해 저당 잡혀야만 했던 자신의 기타를 찾을 수 있으리라는 희망에 차 있다. 현재 무일푼의 상태지만 그는 자신의 재능에 자신감을 보이며 시카고로 가서 자기의 노래를 취입하여 성공할 수 있다고 생각한다. 그러나 그는 돈도 없거니와 기한을 넘겨 기타도 찾을 수 없다.

빈 봉투를 근거로 잃어버린 내용물에 명시되어 있는 보상금을 달라고 한다든지 자신이 감옥에 있어서 어쩔 수 없이 기한을 지킬 수 없었으니 당연히 기한을 연장받아야 한다고 생각하는 등 그는 세상의 상식을 무시하고 자신의 잣대를 주장하는 사람이다.

플로이드: 그게 말이나 되냐고? 서류가 있건 없건, 그 사람들은 나
한테 여전히 그 돈을 줘야 해. 내일 다시 가서 일을 처

리할 거야. 전기 기타를 찾기 위해 내일까지 기다려야
하다니. 기타를 찾으려면 그 돈이 필요했는데, 이제는 그
돈을 가지려면 서류가 또 필요하다니 말이야.

FLOYD: What kind of sense that make? Paper or no paper they
still own me the money. Now I got to go back down
there tomorrow and straighten that out. I got to wait till
tomorrow to get my electric guitar. I needed the money
to get the guitar, and now I need the paper to get the
money. (39)

플로이드가 자신의 정당한 몫을 받지 못하는 것은 백인 사회에
대한 적응능력의 부족에 기인한다. 모든 것을 문서로 보증하는 백인
사회의 규칙을 습득하지 못했기 때문에 좌절을 겪을 수밖에 없다.
피터킨(Julia Peterkin)이 "나는 흑인이 가식에 의해 감추어진 것이
거의 없는 인간 본성, 본능적인 충동들 속에서 그리고 비극적으로
원시적이며 종종 말할 수 없이 비참한 환경 속에서 헤매는 인간 본
성을 보여주기 때문에 흑인에 관한 글을 쓴다."(239)라고 한 것처럼
윌슨은 플로이드라는 인간의 본성 자체를 드러내 보임으로써 백인
사회를 더 효과적으로 보여준다.
　이 같은 상황은 플로이드가 문자, 그의 표현대로라면 종이의 힘을
믿는 까닭에 종이를 내보이며 "이게 있으면 시작을 할 수 있어."(39)
라고 말하는 것처럼 1940년대 후반의 흑인 남성들의 일반적 교육수
준과 흡사한 것으로 볼 수 있다. 플로이드는 자신의 정체성을 확인
할 수 있는 기회가 종이에 있다고 믿었다. 그에게 종이는 기회였던
것이다. 그러나 레코드 회사에서 온 서류는 봉투뿐 알맹이가 없고 전
당포 쪽지는 기한이 지난 것이다. 그는 자신의 가치를 증명해 보이기

위해 시카고로 가려 한다. 그러나 시카고로 가기 위해 홀(Mr. T. L. Hall)이라는 백인에게 의존한다는 점 또한 플로이드의 결함이다.

전당포에 맡긴 기타를 찾아 시카고로 가려던 플로이드의 계획은 약속 기한에서 이틀이 더 경과했다는 이유로 10달러를 받고 맡긴 기타를 되찾는 데 50달러를 요구하는 전당포 주인으로 인해 뒤엉키기 시작한다. 마침내 홀이 사보이 레코드사에서 플로이드에게 보낸 선지급금을 가로채면서 그의 시카고행 꿈은 완전히 좌절된다. 플로이드의 선지급금뿐 아니라 많은 가난한 흑인들에게 가짜 보험증서를 팔아 5만 달러를 가로챈 홀의 사기 사건은 미국 흑인들의 희망과 기대를 무너뜨리고 착취하는 백인 사회의 기만을 상징한다. 결국 합법적인 방법으로 시카고로 떠날 여비를 충당하려 했던 플로이드의 계획은 홀이라는 인물이 상징하는 백인 사회의 흑인에 대한 배신행위로 실패하고 만다.

> 플로이드: 갈 수 있는 방법이 일곱 가지가 있었어. 그들이 여섯 가지로 줄여 버렸지. 난 나머지 여섯 가지 중에서 하나를 시도해야지라고 말했어. 다섯 가지로 줄여버렸어. 내가 밀면……그들은 당겨버리지. 네 가지로 줄였어. 뭐 상관있겠어? 매번 잘못되기야 하겠냐고 말했어. 그들이 세 가지로 줄여버렸어. 둘보다는 낫지 뭐, 하나만 있으면 되는데라고 했어. 그들이 다시 두 가지로 줄여 버렸어. 이런……난 시카고로 갈 거야. 만약 내가 묘터를 잡아 놓아야 하고 눈에 띄는 사람을 모두 죽여 버려야만 하더라도 난 시카고로 갈 거야. 난 내 인생이 없는 삶은 살고 싶지 않아. 내가 아는 모든 사람은 다 땡전 한 푼 없이 살았지. 난 그러고 싶지가 않단 말이야. 난 부유하게 살고 싶어.

FLOYD: I had seven ways to go. They cut that down to six. I say let me try one of them six. They cut it down to five. Everytime I push……they pull. They cut it down to four. I say what's the matter? Everything can't go wrong all the time. They cut it down to three. I say three is better than two I really don't need but one. They cut it down to two. See……I'm going to Chicago. If I have to buy me a graveyard and kill everybody I see. I am gong to Chicago. I don't want to live my life without. Everybody I know live without. I don't want to do that. I want to live with. (87)

자신에게 물질적 풍요와 지배 사회에 편입할 수 있는 모든 기회, 즉 시카고행이 좌절되자 플로이드는 마지막 수단인 38구경 권총이라는 도구를 사용하여 백인 사회에 물리적 저항을 하기로 결심한다. 물리적 저항의 힘은 "장전된 총을 손에 들고 경찰 옆을 지나가도 아무런 일이 생기지 않지만, 빈총을 몸에 숨기고 다니면 무기 소지죄로 감옥에 넣을 것"(42)이라는 플로이드의 말에서 드러난다. 로크(Alan Locke)가 "흑인의 경험은 본질적으로 극적이다."(ix)라고 말한 것처럼 극적인 삶을 산 플로이드뿐만 아니라 이 극의 등장인물들은 자신들의 존엄성을 지키기 위해 무기를 지니고 있어야 한다고 생각한다. 루이즈(Louise)는 32구경 총탄, 헤들리(Hedley)는 도끼와 칼, 케인웰 역시 칼을 지니고 다닌다. 레드 카터의 다음 대사는 흑인들이 막다른 길목에 다다를 때 자신들을 지키기 위해 무기를 지닌다는 것을 집약적으로 보여준다.

레드 카터: ……내가 권총을 저당 잡힌 건 정말 잘못된 것 같아. 권총이 없으면 편안하질 않아. 거리엔 정신 나간 사람들

이 너무 많아. 칼을 지닌 사람, 얼음 꼬챙이나 고기 써는 칼 할 것 없이 모든 걸 가지고 다녀. 어떤 사람이 누구랑 싸움이 붙었는데 코트 자락에서 도끼를 빼들더라니까.

> RED CARTER: ……It sure hurt me to pawn my pistol. I don't feel right without it. There's too many people out there act crazy. Too many people with knives. Icepicks. Meat cleavers and everything else. They had one fellow got in a fight with somebody and pulled a hatchet out from under his coat. (83)

이와 같이 흑인들이 무기를 지니는 것이야말로 자신들의 존엄성을 지키려는 마지막 몸부림이자 백인 사회에 저항하려는 적극적인 행위라 할 수 있다. 특히 플로이드가 지닌 총은 미국 사회에 대한 전면적인 도전이며 미국 사회 자체에 대한 거부의 의미를 지니지만 그는 분명 결함이 있다. 미국 사회의 일원으로서 권리를 되찾기 위해서 플로이드는 기존 사회의 질서를 깨뜨리지 않으면서 자신의 목적을 달성할 수 있는 방법을 찾으려고 노력해야 했다.

또한 플로이드의 허구적인 삶과 "괜찮아"를 부른 실존 인물인 크러드럽의 삶을 비교할 때 윌슨의 노래에 대한 선택은 우연한 것이 아니다. 미시시피 주의 시골 출신인 블루스 기타리스트이자 가수인 크러드럽은 플로이드처럼 노래를 녹음하기 위해 시카고로 갔다. 크러드럽은 1946년에 시카고에서 블루스를 녹음했지만 저작권 사용료를 받지 못했다. 흑인에 대한 제도적 차별은 어느 정도 완화되었지만 그는 흑인이라는 이유로 정당한 보상을 받지 못했다.

또한 플로이드는 베라(Vera)와의 관계에서도 일방적인 요구를 하고도 자신이 했던 약속을 지키지 않는다. 그는 지난번 시카고에 가면서 정착하는 대로 베라를 부르겠다고 했지만 다른 여자에게 팔려 베라와의 약속을 저버린다. 이번에도 베라에게 시카고 여행에 동행해 줄 것을 조르고 있지만 동시에 시카고에는 예쁜 여자가 많이 있다고 하면서 관능적인 미를 소유한 루비(Ruby)가 나타나자 그녀와 함께 춤을 추기도 한다.

이와 같은 1940년대 후반의 미국 사회에서 플로이드는 약속을 이행하려는 노력보다는 유토피아적인 삶을 추구했다고 할 수 있다. 피츠버그 최고의 블루스 클럽에서 연주하려면 기타가 있어야 하는데 그의 기타는 저당 잡혀 있고 그는 그것을 찾아올 돈이 없다. 게다가 기타를 찾는 데는 빌린 돈의 다섯 배나 되는 돈을 물어야 한다. 그는 전당포 주인에게 속았다는 느낌이 들자 38구경의 총을 들이댄다. 결국 그는 기타를 찾을 돈을 마련하기 위해 강도짓을 꾀한다.

아크바르(Akbar)가 대부분의 사람들은 스스로의 꿈을 이룰 수 있는 모든 가능성이 사라졌을 경우, 억압적인 상황에서 자신을 지키고자 파괴적인 행동을 한다(Wang 139 재인용)고 한 것처럼 결국 플로이드는 기타를 찾을 돈을 마련하기 위해 강도짓을 한다. 플로이드는 강도행각으로 훔친 돈의 분배문제로 헤들리와 다투다 어이없는 죽음을 당하나 그의 행위는 부적절한 상황에서 살아남기 위한 투쟁인 것이다.

플로이드의 장례식을 마치고 난 직후 그와 관련된 삶을 통해 나머지 6명의 등장인물들의 삶을 다성적인 음성으로 듣다가 어느 순간 그의 죽음에 이르는, 즉 플래쉬기법으로 하나하나의 사건이 전개되는 것과 이 극의 전편에 플로이드의 노래가 흐른다는 점으로 미루어 보아 그는 자신의 노래를 찾은 사람이다. 그의 삶을 둘러싼 비인간적인 억압의 악순환 속에서 "자신의 꿈을 성취하려는 플로이드의 노력은 그가 살아가는 사회적 환경이 비참한 것인 만큼이나 영웅적인 행위이다."(Wang 144) 따라서 플로이드의 죽음은 한 개인의 비극이 아니라 사회적 비극인 것이다. 비록 시카고로 가서 자신의 레코드를 만들겠다는 플로이드의 꿈은 백인 사회에 대한 인식 부족과 유토피아적 경향으로 이루지 못했지만 그러한 그의 유토피아적 허상은 결국 흑인에게 억압적인 백인 사회에 대한 고발이며 지배 사회로의 진출을 위한 노력이라고 할 수 있다.

（2） 흑인 민족주의의 한계

월슨은 시대별로 한 사건을 중심축으로 설정하고 그 사건에 연루된 흑인의 삶을 흑인의 목소리로 다시 쓰는 작업을 하고 있다. 이 작품에서는 흑인 민족주의로 대표되는 헤들리라는 인물을 통해서 흑인들만의 전통문화와 그에 얽힌 삶을 보여줌과 동시에 오히려 지나친 집착은 당시의 삶을 사는 아프리카계 미국인으로서 역효과를 낼 수 있다는 월슨의 의도를 보여주고 있다. 헤들리는 거의 백인 사회를 거부하고 과거에 집착한다. 결핵에 걸려 있으면서도 백인 의사의 진찰을 거부하고 미스 사라(Miss Sarah)가 달여 주는 뿌리로 만든 차를 마시는 헤들리의 모습에서 지나치게 과거에 몰입해 있는 부정적인 면모가 드러난다. 이러한 헤들리에게 루이스는 다음과 같이 충고한다.

> 루이스: ……가서 의사를 만나볼 필요가 있어요. 옛날하고는 다르다니까요. 요즈음에는 흑인들도 요양소에 입소시켜요. 도움을 받을 수 있을 거예요. 그들이 당신을 낫게 해 줄 수 있어

요. 결핵 때문에 죽을 것까지는 없다니까요.

LOUISE: ······You need to go see the doctor. It ain't like it was
        before. They letting the colored people in the sanitarium
        now. You can get help. They can make you well. You
        don't have to die from T.B. (25)

헤들리는 진찰을 받고 입원하라는 요양원의 통지서를 흑인에 대한
백인 사회의 음모로 간주하고 거부한다. 그가 이처럼 백인 사회와
거의 단절된 삶을 살게 된 동기는 자신의 아버지와 백인 사회의 관
계에 기인한다.

헤들리의 아버지는 마을에서 백인들의 말을 돌보아 주었지만 백인
들은 어느 누구도 아버지가 필요로 할 때 도움을 주지 않았고, 심지
어 아버지가 병이 들어 의사를 불렀을 때에도 3일 후에야 의사가
나타나서 아버지는 치료를 받아 보지도 못하고 세상을 떠났던 것이
다. 헤들리가 병원에 입원하라는 요양소에서 온 편지에 강력히 반발
하는 것도 바로 이러한 과거의 경험으로 인해 백인 사회가 자신의
삶과는 아무런 관련이 없다고 생각하기 때문이다. 그의 아버지에 관
한 경험은 헤들리로 하여금 과거 속으로 지나치게 빠져들게 한다.
등장인물들이 돈이 없어서 자신들의 악기들을 전당포에 맡긴 상태로
임시변통의 악기를 연주하는 순간이 있다. 플로이드는 전기 기타 대
신에 낡은 기타를, 레드 카터는 드럼 대신에 테이블을 사용하였음에
비해 헤들리는 '한 줄 악기'를 고집한다.

헤들리의 한 줄 악기 연주는 그의 할아버지에게서 배운 것인데
노예 시절에 주변에서 구할 수 있는 재료를 가지고 만든 조잡한 악
기로 인간의 감정에 호소할 수 있는 훌륭한 음악을 만들어 온 선조

들을 상기시킨다.

헤들리의 한 줄 악기와 더불어 미국 흑인들의 과거에 대한 상징으로는 미스 틸러리(Miss Tillery)의 뜰에서 시도 때도 없이 울어대는 수탉을 들 수 있다. 보그밀은 수탉이라는 단어를 1950~1970년대까지 사용했던 흑인 남성에 대한 속어적인 표현(135)으로 언급하고 있는데 이는 수탉의 울음소리에 화가 난 플로이드가 미스 틸러리의 집 뜰에 돌을 던졌을 때, 수탉을 잡아와 목을 베면서 하는 헤들리의 말에서 그 관련성이 드러난다.

> 헤들리: 네가 원하든 원하지 않든 상관없어. 신은 더 이상 수탉을 만들지 않아. 다 지난 일이지. 신이 더 이상 흑인을 만들지 않게 되면 내 말뜻을 알게 될 거야. 흑인도 끝장난 존재가 되는 거지. 여기 이 수탉은 헛간에서 태어났어. 이 수탉은 우는 법을 배워야 했다고. ……수탉이 우는 소리를 들으면 넌 제가 살아 있음을 알게 돼. 네가 마지막 날을 보는 날이 와서 이 수탉이 우는 소리를 더 듣지 못하게 되는 날이 오면 태양을 보는 것이 즐거울 거야.

> HEDLEY: You want or you don't want, it don't matter. God ain't making no more roosters. It is a thing past. Soon you mark my words when God ain't marking no more niggers. They too be a done thing. This here rooster born in the barnyard. He learn to cock his doodle do. ……You hear this rooster you know you alive. You be glad to see the sun cause there come a time sure enough when you see your las day and this rooster you don't hear no more. (69)

이 말과 더불어 헤들리에 의해 목이 잘리는 수탉은 2막의 결말 부분에서 똑같은 모습으로 헤들리에 의해 살해당하는 플로이드의 운명을 암시하는 복선으로 볼 수 있다. 수탉의 목을 베어버림으로써 헤들리는 수탉이 남부 농장에서 노예 생활을 했던 미국 흑인들의 과거에 대한 상징임에도 이를 거부하는 플로이드에게 경고와 저주를 동시에 보내는 것이다(Lahr 101).

수탉에 대한 등장인물들의 견해는 미국 사회에 대한 각자의 입장과 밀접히 관련이 있다. 시카고로의 여행을 시도하는 플로이드에게는 북부 산업 사회와 접촉하는 미국 흑인들의 정신적 딜레마를 뜻하며, 미국 주류 사회로의 완전한 진입을 위해서 버려야 할 과거에 불과하다. 반면 흑인 민족주의자 헤들리에게는 백인 사회와 맞서는 미국 흑인 정신과 과거를 뜻하는 긍정적인 상징이라 할 수 있다.

케인웰 또한 수탉을 노예제하에서의 고통스러웠던 미국 흑인들의 삶과 연관시킨다. 그는 수탉이 '노예 해방 이전까지는 울지 않다가' 노예 해방 이후에야 '나도 이제 한몫 끼어야겠어'(60)라며 울기 시작했다고 말하는데 이는 수탉이 곧 미국 흑인이며 수탉의 울음소리는 노예의 신분에서 해방된 미국 흑인들이 미국 사회와 관계를 맺기 위한 노력을 의미하는 것으로 볼 수 있다. 이처럼 미국 흑인들에게 있어서 복합적인 상징을 의미하는 수탉이 헤들리에 의해 목이 베어지는 상황은 그의 극단적인 흑인 민족주의는 미국 흑인들을 위협하는 부정적인 대응방식이라는 사실로 윌슨은 자신의 견해를 피력하고 있다.

또한 헤들리가 결핵에 걸려 있는 것 역시 미국 흑인들의 민족주의적 전통이 사라져 갈 상황에 처해 있음을 상징한다. 특히 헤들리가 이 극에서 도시 문명의 사고방식을 가장 많이 받아들인 루이스에 의해 요양소에 갈 운명에 처하게 된 것은 세계 제2차 대전 이후의

 오거스트 윌슨의 화해와 통합을 위한 무대

미국 흑인들이 북부 산업 문명에 적응해 가면서 흑인 민족주의적 입장이 거의 거부당하는 상황에 놓여 있음을 의미하는 것으로도 볼 수 있다. 헤들리가 로버츠(Joe Roberts)에게서 벌채용 칼을 받아온 바로 그다음 장면에 "무덤도 내 육신을 억누르지 못할 거야."(93)라고 되뇌는 것으로 미루어 보아 자신의 죽음이 임박했음을 직감한다. 헤들리가 루비에게 자신의 아들을 낳아 줄 것을 당부하는 것도 바로 이러한 연유에서이다.

그런데 남부에서 떠나올 때 이미 임신한 상태였던 루비가 헤들리와 관계를 맺고 태어날 아이의 이름을 킹 헤들리 2세(King Hedley Ⅱ)로 붙이기로 결정함으로써 헤들리의 전통이 이어질 것이라는 것을 독자는 알게 된다. 헤들리는 자신의 생애 동안 자신의 꿈이 실현되지 않을 것임을 알고 가비를 낳은 아버지처럼 자신도 '백인들에게 머리를 숙이지 않는 누군가의 아버지가 될 수도 있으리라.'(74)는 생각에 루비에게 자신의 아들을 낳아 달라고 요구하는 것이다.

그러나 미국 사회 자체를 거부하는 흑인 민족주의는 미국 사회 내에서 주체로 자리매김해야 하는 미국 흑인들에게는 아무런 도움도 되지 않을 뿐 아니라 루비가 낳은 아이는 헤들리가 상징하는 미국 흑인들의 전통과는 아무 관련 없이 미국 흑인 역사의 파괴적인 면만을 담고 있다는 점에서 앞으로 미국 흑인들의 삶에서 민족주의적 저항 정신은 헤들리의 경우보다 훨씬 더 부정적인 성격을 지니게 될 것임을 예측할 수 있다.

지나친 과거에 집착하는 민족주의자 헤들리가 흑인들에게 긍정적인 영향을 미치지 못하리라는 근거는 그가 환상적인 인물이라는 것이다. 그는 루이스에게 당당히 "두고 봐 나는 거물이 될 테니까."라고 하기도 하고 "모든 사람들에겐 다 때가 있어. 그렇지 않은 사람은 없어. 내 아버지도 내 아버지의 아버지도 다 그들의 때가 있었어. 나 헤들리는 59세야. 곧 나의 때가 올 거야."(24-5)라는 등의 말을 한다. 그러나 토렌스(James S. Torrens)는 이와 같은 헤들리의 희망은 '유토피아적 허상'(22)이라고 말한다. 헤들리는 또한 노예처럼 굽실대는 흑인이 아닌, 위풍당당한 사자, 독수리로 자신을 묘사한다.

> 헤들리: 흑인이 먼지 뒤집어 쓴 개같이 기분 내키면 걷어차도 되는 개인 양 생각하는 거야? 난 개가 아니야! 뼈다귀 던져주면 쫓아갈 줄 아나 본데. 뼈다귀 물어오고 꼬리를 살랑대리라고 생각하는 거지. 흑인은 개가 아니야. 흑인은 유대의 사자야. 하나님이 자신의 이미지대로 빚어낸 사람이라고. 에디오피아가 그 날개를 펴게 할 거야! 흑인은 개가 아니야. 나는 독수리가 둥지를 털고 날아오르듯 먼지를 털고 일어날 거야. 집을 날려버리는 허리케인처럼.
>
> HEDLEY: You think the black man a dog in the dust you can kick when you want? I am not a dog! You think you can throw a bone and I run after it. You think I fetch for you and wag my tail for you. The black man is not a dog! He is the lion of Judah! He is the mud God make his image from. Ethiopia shall stretch forth her wings! The black man is not a dog! I will stir up the dust around me like the eagle stirreth its nest. Like a hurricane I will come through the house. (93-4)

자신을 예수나 모세로 착각하는 헤들리의 유토피아적인 경향은 때때로 보다 현실적인 이미지와 결합되어 그는 자신을 흑인 지도자 가비(Marcus Garvey)나 권투선수 루이스(Joe Louis)와 비교하기도 한다. 헤들리의 이러한 성향은 그의 아버지의 영향이 크다. 그의 부친은 뉴올리안즈 재즈의 왕이라는 찬사를 받았던 버디 볼든(Buddy Bolden)의 별명 킹에서 헤들리의 이름을 따왔다. 버디 볼든은 실제로 정신병으로 인해 24년간이나 정신병원에 수감되어 비극적 최후를 마친 인물이다. 부친이 볼든의 이름을 따서 자신의 이름을 지었다는 점을 못마땅해 하면서도 그는 동료 흑인이 자신을 왕이라 부르기를 거부한다는 이유로 살인을 저지르기도 한다.

이름은 상관물의 핵심을 이끌어 내고 우리를 가족, 조상, 역사로 구속한다(Yang 18)고 한 것처럼 헤들리는 자신의 이름을 따온 버디 볼든의 별명 킹에 자신도 모르게 예속된다. 버디 볼든이 정신이상자였듯이 헤들리 또한 환상 속의 자신과 현실 속의 자신과의 괴리를 현명하게 극복하지 못하는 정신이상자인 것이다. 울프(Wolfe)는 이러한 측면에서 헤들리와 플로이드를 "그들은 너무도 흡사하여 헤들리의 정신세계에서는 [이들이 사는] 힐에서는 단 한 명밖에 있을 자리가 없다."(138–39)고 주장한다. 따라서 헤들리가 플로이드를 살해하는 것은 필연적인 결과로 볼 수 있는 것이다. 그는 플로이드가 루비를 유혹하여 같이 나가자 저지하면서 다음과 같이 혼잣말을 한다.

> 헤들리: 넌 왕같이 굴어! 그들이 쳐다볼 거야. 그리고 이렇게 말할 거야. 이 녀석……이 녀석이 제일 잘났군. 이 녀석을 주시해야겠어. 이 녀석에다 표시를 해놓아야지. 코끼리가 사자를 짓밟듯이 처리해야지!라고 말이야. 등 뒤를 조심해! 백인이 너한테 무시무시한 음모를 세우고 있으니까. 그런 음모를 꾸미는 백인에게 빌미를 주지 마. 너를 쓰러뜨리려고 보고 있으니까. 백인이 말하지. "저 놈이야"라고. 그러면 그들은 죄다 널 뒤쫓을 거야. 조심하는 게 좋을 거야.

HEDLEY: You are a king! They look at you and they say this on
e······this one is the pick of the litter. This one we have
to watch. We gonna put a mark on this one. This one
we have to crush down like the elephant crush the lion!
You watch your back! The white man got a big plan
against you. Don't help him with his plan. He look to
knock you down. He say, "That on!" Then they all go
after you. You best be careful! (77)

1막 끝 부분에서도 헤들리는 루비에게 줄 사탕을 사서 나타날 때
에 플로이드가 그녀를 희롱하며 테이트를 청하는 모습을 목격하게
된다. 그는 칼을 휘두르며 "이제 헤들리는 백인이 잡으러 와도 맞설
준비가 돼 있어."(93)라고 말하지만 그는 방어가 아니라 공격을 위해
『마 레이니의 검은 엉덩이』에서 레비가 그랬던 것처럼 백인이 아닌
흑인을 죽이게 된다.

헤들리가 피츠버그에 대농장을 마련하겠다는 꿈 역시 백인 농장주
와 자리바꿈을 위하여 백인들에게 보복하겠다는 심정의 표현이다.
그러나 피츠버그라는 북부 산업 도시에 백인 사회와 완전히 단절된
흑인들만의 농장을 건설하려는 헤들리의 꿈은 비현실적인 환상에 불
과한 것이다.

헤들리: 성서에서 말하길 궁극에는 모든 것이 해결될 것이라 했어.
모든 적개심은 낮춰질 것이요. 모든 것은 새로운 자리를
찾을 것이니. 내가 농장을 가지면 거기를 걸어 다닐 거야.
얼마나 큰 농장인지 확인하기 위해 저 끝까지 걸어가 볼
거야. 그날에는 큰 사람이 되겠지. 그날은 내가 옷을 잘
차려입고 마을을 가로질러 걸어갈 거야. 그날이 아버지가

날 용서하는 날이 될 거야. 그 멋진 날에는 모든 사람들이
내가 지나갈 때 노래를 부를 거야……내 농장은 풍성하고
잘 여물었겠지……그리고 아버지는 강렬한 기억으로 남을
거야……그날 말이지……신께서 이런 것들을 증언해 주실
거야. 백인들은 더 이상 나에게 뭘 하라고 시키지 못할 거
라고.

HEDLEY: The bible say it all will come to straighten out in the
end. Every abomination shall be brought low. Everything
will fall to a new place. When I get my plantation I'm
gonna walk around it. I am going to walk all the way
round to see how big it is. I'm gonna be a big man on
that day. That is the day I dress up and go walking
through the town. That is the day my father forgive me.
I tell you this as God is my witness on that great day
when all the people are singing as I go by……and my
plantation is full and ripe……and my father is a strong
memory……on that day……the white man not going to
tell me what to do no more. (30)

헤들리는 자신의 농장을 건설하여 백인들에게 휘둘리지 않고 자주
적인 삶을 누릴 수 있으리라 희망하지만 피츠버그의 북부 산업 도시
내에서의 농장이 미국 사회와 완전히 단절된 흑인만의 공간이라는
점에서 그의 꿈은 한계를 지닐 수밖에 없다.

월슨은 흑인 민족주의로 대변되는 헤들리의 저항 정신에 대한 자
신의 입장을 미국 흑인들의 선조를 상징하는 아버지와의 결별과 화
해의 과정을 통해서 보여준다. 헤들리가 아버지와 결별하게 된 것은
루버티르(Touissant L'Overture) 때문이었다. 그는 아버지에게 왜 미

국 흑인들이 루버티르처럼 백인 사회에 저항하지 않았는지 비난 섞인 질문을 했고, 이에 격분한 아버지가 헤들리의 입을 발로 걷어찼던 것이다. 헤들리는 1920년대 가비가 등장하자 '목소리를 되찾고'(93) 아버지의 임종시에 용서를 빌었지만 아버지는 끝내 헤들리를 용서하지 못하고 세상을 떠났다. 가비에 의해 미국 흑인들에게도 저항 정신이 존재해 왔음을 깨달은 헤들리는 자신의 꿈에 나타난 아버지가 자신을 용서할 것이며, 그 증거로 버디 볼든을 통해 농장을 살 돈을 보내오겠다고 했다면서 이 꿈의 실현을 손꼽아 기다린다.

> 플로이드: (노래한다.) "내가 생각하기에 버디 볼든이 말하는 걸 들은 것 같아……"
> 헤들리: 뭐라고 했지?
> 플로이드: 그가 말하길, "일어나서 내게 그 돈을 줘."
> 헤들리: 아냐, 아니라고. 그는 이렇게 말해, "여기로 와. 돈 여기 있어?"
> 플로이드: 글쎄요……그가 뭘 줬어요?
> 헤들리: 재를 주던걸.
> 플로이드: 돈을 달라고 말하세요.

> FLOYD: (Sings) "I thought I heard Buddy Bolden say……"
> HEDLEY: What he say?
> FLOYD: He said, "Wake up and give me the money."
> HEDLEY: Naw. Naw. He say, "Come here. Here go the money?"
> FLOYD: Well……What he give you?
> HEDLEY: He give me ashes.
> FLOYD: Tell him to give you the money. (29)

그러나 볼든이 준 것은 돈이 아니라 재였다. 이는 헤들리의 꿈이

결국 아무런 결실을 맺지 못하는 생명력을 상실한 허상에 불과한 것
이라는 분석을 가능케 한다. 헤들리의 꿈이 실현되는 것이 곧 아버
지의 용서를 의미하는 데서 알 수 있듯이 이 꿈이 아직도 실현되지
않았다는 점에서도 헤들리의 흑인 민족주의적 입장이 미국 흑인 선
조들이 지향했던 삶의 방향과는 상반된 것임을 알 수 있다.

헤들리가 미국 사회와의 접촉이 요구되는 현재와 단절한 채 아버
지로 상징된 과거에 신적인 권위를 부여하고 있는 것은 문제가 된
다. 미국 흑인들이 과거를 자신의 일부로 받아들이는 것이 미국 사
회와의 주체적 관계를 맺기 위한 전제조건임은 분명하지만 그 근본
목적은 현재의 미국 사회와 주체적으로 접촉하기 위한 자세의 확립
에 있기 때문이다. 미국 흑인들에게 있어서 과거는 지배 사회와의
창조적 접촉을 통해 바람직한 변화를 수용함으로써 진정한 역량으로
발전할 수 있다.

월슨은 과거에 지나치게 몰입해 있는 헤들리와 같은 흑인 민족주
의적 입장의 문제점을 강조한다. 이 극에서 헤들리는 여러 가지 면
에서 죽음과 긴밀히 연관되어 있다. 결핵에 걸려 피를 토하고 있으
며, 샌드위치와 담배 등을 파는 헤들리의 이동가게 역시 버틀러
(George Butler)의 죽음을 통해 많은 이익을 올린다. 그가 파는 샌드
위치는 이 작품에서 미국 흑인의 상징인 닭을 직접 죽여서 만든 것
이며 자신을 왕이라 부르지 않았다는 이유로 이미 다른 미국 흑인을
살해한 적도 있는데 죽음과 긴밀히 관련된 헤들리의 모습은 미스 틸
러리의 수탉을 죽이고 플로이드를 살해하는 순간에 정점에 이른다.
이처럼 그가 이미 두 명의 미국 흑인을 살해한 인물인 것은 전통과
과거에 대한 지나친 몰입이 흑인공동체에 파괴적인 결과를 초래할
수 있다는 월슨의 견해를 보여준다. 월슨은 헤들리를 통해 미국 사

회와의 단절을 시도하는 민족주의적 저항 운동의 한계를 지적하고
있는 것이다.

(3) 조화로운 인간상

『일곱 개의 기타』는 윌슨의 4B 중 보르헤스의 영향을 받은 작품
이다. 보르헤스의 시에서 감명을 받았던 보편성과 그의 소설에서 이
야기를 풀어나가는 방식에 큰 흥미를 느끼고 이 작품에 도입한 것이
다. 플로이드의 장례식에서 돌아온 장면이 제시된 후, 극의 나머지
부분은 그 결과에 이르는 과정으로 인간의 삶에 있어서 근본적인 문
제들이 극적인 이미지로 전개된다.

기타는 블루스를 혼자 부를 때 반주하는 악기라는 사실을 감안해
볼 때 제목에서 시사하듯 이 작품은 일곱 개의 '솔로', 즉 일곱 명의
등장인물 개개인의 삶이 응축된 미국 흑인 문화의 한 장으로 읽을
수 있다. 일곱 명의 등장인물이 부르는 블루스와 그들이 주고받는 대
화 속에는 희망, 블루스 역사, 조상, 과거, 투쟁 정신, 초자연적인 힘이
라는 미국 흑인 문화의 긍정적인 개념뿐만 아니라 술, 여자, 돈, 살
인, 질병, 도둑질, 탐욕이라는 부정적인 개념이 고루 분포되어 있다.

그중에서 플로이드라는 인물의 죽음에 얽힌 이야기를 전면에 내세
워 그와 관련된 인물들의 삶을 하나하나 보여주지만 특정 인물에 무
게를 싣지 않는다. 죽음을 전면에 드러내지만 그 속에서 희망의 씨
앗을 보여주는 것이 윌슨의 글쓰기다. 마찬가지로 윌슨은 그의 대부
분의 작품에서 흑인 문화는 물론 올바른 흑인 문화 사용법을 보여줌
과 동시에 그에 상응하는 당시의 시대적 상황과 아프리카계 미국인
으로서 살아남기 위한 전략 또한 보여준다. 이러한 그의 글쓰기는

흑인 작가임에도 불구하고 작품의 주제가 미국 흑인에 국한된 것이 아니라 종족을 초월하고 국경을 초월하는 보편적인 인간의 문제를 강조하고 있다.

인간의 근본적인 문제를 통해서 인종의 문제를 해결하려는 윌슨은 실패로 결론짓는 극단적인 방법을 전경에 배치하고 끈끈하게 맥을 이어가는 중도적 입장을 배후에 배치한다. 한 가닥의 희망을 주는 윌슨의 중도적 입장은 주변 인물들의 삶에 긍정적인 영향을 미치는 조화로운 인간상을 그리는 것이다. 이 작품에서 가장 이성적이며 객관적인 판단으로 주변 인물의 의식을 일깨우는 인물은 케인웰이다. 그를 통하여 한 개인의 개별성이 사회의 총체성과 연관될 때 인간의 삶에 많은 영향을 끼친다는 것을 알 수 있다. 조상들과 밀접히 결속되어 있는 케인웰의 이름에 대한 예시는 다음과 같다.

> 케인웰: 그게 바로 내 이름을 얻게 된 연유야. 나의 할아버지는 루이지애나의 사탕수수를 자르곤 했어. 누군가 그에게 "저 녀석 사탕수수 잘 자르네."라고 말했지. 그렇지 않았다면 내 이름은 코튼웰이 되었을 거야.

> CANEWELL: That's how I got my name. My granddaddy used to cut sugar cane in Louisiana. Somebody seen him say, "That boy can cane well." Otherwise my name would be cottonwell. (31)

케인웰의 이름은 할아버지가 루이지애나의 농장에서 사탕수수를 잘 자른다는 이유로 붙여진 것이다. 그의 이름부터 노예제의 아픈 기억, 즉 미국 흑인들의 과거와 밀접한 관련이 있을 뿐 아니라 또한 그는 미국 사회에 자신의 존재를 인정해 달라고 울어대는 수탉에 관해서도 정확히 인식하고 있다. 특히 플로이드와 레드 카터가 경제적 어려움 때문에 자신들의 기타와 드럼을 전당포에 맡기는 것과는 달리, 케인웰이 끝까지 자신의 하모니카를 몸에 지니고 있음은 주목할 만하다. '하모니카가 블루스에 가장 가까운 형태의 악기'(Oakley 136)라는 점과 전당포 노동의 투여 없이 순전히 자본을 이용해서 폭리를 취하는 가장 전형적인 자본주의적 착취의 상징임을 감안하면 기존 사회와 관련을 맺으면서도 사회의 억압과 통제를 벗어난 유일한 인물이 케인웰인 것이다. 기존 사회의 문화유산을 창조적으로 수용하는 케인웰의 입장은 한 줄 악기에 대한 그의 견해에서도 볼 수 있다.

플로이드가 헤들리의 연주가 시작되기 전에는 "줄 하나로는 아무 음악도 만들 수 없다."면서 "줄이 여섯 개인 기타를 능가할 수 없다."(54)고 주장하자 이에 대해 케인웰은 "헤들리가 많은 음악을 만들 수 있다고 했지, 기타를 능가할 수 있다고 한 것은 아니"라면서 기타와 한 줄 악기는 비교의 대상이 아님을 강조한다(54). 케인웰은 한 줄 악기가 미국 흑인들의 음악적 정서를 표현하는 도구가 될 수 있음을 주장하지만 기타가 훨씬 다양한 음악적 표현을 가능하게 하는 유용한 도구라는 점을 인정하는 것이다. 그야말로 자신의 문화유산을 소중히 하면서도 시대에 맞는 문화를 받아들여 적절한 융화를 거쳐서 창조적인 자신만의 새로운 문화를 만들어 가는 이 시대의 새로운 인간상인 것이다.

케인웰은 객관적인 잣대로 자신을 세상과 타협해 가는 인물이다. 그런데도 불구하고 백인 사회는 하모니카를 불어 거리의 평화를 깨뜨렸다는 죄목으로 30일간의 구금형을 부과한다. 또한 시카고의 상황은 흑인들에 의해 음반 제작이 거의 완성됨에도 그들에게 대가를 지불하지 않는다. 케인웰은 교묘하게 흑인들을 이용하는 시카고의 상황을 용납할 수 없다. 이와 같은 상황을 플로이드는 "그게 바로 음반 사업이라는 거야. 당신은 그것을 변화시킬 수 없어."(52)라고 묵인하지만 케인웰은 현실을 직시한다.

> 케인웰: 나한테 주겠다고 말한 것을 지불하지 않으려 해서 걸어 나와 버렸던 거야. 그 사람은 우리가 합의했던 금액을 지불하지 않으려 했어. 그 사람은 거의 술장사를 하는 식이었지. 25달러에 위스키 한 병을 얹혀 주는 것이 35달러가 되지는 않는다고. 나한테 다가와서는 위스키를 주길래 난 선물이겠지 하고 받았어. 그랬는데 그것에다 10달러를 매기더라고. 그런 식으로 사람을 대하는 게 아니란 말이야.

> CANEWELL: I walked out cause the man didn't want to pay me what he said he was going to pay me. He didn't want to pay the agreed upon price. He wanna half way be in the liquor business. Twenty−five dollars and a bottle of whiskey do not make thirty−five dollars. He walked up and handed me the whiskey I took it cause I thought it was a present. Then he wanna charge me ten dollars for it. That ain't no way to do nobody. (52)

케인웰은 술수로 흑인들을 이용하거나 억지논리를 펴서 흑인들을 압박하는 백인들의 이념에 무조건 복종하려는 굴종적인 자세를 취하지 않는다. 그러나 케인웰은 때로는 백인들의 그러한 이념체계를 그대로 답습하여 스스로 보여줌으로써 간접적으로 저항의 힘을 보인다. 플로이드의 장례식에서 돌아온 5명의 등장인물들은 그의 죽음을 애도하기보다는 '내 밥그릇' 찾기에 바쁘다. "그건 내 몫이야, 만지지 마."(8)라고 케인웰이 소리친다. 이 대사가 『일곱 개의 기타』에서 첫 대사이고 플로이드의 죽음의 원인이 된다. 케인웰은 백인 사회에서 살아남기 위해서는 자신의 밥을 스스로 챙겨야 한다는 강한 의지를 보여준다.

> 레드 카터: 내가 가지고 있는데 어떻게 네 것이 되니?
> 케인웰: 내가 먼저 봤지.
> 레드 카터: 너는 봤겠지만 내가 먼저 집었지. 손이 눈보다 빠르다는
>   것을 보여준 거야.

> RED CAPTER: How's this yours when I got it.
> CANEWELL: I had my eye on that piece.
> RED CARTER: You had your eye on it and I had my hand on it. That
>   go to show you the hand is quicker than the eye. (8)

먼저 본 사람이 물건의 임자라는 것과 손에 먼저 물건을 쥔 사람이 물건의 소유자로 우기는 이러한 장면은 백인 사회에서 이용당하는 흑인의 입장을 대변하는 것이다.

> 케인웰: 모자를 걸어두는 곳이 내 집이야. 그것이 얼마나 거짓말인
>   가를 보여주지.
> 플로이드: 그것이 내가 말하는 집이야. 내 모자가 있으면, 내가 있
>   게 마련. 네 모자가 왜 우리 집에 있냐고?

> CANEWELL: They say wherever you hang your hat is your home.
>   That just go to show you what a lie that is.
> FLOYD: That's what I call home. If my hat's there, I'm gonna be

there. What your hat doing in my house? (32)

케인웰이 자기 소지품이 있는 곳이 자기 집이라고 주장하는 위의 대사와 결론 부분에서 플로이드가 땅에 숨겨 놓은 돈을 케인웰이 우연히 먼저 발견하고 자기가 발견했으니 "찾은 자가 임자야."(107)라고 하는 대사를 통해 윌슨은 연극의 시작에서 던진 의미를 연극 끝에 와서 완전한 마무리를 한다. 흑인들에게 농장을 팔고서도 농장에 있던 과일 열매는 원래 자신의 것이었으니 영원히 자신의 것임을 강조하는 백인 사회의 축소판을 케인웰을 통해서 윌슨은 보여주는 것이다. 다른 등장인물보다 중립적이며 이성적인 사고로 삶을 사는 케인웰을 통해서 백인 사회의 한 단면을 보여주는 것은 더욱 의미 있는 일이다. 그는 다른 등장인물들과는 달리 자신을 한 사람의 인간으로 인정해 주기를 원하고 또 객관적인 방법으로 이를 요구하면서 큰 차이를 보여주기 때문이다.

> 케인웰: 내가 무슨 말 하는지 알겠어? 난 그 사람에게 이렇게 물었어, "이걸 달리 처리할 방법은 없을까요?" 그 사람은 그냥 날 쳐다봤어. 다시 물었지. "나가"라고 말하더군. "나가" 꼭 그렇게 말했어. 마치 개한테 "앉아"라고 말하듯이 말이야. 나는 "안녕!"이라고 말해 주었지.

> CANEWELL: You see what I'm saying? I asked him say, "Is there any other kind of way we can do this?" He just looked at me. He told me "Leave." Just like that, "Leave." Just like you tell a dog "Sit." I told him "Bye!" (52)

케인웰은 앉으라면 앉고 서라면 서는 개처럼 자신을 대하는 백인들의 이념에 무조건 복종하려는 굴종적인 자세를 취하지 않는다. 플로이드와는 달리 케인웰이 시카고로 돌아가지 않으려는 이유는 백인들이 자신을 전혀 신경 쓰지 않는 듯 대했기 때문이다. 그러나 시카고로 가서 음반을 내려는 플로이드에게 케인웰은 지난번 음반의 성공을 자신들의 권리를 당당하게 요구할 수 있는 전환점으로 간주하도록 격려한다. 또 플로이드뿐만 아니라, 음반 회사도 마찬가지의 기회를 누리게 되었음을 케인웰은 정확히 파악하고 비정상적인 분배구조의 개선을 요구하라고 플로이드에게 충고한다.

> 케인웰: ……플로이드, 넌 대단한 사람이 된 거야. 사람들도 널 대단한 사람으로 대우해 줘야 하는 거야. 가서 잭 스미티에게 수당뿐 아니라 벌어들인 돈의 일부를……나눠주지 않으면 어머니날 무도회에서 연주하지 않겠다고 말해. 그리고 홀씨에게 네가 받아야 할 큰돈을 푼돈으로 받는 데 지쳤다고 말해. 푼돈을 큰돈으로 바꾸고 그에게 푼돈을 주겠다고 해. 그가 푼돈을 받지 않겠다고 말하면 그럼 한 푼도 줄 수 없다고 하란 말이야.

> CANEWELL: ……You a big man, Floyd. People supposed to treat you like a big man. You go down there and tell Jack Smitty that you ain't playing no Mother's Day dance unless he give you a piece of the pie……on top of your fee. And you tell Mr. T.L. Hall you tired of him turning your big money into little money. Tell him to turn your little money into big money and you'll give him the little piece. If he can't take the little piece tell him don't take nothing. (85)

케인웰이 주장하는 판매량에 따라 분배액에 차이를 두는 방식은 능력과 노동의 결과에 따른 정당한 대가를 요구하는 것이나 플로이드는 자신에게 주어진 기회를 놓칠까 봐 이러한 요구를 할 엄두조차 내지 못한다.

또한 헤들리의 시대착오적인 인식에 대해서도 케인웰은 가차 없이 비판한다. 헤들리를 요양소에 보내려는 인물은 루이스이지만 그녀가 현대 의학과 기계 문명에 대해 거의 절대적인 믿음을 지니고 있음에 비해 케인웰은 그녀와 헤들리 사이에서 이성적이면서도 중도적인 입장을 취하며 양자의 견해를 냉철하게 정리한다.

> 케인웰: 요즈음에는 흑인도 요양소에서 받아들이고 있어. 저기 베드포드에도 그런 곳이 하나 있지. 백인들을 전부 다른 곳으로 옮겨서 거의 반은 빈 채로 있거든. 그곳을 채우려는 거야. 헤들리도 병원에 수용되어야 해. 나을 수 있어.

> CANEWELL: They letting colored in the sanitarium now. They got one right up there on Bedford. They moved all the white people out and it's sitting there half empty. They looking to fill it up. He ought to go on and let them take him. He and get well. (82)

케인웰은 백인 사회가 헤들리를 요양소에 들이려 하는 이유에 대해 정확히 인식한다. 그는 요양소에 흑인들을 받아들이는 것이 흑인들을 백인들과 동등한 사람으로 간주해서가 아니라 백인들이 이곳보다 시설이 나은 다른 곳으로 옮겨가서 요양소가 비어 있기 때문이라는 점을 잘 알고 있다. 미스 사라가 끓여 주는 차의 의미를 지나치게 축소하고 의사에게 가서 진찰을 받고 진짜 약을 먹어야 한다고 주장하는 루이스의 견해에 대해서도 케인웰은 골드블럼(Dr. Goldblum)이 사용하는 약의 성분을 추출하는 곳이 다름 아닌 이러한 약초라며 반박한다. 또한 그는 검사를 받고 요양소에 들어오라는 통보를 거부하는 헤들리에게는 과거의 많은 흑인들이 치료받을 수 있는 기회를 얻지도 못하고 목숨을 잃었던 것을 상기시키면서 시대적인 변화를 인식하지 못한다고 지적한다. 케인웰은 플로이드와 헤들리의 한계를 계속해서 지적한다. 충고를 받아들이지 못하고 자기의 의견만을 고집하는 플로이드는 죽음을 맞이하는 비극적인 결과를 낳지만, 충고를 받아들이는 헤들리는 루비와 함께 교회를 찾아가는 긍정적인 결과를 맞이한다.

또한 케인웰은 잎과 뿌리를 모두 약으로 쓸 수 있는 골든씰(golᅳdenseal)을 플로이드가 베라와 함께 시카고로 떠나려는 계획을 세울 무렵에 베라에게 선물함으로써 뿌리의 소중함을 강조한다. 이는 헤들리가 "지금 심어야 해. 뿌리가 마르지 않도록 잘 심어. 뿌리가 쉽게 말라버리거든."(33)이라고 언급하는 데서도 증명된다. 종족적 뿌리의 소중함을 망각한 시카고행이 플로이드에게 파괴적인 영향을 미칠 것이라는 것을 알려주는 상징이라 할 수 있다. 쉐넌은 쉽게 뿌리가 마르는 골든씰의 상징적인 의미를 다음과 같이 분석한다.

> "지금 심어야 해. 뿌리가 마르지 않도록 잘 심어."라는 그녀에 대한 그[헤들리]의 경고는 그 식물이 자리를 잘못 잡은 남부 흑인 이주자들에 대한 윌슨의 은유 중의 하나로 간주할 근거를 만들어 낸다. 수탉과 마찬가지로, 그것은 친숙한 고향으로부터 옮겨져서 낯선 토양에 존재할 수밖에 없었다. 북부의 적대적인 바람에 너무도 오래 노출된 그 연약한 뿌리는 가까이 다가온 몰락을 예견한다.

His[Hedley's]warning to her to "plant it now. Don't let the roots dry out" creates a basis for regarding the plant as another one of Wilson's metaphors for the misplaced black Southern migrant. Like the rooster, it has been removed from its familiar home and compelled to exist in alien soil. Its fragile roots—too long exposed to the hostile winds of the North—promise imminent doom. ("A Transplant that did not Take: August Wilson's Views on the Great Migration." 663)

약초를 심는 베라에게 뿌리를 "너무 깊이 심지 않도록 조심하라."(33)고 충고하는 헤들리의 말로도 월슨은 마르게 해서도 안 되지만 '너무 깊이 심어서도 안 되는' 뿌리에 대한 중도적 입장의 중요성을 강조한다. 즉 지나친 흑인 문화만을 강조하는 것은 흑인들에게 오히려 악영향을 미칠 수 있다는 것을 제시하는 것이다.

월슨은 또한 여성 등장인물들을 남성들과 조화를 이루며 자신들의 목소리로 세상과 직면하도록 허락하고 있다. 쉐넌은 월슨의 극에서 대부분의 여성들은 전통적인 양육자로서 역할을 하는데 이러한 역할은 노예 시절부터 북부로의 대이주에 이르기까지의 그들의 심리 상태에 역사적으로 새겨져 유지되어 왔다고 설명(*May All Your Fences Have Gates*: *Essays on the Drama of August Wilson* 162)한다. 그러나 월슨은 이 작품에서 그동안 유지되어 온 흑인 여성의 스테레오타입을 벗어나고자 시도했다.

이 작품의 무대 배경도 27세의 젊은 여성인 베라의 집 뒤뜰이다. 수선할 필요가 있는 허름한 집의 작은 뒷마당이라는 세팅 자체가 미국 사회에서 타자로 살아가는 흑인들의 모습을 이해하기에 충분하다. 그러나 오른쪽 코너에 채소와 꽃들이 자라는 더럽지만 조그마한 정원의 모습에서 알 수 있듯이 월슨은 언제나 어려움 속에서도 희망적인 메시지를 전하고 있다. 이 극의 여성 인물들인 베라, 루이즈, 루비는 다 남성들로 인한 고통을 겪은 경험이 있다. 베라는 낡은 기타를 남기고 떠난 플로이드로 인하여, 루이즈는 면도기, 슈즈, 총을 남기고 떠난 헨리(Henry)로 인하여 그리고 루비는 자신을 남기고 세상을 떠난 리로이(Leroy)로 인하여 피츠버그까지 오지만 이들은 남성들로 인한 상처를 극복하고 자신들의 정체성을 찾고자 노력한다.

작품의 서두도 루이즈의 블루스로 시작한다. 그녀는 플로이드의 장례식에서 돌아와 살아 있는 자들의 삶을 찬양하는 흥겨운 분위기를 조성해 주고 있다. 플로이드는 죽었지만 그녀는 살아 있는 여섯 명에게 희망적인 정신을 부여한다. "나의 배추를 먹으려면 이리 오셔요."(7)라고 노래하며 음식을 제공하기도 한다. 또한 실질적으로 이 작품의 중심 줄거리가 되는 플로이드의 죽음과 주변 인물들과의 관계를 설명해 주는 장례식 때 묘지에서 보았던 천사의 이야기도 베라를 통해서 전달된다.

> 베라: 기분이 울적해서 거기에서 발길을 돌려 나오기 시작했지. 뒤를 돌아보니까 플로이드가 땅 위로 날아오르고 있었어. 그들 여섯 명이 그를 들어 올리고 있었어. 눕혀 놓았던 그대로 관에서 빠져나와 공기 중에서 날고 있었어. 플로이드의 이름을 부르려고 했지만 목소리가 나오질 않았어. 아주 빨리 날아가는 것 같았어. 난 그때 할 수 있는 유일한 말, 작별의 말을 했지. 나는 그에게 손을 흔들었고 그는 하늘로 올라갔어.

> VERA: I started walking away from there feeling bad. I turned to look back and Floyd was floating up above the ground. Them six men was holding him up. He come right out the casket just like they laid him in there and was floating up

in the air. I could see where they was carrying him. They was all floating up in the sky. I tried to call Floyd's name but wouldn't nothing come out my mouth. Seem like he started to move faster. I say the only thing. I can do here is say good−bye. I waved at him and he went on up in the sky. (111−12)

베라의 이러한 말에 맞추어 헤들리는 구겨진 영수증을 꺼내어서 버리는데 그것은 마치 '재'처럼 땅에 뿌려진다. 그리고 "그 재로부터 플로이드가 일어난다. 플로이드의 영혼은 나머지 등장인물들에게 인상을 남기고 마치 불사조 피닉스처럼 날아 올라간다."(Bogumil 141)

루비는 남성으로 인해 고통을 경험했으나 헤들리를 남편으로 여기고 자신의 아이를 키우려고 시도한다. 아이를 위해서 헤들리의 병을 고치고자 그를 설득하기도 하는 등 그녀는 어려운 상황 속에서도 자신의 정체성을 찾고자 노력한다. 엘럼이 월슨의 흑인 여성들은 전통에 도전하여 역사적인 한계를 파헤친다(*May All Your Fences Have Gates*: *Essays on the Drama of August Wilson* 165)고 설명하듯 월슨은 자신의 무대 위에서 여성들의 목소리를 내도록 하는 데 전력을 다한다.

이와 같이 월슨은 케인웰로 하여금 플로이드의 좌절과 헤들리의 한계를 지적함으로써 케인웰이 지닌 중도적 입장의 중요성을 부각시키고, 주체적인 새로운 여성상을 제시함으로써 미국 흑인들이 지배 사회와의 관계를 맺는 과정에서 어떤 자세를 견지해야 할지를 보여주고 있다. 또 한편으로 그는 미국 사회의 현실에 대한 정확한 인식 능력을 지닌 케인웰을 이 극의 배후에 설치하고, 유토피아적 허상을 꿈꾸는, 즉 지배 사회로의 편입만을 목표로 하는 플로이드와 지나치게 흑인의 문화만을 고집하는 헤들리를 무대의 전면에 설정한다. 그리하여 전면에 설정한 플로이드와 헤들리가 지향하는 방향에 실패를 부가함으로써 결과적으로 중도적인 조화로운 인간상을 제시하고 이들로 하여금 주변의 등장인물들에게 영향력을 행사하도록 하고 있다. 백인들의 거부감을 일으키지 않고 흑인들을 설득하여 흑백 모두의 가슴을 적시는 방법은 이와 같은 월슨의 간접적이고 우회적인 글쓰기인 것이다.

Ⅳ. 화해와 융합

백인이 부여한 흑인상을 해체하고, 정체성 회복을 위한 새로운 흑인 신화를 찾는 측면에서의 정전 고쳐 읽기, 블루스, 이야기하기, 주바춤은 물론 크고 작은 흑인의 전통문화를 되살려 부조화로운 사회를 조화로 이끌려는 노력은 결국 화해와 통합에 이르는 흑인의 역사 바로 세우기로 요약될 수 있겠다. 역사는 단순한 과거가 아니라 현재의 목적을 위해 재구성된 과거에 대한 자각이기 때문이다. 그러나 흑인들의 역사는 오랫동안 침묵당해 왔기 때문에 그들의 목소리, 혈연관계, 전통과 문화를 재확립하기 위해서는 선조들과의 유대 속에서 과거를 재구성해야 한다.

이때 윌슨이 말하는 선조의 의미는 살아 있는 연장자는 물론 조상의 정신까지도 포함한다. 그들은 후손들을 보호하며, 후손들에게 지혜를 주는 자비로운 존재로서 노예제도와 같은 역사적인 억압에 대한 비평을 가능하게 한다. 이러한 맥락에서 『피아노 레슨』과 『울타리들』은 선조들의 역사를 바탕으로 재구성된 흑인의 가족사이자 흑인의 역사라 할 수 있다.

『피아노 레슨』에서는 보이 윌리(Boy Willie)와 버니스(Berniece)라는 두 남매가 흑인가족사는 물론 더 나아가 흑인의 역사가 담긴 피아노에 대한 서로 다른 견해 차이로 갈등을 겪는 반면, 『울타리들』에서는 축구를 하겠다는 아들 코리(Cory)의 의견에 반대하는 아버지 트로이(Troy)와의 갈등을 다룬다. 이러한 두 갈등 사이에서 분쟁을 조정하고 가족이라는 이름으로 등장인물들을 결합시키는 인물은 『피아노 레슨』에서는 도커(Doker), 그리고 『울타리들』에서는 로즈(Rose)다. 이들은 극단적인 사고에 치우치지 않고 이해와 사랑으로 주변 인물들을 보살펴 준다. 또한 『피아노 레슨』에서 위닝 보이(Winning Boy), 그리고 『울타리들』에서 라이온즈(Lyons)가 블루스맨으로 등장하고 각각의 작품에서 어린 딸 마레싸(Maretha)와 레이넬(Raynell)에게 희망을 제시한다는 점에서 공통된 연관성이 있다.

월슨은 흑인가족들 내부의 갈등과 화해를 통해서 흑인 사회와 백인 사회의 갈등과 화해를 묵시적으로 보여주고 있다. 월슨은 보편적인 인간의 삶을 인종적인 문제로 승화시키고 있다. 그러나 월슨이 다시 쓰는 흑인의 역사는 거대한 사건을 다루는 다큐멘터리가 아니다. 그의 역사는 연대기적인 작품 속에 잠시 언급되는 사건을 대하는 흑인들의 태도다. 그의 관심사는 백인 사회에서 흑인들이 어떻게 살아왔으며, 고난 속에서도 그들 스스로의 삶을 일구기 위해서 어떠한 노력을 했는가에 있다.

> 내가 『마 레이니의 검은 엉덩이』와 내 모든 작품에서 하려고 애썼던 것은 사람들의 풍성한 삶을 드러내 보이는 것인데, 그것은 가장 큰 사상이 그들의 삶 속에 들어 있고, 삶에 고결성이 있기 때문이다. 미국의 흑인들은 백인들과 비교해 보면 삶을 만들어 낼 만한 수단은 없었으나 그들은 어떤 열성이나 매혹적인 어떤 힘으로 삶을 만들기

때문에 그 삶은 충전이 돼 있고 빛이 나며 다른 어떤 사람의 삶의 특성을 모두 갖고 있다. 나는 이러한 많은 것들이 백인들이 흑인들을 가볍게 봄으로써 숨겨져 왔으며, 그 방법이 바로 흑인들이 자신들을 바라보는 방법이라고 생각한다. 이것이 내가 밑바닥에 있는 것—참사람, 완벽한 사람을 드러내기 위해 표면을 한 꺼풀씩 벗겨낼 생각을 하면서 정형화된 많은 작품을 연구하는 이유다.

What I tried to do in *Ma Rainey's Black Bottom*, and in all my work, is to reveal the richness of the lives of the people, who show that the largest ideas are contained by their lives, and that there is a nobility to their lives. Blacks in America have so little to make life with compared to whites, yet they do so with a certain zest, or certain energy that is fascinating because they make life out of nothing—yet it is charged and luminous and has all the qualities of anyone else's life. I think a lot of this is hidden by the glancing manner in which White America looks at Blacks, and the way Blacks look at themselves. Which is why I work a lot with stereotypes, with the idea of stripping away layer by layer the surface to reveal what is underneath—the real person, the whole person. (Bigsby 298 재인용)

흑인들은 백인들에 비해 자신들의 삶을 만들어 낼 만한 수단을 가지고 있지 못했지만 그들만의 전통적인 문화 속에서 힘을 창조해 냈다. 열정적이고 매혹적인 이러한 힘은 흑인들의 삶을 지탱시켜 줄 뿐만 아니라 더 나아가 그들의 삶을 풍성하게 엮어 나갈 수 있는 원동력을 제공한다. 이러한 원동력으로 흑인들은 개개인은 물론 살아 숨쉬는 공동체를 형상화시키고 그 공동체에서 각자의 목소리로 삶을 일구어 가는 것이다. 따라서 두 작품을 통해 어떻게 가정이라는 공동체에서 흑인 내부의 갈등을, 더 나아가서는 흑백 간의 갈등을 화해와 통합으로 이끄는지 살펴보는 것은 의미 있는 일이라 하겠다.

1. 『피아노 레슨』

(1) 블루스에서 재즈로

이 작품의 시대적 배경은 1936년이다. 당시는 경제 대공황으로 인해 얼룩진 미국 작가들 대부분이 아메리칸 드림의 허구성에 환멸을 느끼던 시기였다. 그 결과 이 시기의 대표적인 작가들은 미국 사회의 기본 전제들에 대한 강한 회의를 제기하기 시작했는데 이러한 사회문제에 대한 관심과 부조리에 대한 항의는 연극계에서도 예외는 아니었다. 백인 극작가들은 물론 흑인 극작가들 대부분이 1930년대의 사회적, 예술적 분위기를 주도한 항의에 참여하였다.

그중 1930년대 중반에 이르러 '미국 흑인들의 문화적 정체성은 재즈에 의해 정의될'(Pereira 85) 정도로 미국 흑인들에게 많은 변화가 생겼다. 블루스가 아닌 재즈가 미국 흑인 음악의 주된 양식이 될 정도로 이 시기에는 북부 산업 문명과의 접촉을 통한 미국 흑인들의 변화가 본격적으로 진행되고 있었던 것이다. 그럼에도 불구하고 흑인들은 계속해서 역사의 찌꺼기이자 미국이라는 커다란 도가니 속에 있는 잔재물로 취급되었다. 남부의 백인 스토발의 파치맨 팜12)으로

---

12) 콘레이(Adam Conley)에 따르면 파치맨 팜은 1904년에 백인 우두머리 바더맨(James K. "White Chief" Vardaman) 주지사에 의해 세워진 과거 노예 시절과 마찬가지의 잔혹함과 열악한 환경을 지닌 감옥 농장이었다고 한다. 이곳에 수용된 사람들은 찌는 듯한 무더위 속의 목화 농장에서 장시간 노동을 강요당했으며 블랙 애니(Black Annie)라 불리는 길이가 3피트, 너비가 6인치인 가죽 채찍에 맞아 가며 노동을 했다고 한다. 1915년에는 이곳에 수용된 인물들의 90%가 흑인 남성들이었고 나머지 10% 정도만이 백인 남성과 흑인 여성이었다고 하며, 다른 감옥들이 주 예산을 소모했음에 비해, 이곳에서는 1917년에 목화와 목화씨를

대표되는 노동 착취로 인한 흑인들은 북부로 이주하여 그곳의 산업 도시에서 자유를 찾고자 정착했으나 그들의 삶은 가난과 차별 속에서 고통을 겪어야만 했다. 이 극의 등장인물의 삶은 이러한 극도의 절망을 경험한 자들이다.

월슨은 이전의 작품에 이어 『피아노 레슨』에서도 등장인물들의 자아 입증 탐색은 물론 분리, 이주, 재결합이라는 같은 주제를 다루면서도 이전의 등장인물들이 더 나은 삶을 위하여 '북부로의 이주'를 하였다면, 이 작품은 역으로 다시 남부로의 귀향을 다룬다.

등장인물 위닝 보이와 보이 윌리는 남부로 돌아가기를 기원하지만 각기 그 이유는 다르다. 위닝 보이는 개인적인 영적 갱신을 위해서, 보이 윌리는 인종적 차별을 입증하기 위해 남부로 돌아가려고 한다. 먼저 위닝 보이는 피아노 연주자이자 떠돌이 블루스 가수이다. 『조 터너 왔다 가다』에서 제레미와 같은 워킹 블루스의 상징이라 할 수 있는 위닝 보이는 한때는 음반을 취입할 정도로 명성을 누리던 음악가였지만 이제는 남부로 돌아갈 기차표를 사기 위해 자신의 옷과 신발까지 팔아야 하는 상황에 처해 있다.

이는 앞 장에서 살펴본 1920년대에 시작된 블루스의 변화가 이미 본궤도에 올랐음을 의미하고, 이에 따라 위닝 보이의 음악이 거의 힘을 잃었음을 보여주는 중요한 증거이다. 특히 그가 자신의 옷과 신발을 새로 북부에 정착하려는 라이먼(Lymon)에게 파는 것은 북부 도시에서의 생활을 청산하는 의미를 지니는 동시에, 이제 위닝 보이 대신 라이먼이 그의 생활을 이어받는 세대교체의 상징이기도 하다. 즉 블루스에서 재즈로 이어지는 1930년대의 변화인 것이다.

팔아 거의 100만 불에 가까운 수입을 올렸다고 한다.
<http://www.humbolt.edu/~ah/Wilson/timeline/1936.html>

월슨이 위닝 보이의 음악, 옷, 심지어 그의 표현방식까지도 구식
(28)으로 표현하고 열정과 슬픔으로 뒤범벅된 삶을 되돌아보는 사람
(28)으로 묘사한 것은 이러한 시대적 변화를 반영한 것이다.

위닝 보이는 영적인 충족감을 찾아 어디론가 헤매는 블루스맨이
다. 그러나 몇 년 후에는 자신이 떠나온 남부로 돌아가려는 의지를
보인다. 이러한 남부로의 귀향의 동기는 그가 북부에서 안정된 삶을
찾지 못하고 과거를 되돌아보는 데 있다.

> 도커: 클레오싸는 약 40살쯤 되지 않았을까.
> 위닝 보이: 그녀는 46세야. 내가 10살 많지. 그녀가 16살이었을 때
> 만났어. 내가 여기저기 돌아다녔던 것 기억하지. 나를
> 조용히 붙잡아 둘 수 있는 것은 아무것도 없었어. 클레
> 오싸를 사랑하는 것만큼 난 배회하기를 좋아했어. 나를
> 조용히 붙잡아 둘 수 있는 것은 아무것도 없었어. 우리
> 는 결혼했고 그것 때문에 언제나 우리는 싸웠지. ……남
> 자에게 있어서 여자는 중요해. 난 신에게 감사하곤 했
> 어. 며칠 밤 동안 난 내 인생을 되돌아보았어. 말했지,
> 그래, 난 클레오싸가 있었어. 그녀가 없었더라면 나를
> 위해 존재한 것은 아무것도 없었을 거야. 나는 말했지,
> 하나님 감사해요, 최소한 난 아내가 있었어.

> DOAKER: Cleotha wasn't but forty－some.
> WINING BOY: She was forty－six. I got ten years on her. I met
> her when she was sixteen. You remember I used
> to run around there. Couldn't nothing keep me still.
> Much as I loved Cleotha I loved to ramble. Couldn't
> nothing keep me still. We got married and we used
> to fing about it all the time. ……Man that woman

was something. I used to thank the Lord. Many a
night I sat up and looked out over my life. Said,
well I had Cleotha. When it didn't look like there
was nothing else for me, I said, thank God, at least
I had that. (31−2)

위닝 보이는 죽은 아내를 회상하며 영적인 충족감을 찾을 수 있
는 곳은 자신이 떠나온 실제 고향임을 깨닫는다. 그는 한때는 레코
드판을 낸 음악가였지만 고전 블루스가 재즈 음악으로 변화되면서
흑인들만의 음악이 미국의 음악이 되는 변화의 순간에 있는 북부 산
업 사회에서 음악으로부터 자신이 고립되어 있다는 것을 발견한다.

보이 윌리가 위닝 보이로 하여금 피아노를 연주해 보라고 할 때
"오랫동안 피아노를 연주해 보지 못했어."(46)라는 위닝 보이의 말과
피아노 연주도 거칠며 그가 부르는 노래도 "예전에는 많은 돈을 벌
게 해 주었지만 이제는 희미한 기억에 불과하다."(47)는 말에서 그가
음악으로부터 얼마만큼 멀어진 상황임을 짐작할 수 있다. 북부 산업
사회에서 정신적 황폐감을 느낀 위닝 보이는 남부에서 자신의 뿌리
와 재결합하여 거듭나고자 소망한다.

1936년에 블루스는 흑인들만의 민속 음악에서 재즈라는 하나의 예
술 형태로 변화되었다. 흑인들은 이것에서 자신의 문화적 가치를 측
정하는 시금석을 발견한다. 그들은 이제 자신의 것이라고 부를 수
있는 것을 가지게 되었다. 게다가 블루스와 재즈는 미국의 음악이
되어 미국이라는 문화를 정의하는 데 시초가 되었으며, 흑인들이 미
국 사회에 기여한 문화적 공로라 할 수 있다. 이는 페레이라의 지적
대로 '재즈와 블루스의 발원지인 남부를 미국 흑인들이 이제 고향으
로 부를 수 있음을 점점 깨달아 가는 것'(94)이며, 이러한 깨달음은

미국 흑인들이 자신들을 미국 사회의 일원으로 규정하게 된 데서 비롯되었다.

또한 위닝 보이는 만일 흑인이 백인의 땅을 살 경우, 백인이 그 땅 위에 있는 체리는 자신의 것이라고 우겨도 '흑인을 위한 법은 존재하지 않는다.'(38)는 사실을 파악하는 등 흑백관계를 정확히 인식한다. 위닝 보이는 이제 아프리카계 미국인으로서 자신의 고향인 남부로 돌아가 정신적 충족감을 얻고 새로운 삶의 행로를 열어 갈 것이다.

반면 보이 윌리는 개인적인 목적보다는 등장인물의 의식을 일깨우기 위해 북부에 왔다가 다시 남부로 되돌아가려고 한다. 극의 초반부에 보이 윌리와 라이먼이 함께 남부에서 트럭에 가득 싣고 와 북부에서 팔려고 한 수박은 흑인들이 즐겨먹는 것이며, 그가 등장하는 시간도 새벽 5시의 어둠 속에서 '폭풍과 같은 무엇인가를 몰고 오는 두 사람'(1)으로 묘사된 것으로 보아 보이 윌리는 남부의 사자 역할을 수행하기 위해 북부에 잠시 온 것이라고 볼 수 있다.

보이 윌리가 북부로 온 이유는 표면적으로는 버니스의 잠을 깨우는 것이지만, 상징적으로는 죽은 자 또는 과거와 화해하지 못하고 그 속에 칩거해 있는 자들을 깨우는 것이다. 보이 윌리가 도착하자마자 버니스는 서터의 유령을 계단 맨 위쪽에서 본다. 이와 같이 보이 윌리는 과거의 자신의 역사를 바로 보지 못하고 그 속에 웅크리고 있는 버니스를 일깨워서 서터의 유령을 몰아내기 위해서 온 것이다.

이러한 역할을 수행하는 데 있어서 그는 버니스와 자주 대립한다. 이들의 대립은 보이 윌리가 삼촌인 도커(Doaker), 누나, 누나의 딸 마레싸가 살고 있는 피츠버그의 집에 새벽에 들어오면서부터 시작된다. 보이 윌리와 라이먼(Lymon)이 소란스럽게 들어오자 버니스는 시끄러워서 이웃 사람들이 깨겠다며 핀잔을 준다(4). 누나로서 동생의 방문을 맞이하기보다는 보이 윌리 때문에 자신의 남편 크롤레이 (Crawley)가 죽었다고 믿고 있는 버니스는 따뜻함과 생기가 없는 집의 분위기처럼 냉담하게 대하며 이들이 타고 온 트럭도 훔쳤음에 틀림없을 거라고 단언한다. 보이 윌리, 라이먼, 크롤레이가 함께 목재를 훔치다가 붙잡혀서 크롤레이는 죽고, 보이 윌리와 라이먼은 3년 동안 파치맨 팜에서 강제노동이라는 고통을 겪었다. 이로 인한 기억으로 버니스는 3년 동안 남편의 죽음을 애도하며 지내다가 보이 윌리와 라이먼을 만나자 감정이 폭발한다. 설상가상으로 가족의 유산이자 흑인의 역사가 담긴 피아노를 보이 윌리가 팔아서 서터가의 땅을 사자는 의견에 버니스는 더욱 분개한다.

보이 윌리가 가족사의 상징인 피아노를 팔아서 땅을 구입하려 하나 피아노가 상징하는 선조들에 대한 기억과 완전히 단절하고, 개인적 차원의 경제적 이익만을 추구하려는 행위는 아니다. 보이 윌리는 피아노를 팔아 옛 조상들이 땀 흘렸던 남부의 농장을 사는 일이야말로 보다 생산적인 일이며, 선조들의 유지를 받드는 일이라고 생각한다. 그는 마레싸에게 닭을 잡아서 먹는 방법까지 가르쳐 줄 테니 남부로 가지 않겠냐는 등의 제안을 하고(20), 자신이 우기부기를 연주하고 마레싸에게 춤출 것을 권유하기도 하며(21), 그녀에게 피아노에 새겨진 그림들에 대해 모르면 자신이 말해주겠다(21)고 하는 등 조상의 문화유산을 후손에게 정확히 알리고자 한다. 그가 피아노를 팔려고 하는 것은 피아노를 활용함으로써 실질적으로 노예제를 종식시키려고 하는 것이다.

> 보이 윌리: ……이봐, 난 그들이 남겨둔 것을 밑천으로 삼아야 한다고. 집안에 피아노를 그냥 방치해서는 아무것도 할 수

없어. 그건 내가 수박을 저기 밖에다가 그냥 내버려둬
서 썩히는 거나 꼭 같아. 난 바보 취급을 받을 거야. 그
럼 좋아, 만약 네가 나한테, 보이 윌리, 난 저 피아노를
쓰고 있어. 레슨을 해서 집세나 뭔가를 내는 데 도움이
된다고 한다면야. 그렇다면 그건 다른 문제지. 나는 이
렇게 말할 거야, 그래, 버니스가 피아노를 쓰고 있어.
그걸 밑천으로 삼고 있어. 그냥 그녀가 사용하도록 해
야겠어. 난 서터의 땅을 갖기 위해 다른 방법을 찾아야
지라고 말이야.

BOY WILLIE: ……Now, I'm supposed to build on what they left
me. You can't to nothing with that piano sitting up
here in the house. That's just like if I let them
watermelons sit out there an rot. I'd be a fool. Alright
now, if you say to me, Boy Willie, I'm using that
piano. I give out lessons on it and that help me
make my rent or whatever. Then that be something
else. I'd have to go on and say, well, Berniece using
that piano. She building on it. Let her go on and
use it. I got to find another way to get Sutter's
land. (51)

　보이 윌리는 반드시 피아노를 파는 것이 목적이 아니라 버니스의
의식을 일깨우기 위해 피아노를 팔고자 한다. 그는 의식을 깨우친
버니스가 조상의 유산을 바로 알고 사용함으로써 백인의 유령인 서
터를 몰아내고 진정한 자유인이 되어 백인들과 대등한 관계를 맺기
를 바란다.

보이 윌리: ······땅 한 덩어리만 가지고 있으면 다른 모든 것이 제자
리를 찾을 거야. 백인 바로 옆에 서서 면화 가격에 관
해 이야기도 하고······날씨라던가, 이야기하고 싶은 것은
뭐든지 말이야.

BOY WILLIE: ······If you got a piece of land you'll find everything
else fall right into place. You can stand right up
next to the white man and talk about the price of
cotton······the weather, and anything else you want to
talk about. (92)

만일 사람이 삶의 전환점을 갈망한다면 이러한 변화는 가정에서
시작된다는 도커의 말을 증명이라도 하는 것처럼 보이 윌리는 버니
스가 피아노에 얽힌 가족사를 마레싸에게 알려줌으로써 긍지를 심어
주어야 한다고 믿는다.

보이 윌리: ······너는 달력에 찰스가 피아노를 집에 가져온 그날을
표시했어야 해. 너는 그날을 동그라미로 표시해야만
해······그리고 해마다 파티를 해야 해. 경축의 날. 만일
네가 그렇게 했다면 그녀는 삶에 아무런 문제가 없었을
거야. 그녀는 머리를 꼿꼿이 세우고 여길 돌아다닐 수
있었을 거야. 성대한 파티에 대해 말하고 있는 거야!

BOY WILLIE: ······You ought to mark that day down and draw a
circle around it······and every year when it come up
throw a party. Have a celebration. If you did that
she wouldn't have no problem in life. She could walk
around here with her head held high. I'm talking

about a big party! (91)

과거의 고통이 되살아나는 것이 두려워 딸에게도 조상의 소중한 유산을 제대로 인식시키지 못하는 버니스에게 보이 윌리는 일침을 가한다. 또한 "나는 불의시대에 태어났어. ……나는 무엇을 할 수 있겠는가? 나는 내가 걸어온 길을 표시해야겠어. 네가 나무에 새긴 것과 똑같이. 보이 윌리는 여기에 있었노라고."(93−4)라는 말은 보이 윌리가 백인 사회에서 주인이 되겠다는 불굴의 정신을 등장인물에게 알리는 하나의 선언이다.

보이 윌리는 노예제도의 상처를 극복하고 미국 사회의 일원으로 남부로 돌아가 자신의 운명을 추구하고자 한다. 자신의 미래를 개척하려는 보이 윌리에게 있어서 남부야말로 새로운 기회를 제공하는 장소라는 사실을 페레이라의 다음 설명에서도 증명된다.

『피아노 레슨』에서 우리는 남부로 돌아가기를 열망하는 등장인물들을 소개받는다. 그것은 흑인들의 운명에 있어서 전환점이 될 수 있는 가능성 때문에 중요한 의미를 지닌다. 지금까지 진정한 정체성에 대한 그들의 탐색은−농장과 자신의 가족들로부터 떨어져 북부로의 여행과 더불어 진행되었다. 처음으로 한 등장인물은 흑인에게 있어서 남부가 자유로운 남자와 여자로서 그들의 운명을 추구하는 장소임을 제시하고 있다.

In *The Piano Lesson*, we are introduced to characters eager to return to the South. This is significant, for it marks a potential turning point in the fortunes of black people. Up to now, their search for their true identities−while ending in Africa−had been accompanied by journeys to the North, away from their farm and families. For the first

time a character suggests the South as a place for them to pursue
their destinies as free men and women. (86)

보이 윌리는 남부에 가서 땅을 소유하는 것이 피아노에 새겨진
조상들과 같은 노예의 신분이 아닌 자유민으로서 자신의 존재 여부
를 확인하는 방법이라고 여겼다. 그는 또한 북부에서 흑인들이 잘
대접받을 수 있으리라 생각하는 라이먼에게 백인들은 "네가 그들에
게 너를 대접하도록 허락하는 대로 너를 대우해." 그러므로 "네가
어디에 있더라도 문제가 안 돼."(38)라며 충고하기도 한다. 이와 같
은 보이 윌리의 견해는 아프리카계 미국인들의 경험을 정확하게 정
리해 주는 말로 윌슨이 작품 속에서 그려내는 영웅이라 할 수 있다.
그는 비록 농장을 살 만큼의 돈은 없을지라도 과거의 심리적인
속박, 백인 주인의 압박, 그리고 흑인들을 분리시키는 위협에서 벗어
나 진정한 자유인으로서 그의 가족의 정체성을 확립해 가는 보다 중
요한 발걸음을 취한 것이다. 이제 보이 윌리는 자신의 정체성을 찾
기 위해 북쪽으로 갈 필요가 없게 된 것이다.
윌슨은 이 극에서 관객들에게 전통, 공동체, 가족, 과거는 어디에
있는가에 대한 질문을 던지며 과거를 모르면 현재도 알 수 없고 미
래로 나아갈 수 없다고 강조한다. 따라서 자신의 조상과 유대관계를
돈독히 하는 것만이 자아를 회복하고 궁극적인 희망을 얻게 되는 길
이라고 역설하고 있다. 윌슨은 역사를 고정된 관점으로 보는 것이
아니라 탐구, 재조명의 대상으로 보고 있다. 윌슨의 대부분의 극에서
남부에서 북부로의 삶의 여정이 중요한 주제였다면 『피아노 레슨』은
반대로 남부를 흑인이 나아갈 수 있는 목적지로 제시하고 있다.

 오거스트 윌슨의 화해와 통합을 위한 무대

(2) 가족 간의 갈등

　윌슨은 피아노에 얽힌 윌리 보이가의 비극적인 역사를 전체 흑인이 겪은 고통스런 과거로 상정하고 갈등의 문제가 되고 있는 피아노를 중심으로 등장인물들의 과거사에 대한 다양한 태도를 묘사하고 있다. 윌슨은 특히 주요 등장인물인 보이 윌리가 "이 세상은 나에 대한 그 어떤 것도 원치 않아. 난 그것을 내가 일곱 살쯤 되었을 때부터 알았어. 세상은 내가 없어도 얼마든지 번창할 수 있어."(93)라고 하는 말로 백인 사회에서 흑인들이 직면해야 했던 고통을 제시하고 있다. 백인과 흑인의 관계는 이미 사회적, 제도적 주종관계가 형성되어 있을 뿐 아니라 당시에는 법률마저도 백인들의 이익을 옹호하기 위해서 존재했기 때문에 흑인들을 위한 법은 실존하지 않는다는 것을 다음 위닝 보이의 대사에서도 엿볼 수 있다.

　　　　위닝 보이: 좋아. 그럼 아무개 씨가 너에게 땅을 판다고 하자. 그
　　　　　　　　　사람은 너한테 와서 이렇게 말할 거야, "존, 땅은 자네
　　　　　　　　　소유네. 이제 완전히 자네 것이야. 그렇지만 저 열매는
　　　　　　　　　내 것이야. 수확할 시기가 되면 내가 일꾼을 보내겠네.
　　　　　　　　　땅은 자네가 가지게……하지만 저 열매는 내가 가지겠
　　　　　　　　　네. 그건 내거야." 그리고선 가서 그 열매가 자기 거라
　　　　　　　　　고 법으로 못 박겠지. 자 그게 흑인과 백인의 차이야.
　　　　　　　　　흑인은 법으로 뭘 처리할 수 없어.

　　WINING BOY: Alright. Now Mr. So and So, he sell the land to
　　　　　　　　you. And he come to you and say, "John, you
　　　　　　　　own the land. It's all yours now. But them is my
　　　　　　　　berries. And come time to pick them I'm gonna

send my boys over. You got the land……but them
berries, I'm gonna keep them. They mine." And he
go and fix it with the law that them is his berries.
Now that's the difference between the colored man
and the white man. The colored man can't fix
nothing with the law. (38)

흑인은 이러한 백인의 폭력적 지배체제하에서 자신의 목소리조차
낼 수 없는 침묵을 강요당함으로써 자신들의 문화나 역사를 버리도
록 핍박당하며 살아왔다. 윌슨은 백인의 식민주의 이데올로기야말로
백인 사회 전반에 고착되어 있다고 전제하며, 이로부터의 탈피는 흑
인의 정체성 확립을 통해서만 가능하다고 보고 이를 피아노를 통해
서 제시한다.

피츠버그에 있는 도커 삼촌의 집 한가운데 놓여 있는 피아노는 찰
스 가족의 역사뿐만 아니라 흑인의 역사를 담고 있다. 찰스 가족의
소유자였던 백인 서터(Robert Shutter)는 아내 오필리아(Ophelia)에게
줄 선물을 위해 하인이었던 도커의 할머니 버니스와 당시 9살이었던
도커의 아버지를 노랜더(Joel Nolander)의 피아노와 맞바꾸었다. 하인
들에게 의존해 온 오필리아가 하인들을 그리워하게 되자 서터는 다
시 노랜더에게 피아노를 교환하자고 한다. 그러나 노랜더가 거절하
자 오필리아는 상심하게 되어 병을 앓게 된다. 아내의 병이 악화되
자 서터는 윌리 보이를 불러 피아노에 버니스와 그의 아들을 새기도
록 하였다. 윌리 보이는 피아노에 그 둘은 물론 선조들의 모습, 자
신과 마마 버니스의 결혼식 광경, 마마 에스더의 장례식, 노렌더가 마
마 버니스와 도커의 아버지를 끌고 가는 모습 등 가족사의 거의 모든
모습을 묘사했다. 윌리의 상상력에 의한 조각품은 오필리아를 충분히

기쁘게 했으며 이로 인해 그녀는 죽을 때까지 피아노를 연주했다.

그러나 이것은 서터를 매우 화나게 만들었다. 왜냐하면 그 피아노의 그림은 서터의 조상들을 화나게 만들었기 때문이다. 맏형인 보이 찰스(Boy Charles)는 피아노를 가족 역사의 기록물이며, 그들이 경험한 충만한 기쁨이자 참아온 투쟁의 역사라고 여겼기 때문에 서터가에서 가지고 나와야 된다고 생각했다. 그래서 보이 찰스가 1911년 독립 기념일에 서터의 집에서 피아노를 훔쳐내었고, 그 피아노를 되찾으려던 백인들이 옐로우 독(Yellow Dog)이라는 기차에 불을 지르는 바람에 보이 찰스를 비롯한 많은 흑인들이 목숨을 잃었던 아픈 역사를 담고 있다.

이러한 가족사를 종합해 볼 때 피아노는 많은 상징적 의미를 지니게 된다. 우선 피아노는 아프리카에서 구전설화와 역사를 새기는 일종의 메모판(lukasa)이나 궁전의 기둥에 부조로 사건을 새겨 넣었던 것으로 아프리카 흑인들의 역사와 문화의 창고와 같은 기능을 한다(Reefe 39). 이러한 의미에서 볼 때 고통으로 얼룩진 흑인들의 삶을 포함하고 있는 흑인들의 음악인 블루스와 관련이 있다. 이러한 블루스와 관련된 피아노를 보이 찰스가 서터가의 집에서 빼내 온 것은 노예제를 극복하려는 투쟁이자 자기들의 소중한 문화유산을 보존하는 의미라고 볼 수 있다.

또한 피아노라는 실체 이외에도 피아노에 새겨진 조각의 의미는 더욱더 중요하다. 백인인 오필리아의 여흥을 위한 악기에서 서터의 농장에서 흑인들이 겪었던 한 가족의 삶의 애환 더 나아가 흑인의 역사를 기록물로 형상화시켰기 때문이다. 즉 백인 사회를 즐겁게 하기 위한 것에서 생존과 번성을 위한 전략을 짜서 미국 흑인들의 삶을 축복하고 정신에 자양분을 공급하는 흑인의 예술작품으로 탄생시켰기 때문이다.

또한 인종적 차별이라는 정치적 입장에서의 피아노는 투쟁의 역사를 담고 있다. 피아노가 노예 해방 이후에도 계속해서 서터의 집 안에 남아 있는 것은 자신들이 여전히 백인의 노예로 있는 것이라고 인식한 보이 찰스가 백인의 집에서 훔쳐냈기 때문이다. 이로 인해 옐로우 독이라는 열차 안에서 보이 찰스는 산 채로 불타 죽었지만 그의 죽음은 노예주인 서터의 권위에 대한 항거이자 백인의 억압에 대한 투쟁의 몸짓이다.

따라서 피아노야말로 모랄레스(Michael Morales)의 지적처럼 미국 흑인들의 피를 제물로 바치고 치른 의식의 결과물이기도 하다(108). 흑인들의 눈물과 피를 바치는 의식은 조상 대대로 이어지는 자유를 향한 항거의 몸부림으로 마마 올라(Mama Ola)에 의해 계속되었다.

> 버니스: ······이 피아노를 봐. 보란 말이야. 마마 올라의 17년 동안의 눈물이 밴 이 피아노를 봐. 마마 올라는 17년 동안 손에 피가 날 때까지 피아노를 닦았어. 그 당시 마마 올라는 자신의 피와······그 피아노에 남아 있는 선인들의 피를 섞어서 닦았지. 매일 선인의 혼이 그녀의 몸속에서 살아 숨쉴 수 있었고 마마 올라는 매일 피아노를 닦고 윤을 내고 기도했어.

> BERNIECE: ······Look at this piano. Look at it. Mama Ola polished this piano with her tears for seventeen years. For seventeen years she rubbed on it till her hands bled. Then she rubbed the blood in······mixed it up with the rest of the blood on it. Every day that God breathed life into her body she rubbed and cleaned and polished

 오거스트 윌슨의 화해와 통합을 위한 무대

and prayed over it. (52)

모랄레스가 아프리카에서는 성스러운 물건에 피나 음식, 혹은 배설물을 끼얹어 그에 깃든 정령에 제물을 드리는 의식을 행한다(107)고 한 것처럼 이 피아노는 한 가족의 역사가 담긴 성스러운 물건으로 많은 피가 서로 엉겨 이루어진 것이다. 페레이라도 "피아노야말로 버니스 가족을 과거사와 연결시켜 주는 교량 역할을 하고 산 자와 죽은 자에 대한 가교 역할과 신성한 조상의 제단 역할뿐만 아니라 미국 흑인 역사를 간직하고 있다."(88)라고 주장한다.

피아노는 흑인의 과거의 역사일 뿐만 아니라 현재의 삶에도 중요한 영향을 미친다. 극 전반을 통해 피아노는 미국 인종차별주의에 대한 산 증거로 제시되고 있으며 보이 윌리와 버니스, 즉 남매간의 갈등의 지렛대 역할을 하고 있다. 피아노에 대한 남매간의 시각차는 이들의 과거에 대한 직시와 수용자세로 이들은 각기 다른 양상을 띠고 있다.

버니스는 피아노를 과거의 이미지를 연결시키는 도구로 여기며 몇 세대에 걸친 가족의 짐을 짊어진 채, 낡은 피아노를 보존하고 우상화함으로써 노예 조상의 슬픔에 동참하고 있는 반면, 보이 윌리는 피아노를 활용함으로써 노예제를 종식시키는 데 목적을 둔다. 피아노를 비극적 산물이자 정신적 존재로만 인식하고 있는 버니스는 피아노 속에 구체화되어 있는 조상의 혼을 불러일으키는 것이 두려워 피아노를 칠 수 없다고 말한다.

> 버니스: 나는 저 피아노를 칠 수 없어요. 당신에게 이 피아노에 대해서 말하고 싶지 않아요. 나의 어머니가 돌아가셨을 때 나는 피아노의 뚜껑을 덮어 버리고 그 이후로 한 번도 열

지 않았어요. 나는 조상들의 영혼을 깨우고 싶지 않기 때
문에 피아노를 칠 수 없어요.

BERNIECE: I done told you I don't play on that piano. Ain't no
need in you to keep talking this choir stuff. When my
mama died I shut the top on that piano and I ain't
never opened it since. I don't play that piano cause I
don't want to wake them spirits. (70)

버니스는 "돈을 위해 영혼을 팔수는 없다."(50)고 말할 정도로 피
아노의 소중함을 잘 알 고 있으면서도 피아노와 마주할 수 없다. 그
녀에게 있어서 피아노는 칭(Mei-Ling Ching)의 지적대로 '유산이면
서 동시에 금기'(71)이다. 보이 윌리는 누나에게 금기가 된 피아노를
활용하게 함으로써 과거와 화해하고 미래의 삶을 예시하려는 사자로
서의 사명을 띠고 남부에서 잠시 북부로 온 것이다. 피아노에 대한
각기 다른 두 남매의 태도에 관하여 네이들(Alan Nadel)은 "버니스
는 역사로부터 숨기를 원하고, 보이 윌리는 역사를 제거하고자 한
다."(3)라고 지적한다.

버니스에게 있어서 아버지의 죽음의 대가인 피아노를 판다는 것은
노예 상태로 다시 만드는 것, 즉 백인에게 또다시 조상을 파는 행위
로 생각하나 보이 윌리는 다음 인용문에서 볼 수 있듯이 백인 유령
인 서터를 몰아내는 일이며 노예제도가 남긴 상처를 회복하는 일이
라 여긴다.

보이 윌리: ……서터는 저 피아노를 찾고 있었어. 그게 바로 그가
찾고 있었던 거야. 그는 저 피아노가 어디에 있는지 찾
으려다 죽었어……만약 내가 누나라면 난 저 피아노를

 오거스트 윌슨의 화해와 통합을 위한 무대

처분하고 말거야. 그게 바로 서터의 유령을 제거하는
길이거든. 저 피아노를 없애버려.

BOY WILLIE: ⋯⋯Sutter was looking for that piano. That's what he was looking for. He had to die to find out where that piano was at⋯⋯If I was you I'd get red of it. That's the way to get rid of Sutter's ghost. Get rid of that piano. (15)

피아노를 팔아 땅을 사는 것이야말로 백인들로부터 독립할 수 있
는 기초를 마련하는 일이라고 생각하는 보이 윌리의 자조적인 정신은
찰스 가문의 정신으로 조상 대대로 전해져 내려오는 정신 문화이다.

보이 윌리: ⋯⋯나는 불이 이글거리는 시대에 태어났어요. 세상은 나를 조금도 원치 않았어. ⋯⋯하지만 나의 어머니는 나를 가치 없는 존재로 낳진 않았어. 그래서 내가 무얼 해야 하냐고? 나는 길 위에 내가 통과한 흔적을 만들어야 했어. 네가 나무에 글을 새기듯이 "보이 윌리는 여기 있었노라." 그게 내가 저 피아노를 가지고 해야 할 전부야. 길 위에 나의 흔적을 만들려고 애쓰는 것. 나의 아버지가 했듯이. 내 가슴속에선 나보고 저 피아노를 팔아 땅을 사라고 말해.

BOY WILLIE: ⋯⋯I was born to a time of fire. The world ain't wanted no part of me. ⋯⋯But my mama ain't birthed me for nothing. So what I got to do? I got to mark my passing on the road. Just like you write on a tree, "Boy Willie was here." That's all I'm trying to do with that piano. Trying to put my

> mark on the road. Like my daddy done. My heart
> say for me to sell that piano and get me some
> land so I can make a life for myself to live in my
> own way. (93-4)

가문의 정신인 불굴의 정신으로 흑인의 존재를 알리려는 보이 윌리야말로 노예제의 고통에서 완전히 벗어나 진정한 자유를 구가하는 인물이다.

이와 같이 비록 두 남매의 피아노에 대한 입장은 서로 다를지라도 피아노에 얽힌 참담한 사건은 이 둘의 의식 속에 잠재되어 있어서 그들의 과거와 현재 사이를 떠다니고 있다. 과거는 서터라는 유령의 형태로 살아 있으며, 현재는 과거와 화해하지 못하는 버니스의 의식에 남아 있으므로 그녀는 피아노를 건드릴 수도 없고, 딸에게 피아노에 얽힌 가족사도 설명할 수조차 없다. 버니스가 서터의 유령이 집을 돌아다니는 것을 보고 유령을 향해 소리치자 보이 윌리는 그녀가 환영을 본 것이라 속단해 버린다. 이러한 유령은 보이 윌리가 자신의 꿈을 이룩할 수 있는 도구인 피아노를 처분하고자 할 때마다 등장한다. 이 극에서 윌슨은 백인은 물론 백인 문화까지도 흑인을 괴롭히는 유령으로 부각시키는데, 이는 극 중에서 서터라는 유령이 버니스 남매가 피아노의 처분문제를 두고 갈등을 겪을 때마다 등장하여 괴롭히는 것으로 나타난다. 서터의 유령이 피아노를 따라다닌다는 말이 암시하는 것은 현재에도 흑인들은 노예제도가 남긴 정신적 후유증으로 고통받고 있음을 의미하며, 흑인을 괴롭히는 상징적인 유령도 다양한 형태로 존재하고 있음을 암시한다.

버니스가 이러한 유령과의 갈등 속에서 고통을 겪는다는 것은 그녀가 과거를 직면하지 못하고 회피하는 데 있다. 따라서 버니스가 유령을 물리침으로써 해결되는 과거와의 화해는 그녀를 슬픔에서 구할 수 있게 되며 현재의 상처를 치유하게 되고 밝은 미래로 향하게 한다. 이렇게 하여 변모된 버니스는 보이 윌리로 하여금 조상의 빚을 갚았다는 정신적인 홀가분함은 물론 가족의 유산인 피아노가 앞으로의 삶의 전투장으로 나갈 때 신성한 토템신앙이 된다는 것을 자각하게 해 준다.

월슨은 과거의 이미지를 조상들의 혼령의 형태로 되살려 현재의 삶에 있어서 그들의 뿌리를 확인할 필요성을 느끼게 했으며 그로 인해 흑인의 정체성 확립에 도움을 주고자 했다. 월슨의 작품에서 조상들의 영혼을 불러일으켜 등장인물들을 깨우치는 방법은 이들의 목소리를 현재 속에 되살리려는 시도이다. 이러한 맥락에서 월슨은 피아노를 산 자와 죽은 자 사이의 혈연관계를 유지해 주는 매개체로 활용하며, 지배 문화가 강요해 왔던 역사가 각인되어 있는 공간으로 보고 있다.

보이 윌리의 증조부가 자신의 가정을 갈라놓은 백인 주인의 권위에 대해 항거하는 의도로 피아노에 가족사 전체를 새겨 넣음으로써 자유에로의 첫걸음을 내딛었고, 보이 찰스가 서터의 가정에서 피아노를 가져오다 살해당한 행위로 두 번째 걸음을 걸었다고 한다면, 이제 보이 윌리가 피아노를 팔아 농장주가 되겠다는 생각을 버리고라도 그는 자유로울 수 있다. 보이 윌리는 조상 대대로 자유에로의 몸짓을 실현 가능한 것으로 만들고 있는 것이다. 새브런이 "흑인은 자신의 과거를 수용할 때 진정한 자기 존중을 얻을 수 있다."(294)라고 주장하는 것처럼 흑인이 자신의 유산을 소중히 여기고 그 유산을 초석으로 삼아 활용할 때 그들의 생활이 비록 곤경에 처해 있어도 풍요롭고 충만한 삶으로 가득 찰 수 있다는 역사의 교훈을 피아노를 통해서 월슨은 제시하고 있다.

(3) 화해를 통한 흑인의 역사 보존

『피아노 레슨』은 월슨이 '4B'의 한 사람으로 언급한 로메어 비어든이 그린 한 소녀가 피아노 앞에 앉아 개인 지도를 받고 있는 모습의 그림에서 영감을 받아 쓴 것이다.

나는 극에서 한 여인과 어린소녀의 역이 될 수 있는 아이디어를 그림에서 얻게 되었다. 그래서 그 여인은 자신의 과거를 거부함으로써 자신의 존재 가치를 얻으려고 노력하고 있는 등장인물로 설정할 것을 생각했다. 그리고 나는 그녀가 그렇게 할 수 없다는 것을 느꼈다. 그녀는 남부로부터 폭풍우처럼 집을 휩쓸어 버릴 것 같은 과거를 몰고 온 남동생에 의해 과거와 직면해야만 했다.

I got the idea from the painting that there would be a woman and a little girl in the play. And I thought that the woman would be a character who was trying to acquire a sense of self-worth by denying her past. And I felt that she couldn't do that. She had to confront the past, in the person of her brother, who was going to sweep through the house like a tomado coming from the South, bringing the past with him. (Rothstein, "Round five for the Theatrical Heavyweight" 8)

버니스는 자신의 딸 마레싸에게 피아노에 얽혀 있는 가족사의 고통스런 과거를 이야기해 주지 않는다. 그녀는 자신마저 어머니가 돌아가신 이후로 피아노를 한 번도 연주하지 않고 방치함으로써 과거와 직면하지 못한다. 남동생 보이 윌리가 이러한 누나를 일깨우기

위해 남부로부터 폭풍처럼 나타나 둘의 의식을 결합하여 과거와 맞
서 싸워서 백인의 유령인 서터를 물리친다.

버니스는 그녀의 과거와 현재를 화해시킬 수 없다. 하지만 『피아노
레슨』의 끝 부분에서 보이 윌리가 서터의 유령과 생존을 위한 투쟁을
할 때 버니스는 마침내 그를 구하는 유일한 방법으로 조상을 불러내
고, 그럼으로써 조상의 힘으로 그녀가 힘을 얻게 된다. 버니스의 기독
교적 신념만으로는 충분하지 않다; 버니스는 피아노를 연주하고 조상
에 관한 제의식적 송가를 부름으로써 유령을 물리친다.

Berniece cannot reconcile her past with her present. At the end of
The Piano Lesson, However, when Boy Willie is struggling for life
against Sutter's ghost, Berniece finally understands that the only way
to save him is to call upon her heritage, thereby empowering herself
with its strength. Her Christian faith alone is not enough; Berniece
plays the piano and in a ritual chant calling on her ancestors, defeats
the evil spirit. (Fishman, "Romare Beaden, August Wilson and the
Tradition of African Performance" 144)

백인의 유령을 추방함으로써 조상과의 화해를 이룬 버니스는 보이
윌리와 협력하여 밝은 미래로 나아갈 수 있다.
월슨은 백인들이 자신의 역사를 상기시키기에 불편한 이미지로 그
들을 무대 위에 등장시킨다. 동시에 월슨은 노예제도의 고통과 아프
리카계 미국인의 상처를 등장인물 개개인의 삶을 통해 보여주며 백
인을 전경에 배치하나 서터의 유령처럼 무대 뒤에 소리 없는 부재로
만든다. 그러면서도 미묘하게 월슨은 흑인적인 것과 백인적인 것을
어느 정도 수용하는 인물을 자신의 극에서 중추 역할을 하는 중심인

물로 설정한다. 이는 흑인극의 시작이 전적으로 백인 후원자에 의해 존재 자체가 가능했던 역사적인 상황에 기인한다고 볼 수 있다.

따라서 흑인극의 경우 관객과의 관계는 훨씬 복잡하고 미묘하다 (Roudane 50). 다문화주의 물결 속에서 인종이라는 첨예한 문제를 다룸에 있어서 극작가들이 백인 관중의 취향을 고려하여 예술적 타협을 받아들였던 것처럼 윌슨 또한 드라마의 생명을 좌우하는 관객을 의식했음에 틀림없다.

그러나 사회성이 짙고 직접적으로 관객에게 호소하는 드라마의 속성을 고려해 볼 때 균형 있는 인물 창조와, 타협과 화합으로 인한 현실 극복의 해결책을 제시하는 것은 의미 있는 일이다. 이러한 의미에서 도커는 중요한 인물이다. 그는 열차 선로를 까는 일을 잠시 했으며 27년 동안 열차의 식당에서 요리사로서 일을 해 오고 있다. 그리하여 그의 삶은 건설인부, 운전사, 승객 그리고 남부의 억압에서 탈출하는 사람들의 개개인의 역사를 대변한다고 할 수 있다.

19세기 말엽에 남부를 가로질러 철도가 놓였고 많은 흑인들에게 그것은 남부의 인종 억압으로부터 탈출하는 수단이 되었다. 기차와 선로 열차시간표 그리고 그 기차를 탔던 승객들에 얽힌 개별적인 이야기들 속에는 인종차별이 없는 장소를 찾아 떠났던 미국 흑인들의 대이주에 관한 이야기가 담겨 있다. 기차, 특히 남북을 가로지르는 기차는 기회와 변화에 대한 희망을 담고 있었지만 동시에 절망, 실패 그리고 상실을 나타내기도 한다. 미국 흑인들은 3류 시민의 열등한 위치에 자신들의 삶이 고착되는 데 대한 두려움으로 인해 여행의 결과가 불확실할지라도 보다 나은 미래를 찾아 여행에 나서는데 기차는 그들의 이러한 태도를 보여주기 위해 도입되는 이미지이다.

따라서 기차는 결과나 목적지에 대한 확신이 희박할 때라도 현재

 오거스트 윌슨의 화해와 통합을 위한 무대

의 질곡을 벗어나기 위한 출발 자체에 의미를 둔다. 도커는 누군가 자신의 삶의 방향을 바꾸길 희망한다면 그 변화는 집에서부터 시작해서 기차를 타고 보다 큰 사회로 이어져야 한다고 말한다.

> 도커: ……이제 너는 어디에서건 출발할 수 있어. 네가 어디에 있는지는 신경 쓰지 마라. 너는 네 방향 중에 한 방향으로 가야 해. ……그 기차가 선로 위에 있기만 한다면……기차가 가는 곳으로 너를 태우고 갈 것이니까. 만일 그렇지 않다면, 내가 할 수 있는 일은 기차가 돌아와 너를 데려가도록 하기 위해 앉아 기다리는 것이야. 기차는 절대로 멈추지 않고 그것은 매번 돌아올 테니까.

> DOAKER: ……Now, you can start from anywhere. Don't care where you at. You got to go one of them four ways. ……if the train stays on the track……it's going to get where it's going. It might not be where you going. If it ain't, then all you got to do is sit and wait cause the train's coming back to get you. The train don't never stop. It'll come back every time. (18−9)

삶의 목표를 세우고 그 방향으로 나아간다면 반드시 이루어질 것이라는 희망적인 도커의 삶의 철학은 기차 식당에서 일하면서 깨달은 것으로 주변 인물들에게 긍정적인 영향을 미친다. 역사적인 순간을 경험한 도커는 집안에서는 조카들과 형에게 음식을 직접 만들어 주는 자상한 어머니 역할을 할 뿐만 아니라 분쟁을 조정하는 역할을 하기도 한다. 쉐년의 지적처럼 '공정한 심판관'(*The Dramatic Vision of August Wilson* 156)으로서 그는 서터의 유령을 보았다는 버니스의 말을 단지 꿈을 꾼 거라고 일축해 버리는 보이 월리에게 "나는 믿는다. 버니스가 무엇인가를 보았다는 것을. 버니스는 분별력이 있거든."(17)이라며 자신의 의견을 설득력 있게 설명한다. 보이 월리가 버니스의 허락 없이 피아노를 옮기려 할 때는 그를 가로막고 "때로는 피아노가 버니스에게 문제만 일으킨다."면서 "피아노를 없애 버리는 것이 낫겠다."라고 위닝 보이에게 말하기도 한다(57). 언뜻 보기에는 줏대 없이 보일지도 모르지만 도커가 계속해서 버니스를 보살펴 주고 그녀의 장래를 걱정하는 아버지와 같은 인물이라는 점을 감안하면, "피아노를 없애 버리는 것이 낫겠다."는 그의 말은 버니스에 대한 염려에서 비롯된 것으로 볼 수 있다.

도커를 다른 등장인물과 구별해 주는 점은 그의 균형감과 리듬이다. 그는 남매의 잦은 싸움에도 어느 한쪽 편을 들지 않는다. 둘의 입장을 고려하여 미묘한 연민의 정을 서로에게 보여준다. 도커는 직관적으로 보이 월리와 버니스의 욕구가 과거와의 화해라는 것을 이해한다. 이 극의 결말 부분으로 갈수록 서터의 출현이 강렬해지자 도커는 그들의 집에 문제를 가져오는 피아노를 비난하고 애브리(Avery)에게 축복해 줄 것을 요구한다. 도커는 연장자로서 집안을 통솔한다. 도커는 생존자로 그가 할 수 있는 한 합리적으로 세계를 바라보기 위해 노력한다. 1막 후반부에서 피아노를 운반하려고 할 때 서터라는 유령의 소리를 듣는 유일한 사람이기도 하다. 왜냐하면 그는 피아노가 정당하게 찰스 가정의 소유물이라는 것을 알고 있기 때문이다.

애브리의 경우를 보면 그는 38세로 "정직하고 야망 있는, 성장과 발전을 위한 기회를 도시에서 찾고자 하며, 금색 줄무늬 타이를 맨 정장 차림에 조그만 성경책을 가지고 다닌다."(22)라고 윌슨은 묘사한다. 그는 도시에 있는 빌딩에서 엘리베이터의 작동자로서 만족하며 일을 하고 있으나, 설교자는 추수 감사절마다 칠면조를 얻게 되고 연금이 보장된다고 격찬하면서 언젠가는 교회를 열어서 목사가 되고자 한다. 그는 북부 산업 사회에서 안정적인 직업을 가지고 또한 기독교를 좇아가는 어느 정도 백인 사회에 동화되어 안락한 삶을 누린다고 볼 수 있다. 이러한 애브리를 위닝 보이는 "당신은 한쪽엔 목사가, 다른 한쪽엔 노름꾼이 있지. 이들 사이엔 별 차이가 없어."(30)라며 그를 돈에 탐닉한 인물로 일축해 버린다.

그러나 애브리는 설교자로서 흑인들을 더 나은 안락한 삶으로 이끌기 위해 하나님이라는 이름을 부른다고 주장한다. 흑백관계에 있어서 피아노가 버니스에게 중요한 의미를 준다는 것을 깨달은 애브리의 섬세한 균형은 그가 피아노를 사러온 백인을 보내는 장면에서 명백하게 볼 수 있다. 실제로 피아노를 사러온 백인의 이름을 그는 기억하고 있지 않다. 이제 그는 버니스가 피아노를 하나님을 위해, 자신의 슬픔을 해방시키는 도구로 사용하기를 원한다. 애브리의 자기 구축의 탐색은 두 인종 사이에서 섬세한 선으로 가는 편안한 라인을 따라 걷도록 자신을 이끈다. 그는 자신을 흑인의 영적인 지도자로 다소 포장을 하는 자만심이 있을지라도 백인 세계에서 할 수 있는 한 흑인들을 근본적으로 보호하려고 노력한다. 그의 단정한 설교자의 외투는 아프리카 전통의 한 부분이다. 스터키(Stuckey)의 옛 흑인 설교자의 모습에 관한 설명은 다음과 같다.

옛 흑인 설교자와 노예제도에서의 다른 종교 지도자들은 인종적 기원이 그 무엇이든지 간에 사람들을 위해서 말하는 사람들이다. 노예 농장 시절에 대부분 종교적 지도자들의 권위를 서부 아프리카의 신권의 존엄성 체계에 기인되기 때문에 최소로 이의제기되었다.

> The old Negro preacher and other religious leaders in the slave
> community were the ones who spoke for their people whatever their
> ethnic origins. The authority of major religious leaders on the plantations
> owed much to the divine－kingship systems of West Africa and for
> that reason was the least likely to be questioned. (Pereira 92 재인용)

흑인 설교자의 이와 같은 특성 때문에 처음에 서터의 귀신 쫓기는 애브리 목사에게 주어진다. 그러나 애브리가 귀신을 쫓겠다고 물을 뿌리며 기독교적 의식을 엉성하게 벌이자 보이 윌리가 뛰어들어 난로 위에 있는 주전자의 물을 뿌리며 귀신에게 물러가라고 소리 지르는 등 유령과의 격투를 벌인다. 결국 버니스가 귀신과의 싸움에서 궁지에 몰린 보이 윌리를 구하기 위해 피아노를 치며 '액막이이자 투쟁의 마무리'(106)로 묘사되는 노래를 부르자 귀신이 떠난다. 버니스가 피아노를 연주함으로써 과거를 직시하고 조상과의 화해에 다다름으로써 백인 귀신을 물리치는 마지막 장면에 대한 의견은 다양하다. 그중 모랄레스는 이 극의 초기 버전은 극장에서 공연됨에 따라 또 브로드웨이에서 공연되면서 결론을 다시 수정했다고 한다. 모랄레스의 설명에 의하면 버니스의 노래는 본래 하나님께 탄원하는 것이었는데 나중에는 버니스가 마마 버니스, 마마 에스터, 파파 보이 찰스, 마마 올라 등 조상의 이름을 부르며 도움을 청하는 것으로 바꾸었다고 한다(Morales 110 참조). 버니스의 조상들에 대한 기억들은 실제의 삶과 극의 세계를 넘나들기 때문에 이와 같은 기억은 단순히 역사적이라기보다는 교훈적이다(Elam, *The Past As Present In The Drama Of August Wilson* 18). 이러한 결론은 아프리카의 제의식으로 주제적 접근을 강화시킨 윌슨의 의도를 확실히 전달하는 데 기여했다며 모랄레스는 다음과 같이 설명했다.

서터의 유령은 노예 소유자의 역사관을 구체화한다(지배 문화 역사의 통제조차도). 이러한 역사관은 재구속(역사적인 관계)이라는 공동체에 의해 내몰리게 된다. 이러한 면에서 서터의 추방은 미국에서 흑인들을 위한 역사적 자기-정의의 메타포이다. 자기정의는 두드러진 문화의 역사적 조명을 몰아냄으로써 발생하며 그것은 또한 역사분리와 역사적 제도의 분리를 위한 탄원이며 명백한 이야기 또는 기원 그리고 역사적 조망에 바탕을 둔 문화적 차이를 수반하게 되었다.

The ghost of Sutter becomes the disembodied embodiment of the slaveholder's historical perspective (and perhaps even the dominant culture's control of history). This perspective is expelled from the community with the reestablishment of the kinship bond (the historical connection). In this respect, the expulsion of Sutter is a metaphor of historical self-definition for blacks in America. Inasmuch as this self-definition occurs through expelling the dominant culture's historical perspective, it is also an appeal for a separate history and separate historical institutions, necessitated by a cultural difference based upon a distinct narrative or origin and historical perspective. (111)

극의 결론은 우세한 문화의 역사에 항복하지도 않고 먹이로 전락하지도 않는 목소리이자 조망이다. 따라서 이 작품에서 윌슨은 청중으로 하여금 이와 같은 조상의 목소리를 듣도록 하고 있다. 보이 윌리는 목적을 위해서 죽음까지도 두려워하지 않는다. 그러나 그는 혼자의 힘으로 해결할 수 없다. 싸움은 한 개인을 한 가정을 위한 것이 아니라 흑인 전체를 위한 것이기 때문이다. 모든 공동체는 마지막 싸움을 위해 함께 모여야만 한다. 그래서 그녀는 죽은 가족의 이름들을 불러대는 것이다. 이러한 영적인 갈구를 하는 순간 시간과 장소는 정지되고, 즉 과거와 현재는 함께 결합하고 조상의 혼들은 집을 축복하기 위해 피아노로부터 쇄도하여 나타난다. 마침내 형제자매들은 같은 편에 있다는 것을 발견하고 공동의 적에 맞서 뭉치고 공동의 운명에 묶인다. 이것은 피아노가 그들을 가르치는 교훈이다. 즉 가족의 결합으로써만 그들은 부조화를 완벽한 조화로 이끌 수 있다.

월슨은 또한 이 극에서 어린소녀 마레싸에게 중요한 의미를 부여한다. 그녀는 분리된 가족을 하나로 묶어 주는 역할을 하며 가족의 협력에 의해 성취된 축복과 초월의 힘을 영속화시킨다. 결말 부분에서 보이 윌리는 버니스에게 만일 그녀가 마레싸에게 피아노를 연주하도록 시키지 않는다면 자기와 서터의 유령이 또다시 올 거라고 말한다. 어린소녀는 형제자매 사이의 새로운 유대감을 부여해 준다. 어린소녀가 연주하는 피아노는 그들의 집에 자유의 노래를 가득 채워 줄 것이며 그 음악은 생존을 위해 투쟁하는 사람들의 날마다 재검토하고 재조정되어야 할 초석이 될 것이다.

2. 『울타리들』

(1) 새로운 흑인상

에반스(Donald T. Evans)는 1950년대를 미국 흑인 연극의 '황금기'가 시작된 시기로 규정하고 있다(45). 1950년대에 이르러 배척과 멸시라는 장벽을 극복하면서 느리게 발전하던 미국 흑인 연극이 활기를 띠어 많은 작가들을 배출하고 다양한 활동을 전개하게 된 것이다. 1950년대에 미국 흑인 연극의 황금기가 시작된 것은 흑인 극작가들의 끊임없는 노력, 흑인 관객의 증가, 그리고 진지한 흑인극을 받아들일 수 있는 사회적 분위기의 조성 등이다.

미국의 1950년대는 흑백관계에 커다란 변화가 시작된 시기였다. 미국은 2차 세계대전이 끝나면서 공산주의와 맞선 민주주의의 선도자적인 위치를 차지하게 되었고, 따라서 자국 내에서 벌어지고 있는 비민주주의적인 인종차별에 관심을 갖지 않을 수 없었다. 더구나 당시 독립한 많은 아프리카 국가들이 공산주의의 영향권 안에 들어가는 것을 막을 필요가 있던 미국은 아프리카와 직결되는 미국 흑인들에 대한 편견과 차별 행위를 방관하고 있을 수 없는 처지에 놓이게 되었던 것이다.

그 결과 미국 연방 정부는 인종차별을 완화하거나 철폐하기 위한 여러 가지 조치를 취하기 시작했는데 그중 대표적인 것이 1957년에 제정된 시민권 법령(Civil Rights Act)이었다. 이 법을 제정함으로써 미국 연방 정부는 모든 유형의 인종차별을 불법화하였고, 흑인들 스스로도 인종차별을 종식시키기 위해 노력했다. 1950년대에 들어서면서 이들은 1909년에 형성되어 흑인 인권 향상을 위해 투쟁해 온 흑인 발전을 위한 국민협회(National Association for the Advancement of Colored People)란 단체를 중심으로 인종차별에 대한 강력하면서도 조직적인 법적 투쟁을 전개하였다.

흑인들 스스로의 이와 같은 노력은 1955년의 몽고메리 버스 보이콧(Montgomery Bus Boycott) 운동으로 이어져 흑인 인권 운동이 전국적으로 나아가 전 세계적인 관심과 격려를 받게 되는 계기를 마련하였다. 평범한 한 흑인 여성이 짐 크로우에 따라 백인에게 버스 좌석 양보하기를 거절함으로써 시작된 이 운동을 비폭력적 저항이란 전략으로 이끈 지도자는 마틴 루터 킹 목사였다. 이 운동이 1956년

말 흑인들의 승리로 끝나면서 킹 목사는 국제적인 주목을 받는 흑인 인권 운동가로 부상하게 되었으며 수많은 백인과 흑인들이 킹 목사의 전략을 지지하고 그의 행동에 참여했던 것이다. 이로 인해 1950년대 미국 사회는 인종차별을 종식시키고 흑백 간의 화해와 융합을 도모하려는 긍정적인 분위기가 조성되었다.

이와 같은 사회적 분위기의 영향을 받아 백인들은 흑인의 문화와 삶을 진지하게 다루는 극에 관심을 가지게 되었으며 더 나아가 수용하려는 자세를 취하기 시작했다.

이러한 긍정적인 사회적 물결 속에서 백인 관객을 의식하지 않을 수 없었던 윌슨은 전통적인 극의 구조에 보편적인 인간의 삶을 다룬 『울타리들』에서 새로운 흑인상으로 트로이 맥슨을 탄생시켰다. 트로이는 『밤으로의 긴 여로』(*Long Day's Journey into Night*)의 타이론(Tyrone)이나 『세일즈맨의 죽음』(*Death of a Salesman*)의 윌리(Willy)와 같은 미국 드라마의 전통적인 가족극의 아버지상이자 인종차별주의가 남긴 상처 속에서 흑인으로서뿐만 아니라 아버지로서 커다란 영향력을 행사하는 인물이다. 따라서 『울타리들』은 흑과 백이라는 두 인종의 거부감 없이 퓰리처상을 타기에 충분했다.

『울타리들』은 1957년부터 1965년까지의 흑인들의 경험을 흑인의 입장에서 담아내려는 치열한 문제의식에서 비롯된 작품이다. 브라운(Chip Brown)이 『울타리들』에서 "윌슨과 그의 계부와의 불편한 관계를 엿볼 수 있다."(5)라고 주장하는 것처럼 이 작품에서 주인공 트로이 맥슨은 윌슨의 계부 베드포드의 삶을 바탕으로 구성되었다. 1930년대에 고등학교 미식축구 선수였던 베드포드는 체육 특기생으로 대학에 입학하려는 꿈을 가진 자였다. 그러나 흑인이란 이유로 장학 혜택이 거절되자 그는 학비를 마련하기 위해 강도짓을 하고 23년간을 감옥에서 보낸다. 이러한 베드포드의 인생이 이 작품의 주인공 트로이를 탄생시킨 것이다. 베드포드의 삶처럼 트로이는 계부의 학대를 피해 북부로 도망쳐 도시 빈민가에 정착하게 된다. 그는 북부 도시가 새로운 자유와 가능성을 가져다주는 곳, 곧 아메리칸 드림을 실현할 수 있는 곳으로 생각했기 때문이다. 그러나 북부 도시 피츠버그야말로 생계조차 꾸려 나갈 수 없는 냉혹한 현실만이 존재할 뿐이었다. 트로이는 살기 위해 먹을 것을 훔치다가 급기야는 사람을 죽이고 감옥에 15년을 갇히게 된다. 그러나 트로이의 삶이 단지 베드포드라는 한 인간의 실제 경험을 재현한 것만은 아니다. 이것은 흑인에게 가해지는 백인 지배 문화의 억압적 효과를 그려내기 위한 수단이며 '윌슨이 마음속에 품고 있었던 주제를 드러내 주는 문화적 맥락'(Herrington 64)의 역할을 한다.

트로이는 1950년대 후반을 청소부로 산다. 이 시기는 1960년대 민권 운동으로 인한 전면적인 변화가 시작되기 직전의 시기로서 미국 흑인들의 삶에 있어서 중요한 전환기였다. 당시 "청소부로서의 트로이의 삶은 흑인들의 위상을 반영하고 있다."(18)라고 윌리암 헨리(Henry)가 언급하듯이 20세기의 미국 흑인의 역사 그 자체라고도 볼 수 있다. 형식적인 변화가 있었지만 실질적으로 흑인은 백인 사회에 의해 거부당한 채 빈민굴에서 살아야 했으며, 청소나 빨래, 구두닦이 등의 허드렛일을 해야만 했다. 트로이는 친구 보노(Bono)에게 이와 같은 처참한 자신의 삶을 죽음에 비유하여 말한다.

> 트로이: ……여기 봐, 보노……어느 날 나는 위를 쳐다봤어, 죽음이 나를 향해 똑바로 행진해 오고 있었어. 행군하고 있는 군인들처럼! 죽음의 군대가 나를 향해 똑바로 행진해 오고 있었어.

TROY: ⋯⋯Look here, Bono⋯⋯I looked up one day and Death was
marching straight at me. Like soldiers on parade! The army
of death was marching straight at me. (113)

보그밀은 "죽음이라는 윌슨의 표현은 백인과 백인 사회의 부당함을 뜻한다."(45)라고 주장한다. 그러나 이러한 죽음, 즉 백인에 대항하는 트로이의 의지는 강인하다. 부적합한 사회적 배경 속에서 쓰레기를 줍는 청소부에서 청소차를 모는 운전사가 되기 위해 백인에게 저항하는 트로이는 분명 미국 사회에서 전형이 되어 왔던 흑인 남성과는 차이가 있다. 따라서 『울타리들』은 '창조적인 전진이자 경계선 무너뜨리기'(Awkward 223)라는 '일종의 전통 새롭게 하기'라는 맥락으로 볼 수 있다.

나는 책임감이 있고 가족을 생각하는 인물을 써야 했다⋯⋯우리는 여러 번 흑인 남자로서 무책임하다는 말을 들었기 때문에 나는 책임의 적극적인 이미지를 제시하려고 노력한다⋯⋯나는 아기를 품에 안고 마당에 서 있는 남자의 이미지를 가지고 『울타리들』을 쓰기 시작했다.

I had to write a character who is responsible and likes the idea of
family⋯⋯We have been told so many times how irresponsible we are
as black males that I try and present positive images of responsibilit
y⋯⋯I stated *Fences* with the image of a man standing in his yard
with a baby in his arms. (Bigsby 298 재인용)

윌슨은 책임감이 강한 주인공 트로이를 통해 미국 사회에서 널리 퍼져 있는 흑인들에 대한 백인들의 다음과 같은 편견을 전복시킨다.

흑인: ······엄청나게 사악한, 비열한, 악마와 관련된, 위협적인, 음침
한, 적대적인, 부적격의, 불법의, 공공 규정의 불법적 침해자,
어떤 바람직하지 않은 상황에 처한, 기타 등등.
백인: ······오점, 도덕적 흠 혹은 불결함이 없는, 현저하게 올바른,
순수한, 사악한 영향에 의해 얼룩지지 않은, 현저히 길조의,
행운의, 고상한, 훌륭한 사람.

BLACK: ······outrageously wicked, dishonorable, connected with the
devil, menacing, sullen, hostile, unqualified, illicit, illegal
violators of public regulations, affected by some undesirable
condition, etc.
WHITE: ······free from blemish, moral stain or impurity; outstandingly
righteous, innocent, not marked by malignant influence, notably
auspicious, fortunate, decent, a sterling man. (*The Ground
On Which I Stand* 22 − 3)

웹스터 사전에 제시된 흑과 백의 정의에 도전하여 흑인들의 이미
지를 재확립하려는 윌슨의 노력은 이 극에서 대단히 중요하다. 왜냐
하면 트로이의 강한 책임감은 당시 미국 사회에서 흑인의 생존 철학
인 동시에 백인의 억압으로부터 가족을 보호할 수 있는 유일한 수단
이기 때문이다. 트로이의 이러한 책임감은 그의 아버지의 영향력이
라 볼 수 있다.

트로이: ······그렇지만 나는 아버지에 대해 이렇게 말할 수 있어······
그는 우리에 대한 책임을 느꼈던 거야. 아마 그는 내가 느
끼는 식으로 우리를 취급하진 않았을 거야······그러나 그런
책임까지 없었다면 우리를 두고 떠났을 거야······자신의 길로.

TROY: ……But I'll say this for him……he felt a responsibility toward us. Maybe he ain't treated us the way I felt he should have……but without that responsibility he could have walked off and left us……made his own way. (147)

트로이가 느끼는 것과는 다르지만 그의 머릿속에 기억되는 아버지는 다음 보노의 대사에서 보듯 기존의 아버지상과는 분명 다르다.

보노: 난 아버지 말을 거역할 만한 기회조차 없었어. 아버지는 두루두루 돌아다니셨어. ……난 아버지가 어떤 사람인지……무슨 생각을 하시는지 어디로 가셨는지 알지 못했어. 단지 돌아다니셨어. 신천지를 찾아 떠나곤 했어. 주위에 어른들이 그러시더군. 이곳저곳……돌아다니고 이 여자 저 여자……거쳐 가는 것을 신천지 찾아간다고. 난 아버지가 신천지를 찾았는지는 모르겠어.

BONO: I ain't never had a chance. My daddy came on through…… but I ain't never knew him to see him……or what he had on his mind or where he went. Just moving on through. Searching our the New Land. That's what the old folks used to call it. See a fellow moving around from place to place……woman to woman……called it searching out the New Land. I can't say if he ever found it. (146)

트로이의 아버지는 책임감은 있었으나, 가족에 대한 사랑을 보여주지 못했다. 아버지의 독선과 폭력 때문에 트로이가 8살 때 어머니는 집을 나가 버렸다. 트로이는 어머니로부터 버림받고 14살 때 아버지의 폭력을 피해 집을 나왔다. 그러나 세상을 분노의 감정으로

접한 트로이는 "나의 핏속에 그의 피가 뛰고 있다는 걸 알았을 때 분노의 격한 감정이 조금씩 누그러지더군."(149)에서 보듯 많은 시간 이 흐른 뒤 자신의 아버지를 깨닫는다. 아버지의 존재의식에서 비롯 된 이와 같은 트로이의 책임감은 현실을 정확히 직시할 수 있는 원 동력으로 작용한다.

> 트로이: 생각 참 잘했어, 이 말은 내가 그 사람을 위해 해 주고 싶어. 그 사람은 돈을 탕진하지는 않았거든. 뽑은 번호가 당첨된 지 나흘 만에 2000달러를 다 써버린 놈을 여럿 봤어. 그 사람 저 아래에 그 식당을 사서는……정말 잘 꾸며 놓았더군. ……그리고는 아무도 안 들어오길 바랬다고! 흑인이 들어가면 서비스를 전혀 안 해. 백인 한 명이 들어가서 스튜 한 접시를 주문하는 걸 본 적이 있어. 포프는 냄비에서 고기를 전부 퍼서 그 사람한테 주더라고. 그 사람은 한 사발 가득 고기만 먹었단 말이야! 그 사람 뒤에 온 흑인은 감자와 당근밖에 못 먹었어. 도박이 사람들한테 좋은 일도 한다고 말하지만, 당신은 예를 잘못 들었어. 그 사람은 전보다 더 바보가 되어버린 것뿐이라고.

> TROY: Had good sense, I'll say that for him. He ain't throwed his money away. I seen niggers hit the numbers and go through two thousand dollars in four days. Man bought him that restaurant down there……fixed it up real nice……and then didn't want nobody to come in it! A Negro go in there and can't get no kind of service. I seen a white fellow come in there and order a bowl of stew. Pope picked all the meat out the pot for him. Man ain't had nothing but a bowl of meat! Negro come behind him and ain't got nothing but the potatoes

and carrots. Talking about what numbers do for people, you picked a wrong example. Ain't done nothing but make a worser fool out of him than he was before. (123)

숫자 맞히기 도박으로 돈을 모아 식당을 연 포프(Pope)의 예를 들면서 로즈가 도박의 긍정적인 면을 언급하자 트로이는 포프가 식당을 연 후 흑인들을 무시했다며 그를 비판하는 태도를 취한다. 숫자 맞히기 도박이 확률이 높지 않을 뿐 아니라, 결국 백인인 복권 운영자가 이익의 대부분을 챙기는 현실을 감안할 때 트로이에게 있어서 살아갈 수 있는 길은 오직 책임감이었다. 책임만이 사회에서 지탱할 수 있는 원동력이라 인식한 트로이는 가족들에게 몸소 실천해 보인다.

이 점은 주급을 받는 금요일 밤이면 의례히 친구 보노와 함께 집으로 곧장 와서 아내가 있는 가정에서 술을 마시며 이야기하는 등의 자기들만의 의식을 거행한다는 점과, 아들 코리(Cory)에게 "남자는 가족을 먹여 살릴 책임이 있어."(137)라는 등의 가족 부양의 책임을 강조하는 데서 엿볼 수 있다. 하지만 에이 앤 피(A&P) 슈퍼마켓에 가서 포기한 일자리를 다시 얻을 수 있는가를 알아보라고 강요하는 트로이에게 코리가 "어째서 저를 좋아하시지 않는 거죠?"(136)라고 묻자, 트로이는 화를 내며 자식에 대한 책임과 사랑은 별개의 문제라고 내뱉는 실수를 범한다.

> 트로이: ……그건 내 일이야. 내 책임이지! 알겠어! 남자는 가족을 돌봐야 해. 넌 내 집에 살고 있어……내 이불을 덮고 자고……내 음식으로 네 배를 채우고 있어……네가 내 아들이기 때문이야. 내 혈육이기 때문이야. 내가 널 좋아해서가 아니라고! 너를 돌보는 것이 내 의무이기 때문이야. 널 책

임겨야 하기 때문이란 말이야!

TROY: ······It's my job. It's my responsibility! You understand that?
A man got to take care of his family. You live in my
house······sleep you behind on my bed clothes······fill you belly
up with my food······cause you my son. You my flesh and
blood. Not cause I like you! Cause it's my duty to take
care of you. I owe a responsibility to you! (137)

진정한 사랑을 보여주지 못하고 책임감만을 강조하는 것은 분명 트로이의 편협한 시각이다. 그럼에도 불구하고 트로이가 자식에 대한 책임감을 강조하는 것은 자식에 대한 배려 못지않게 백인 위주의 억압체제로부터 자신은 물론 더 나아가 가족을 보호하려는 열망의 소산임에는 틀림없다.

트로이는 2차 세계대전에 참전했다가 머리에 부상을 입어 정상적인 생활을 할 수 없는 동생 가브리엘(Gabriel)이 미스 펄(Miss Pearl)의 하숙집으로 옮겨가기 전에 수년 동안 그를 보살펴 주었다. 이웃 아이들의 놀림을 받고 집까지 쫓아갔다가 '평화를 어지럽힌다'(160)는 이유로 유치장에 감금된 동생을 50달러라는 대가를 지불하고 빼내 주기도 한다. 트로이는 동생의 희생과 맞바꾼 보상금을 갈취했다는 죄의식을 가지고 동생이 독립할 때까지 책임을 다해 돌보아 주었다. 뿐만 아니라 그는 34살인데도 뚜렷한 직장을 잡지 못한 큰아들 라이온즈가 돈을 빌려 달라고 할 때면 돌려받을 가능성이 거의 없다는 것을 알면서도 빌려 주기도 한다. 그러면서 그는 라이온즈에게 세탁소에서 일하고 있는 그의 아내 보니(Bonnie)에 대한 책임감의 중요성을 특히 강조한다. 비록 트로이가 알버타(Alberta)와 불륜을 저지르지만, 그는 그녀가 죽은 뒤 그들 사이에 태어난 레이넬을 집으로 데려와서 로즈에게 키우도록 부탁함으로써 딸에 대한 부모로서의 책임을 다하려고 노력한다.

이 극이 트로이와 보노가 가족에 대한 책임감을 이야기하는 장면으로 시작하고, 또 2막 3장이 트로이가 아이를 담요에 싸서 뜰에 나타나는(172) 모습으로 시작되는 것은 윌슨이 책임감이 강한 새로운 흑인 남성상을 제시하는 것임에 틀림이 없다.

트로이에게 있어서 이러한 책임감과 더불어 중요한 것은 경제적인 성공이다. 경제적 성공은 그에게 있어서 삶을 버텨내는 힘인 것이다. 이러한 인식의 저변에는 흑인으로서 그가 도시에서 경험한 여러 가지 제약과 관련이 있다. 트로이가 풋볼 장학생으로 대학에 진학하고자 하는 코리의 견해를 무시하는 것도 궁극적으로는 인종차별이 심한 사회에서 흑인이 성공하기가 결코 쉽지 않다고 보기 때문이다.

> 트로이: 나는 그 사람이 어디서 오든 상관하지 않는다. 그 백인은 절대로 미식축구 따위로 널 성공하게 해 줄 수는 없어. 너는 계속 공부해서 A&P에서 일자리를 얻던가 자동차 수리법을 익히던가 집 짓는 법을 배워서 직업을 가지란 말이야. 그러면 아무도 네가 가진 것을 빼앗아 갈 수 없어. 너는 네 손을 어떻게 하면 유용하게 쓸 수 있을지를 배워야 해. 사람들의 쓰레기나 치우지는 말아야지.

> TROY: I don't care where he coming from. The white man ain't gonna let you get nowhere with that football noway. You go on and get your book learning so you can work yourself up in that A&P or learn how to fix cars of build houses or something, get you a trade. That way you have something

can't nobody take away from you. You go on and learn
how to put your hands to some good use. Besides hauling
people's garbage. (134)

이와 같이 트로이가 실리적인 직업의 중요성을 강조하는 것은 그
가 로즈에게 "코리가 나처럼 되지 않으면 좋겠어!"(137)라고 하는 말
에서 알 수 있듯이 코리가 억압적인 백인 사회에서 희생되는 단지
'길 위를 왔다 갔다 하는 또 한 명의 평범한 흑인'(180)이 되지 않도
록 하기 위한 아버지의 자식에 대한 사랑인 것이다. 윌슨이 트로이
를 대단한 책임감을 지닌 인물, 그리고 백인과의 투쟁에서 승리하여
쓰레기를 줍는 일로부터 청소차를 운전하는 사람으로 그려낸 것은
흑인에게 부여된 허구적 이미지를 수정하고 흑인의 입장에서 흑인을
새롭게 정의하려는 그의 글쓰기이다.

극을 쓴다는 것을 '자아의 경지로 걸어 들어가는 것'(ⅶ)으로 인식
한 윌슨은 "수개월 수년을 걸쳐, 자신의 작품들을 설계하고, 다시 쓰
고, 리허설과 공연을 하는 동안 덧붙이기도 하고 삭제하기도 한
다."(Fishman 162) 이러한 윌슨의 역사 다시 쓰기는 리치(Adrienne
Rich)가 말하는 '수정(revision)−기존의 텍스트를 새로운 비평적 관
점에서 되받아 보는 행위(looking back)'(167)로서 관객으로 하여금
전통적인 흑인의 이미지에 대한 가정을 의문시하고 이를 수정할 수
있는 계기를 마련해 주는 역할을 담당할 것이다.

（2） 타자들의 주체화

크리머(Robert W. Creamer)가 『울타리들』은 "인종차별에 대한 분

노가 극의 표면 아래서 고동치고 있다.”(12)라고 말하듯이 울타리 하나하나는 트로이가 젊은 시절 백인의 억압체제에서 겪은 인종차별의 심리적 상흔이 묻어 있다. 이 작품의 주요 극적 배경인 트로이의 집은 지리적으로 백인 거주 지역에서 멀리 떨어진 도시의 황폐한 빈민 지역에 위치해 있으며, 현관에는 ‘두세 개의 계단이 연결되어 있는데 꼭 페인트칠을 해야 할’(103) 정도로 낡았고, 앞마당은 조그맣고 더럽다.

이 집은 단순히 흑인의 경제적 어려움을 상징하는 물리적인 공간만이 아니라 흑인의 삶을 구조적으로 조건 짓는 백인의 억압이 공간적으로 표상화된 지점이다. 트로이가 집 주변에 울타리를 치는 작업은 한편으로는 백인의 배제적 행위가 시각적으로 형상화된 것이며, 또 다른 한편으로는 그러한 배제의 억압으로부터 자신들을 보호하려는 흑인들의 열망의 산물로서 자기소외를 표상하는 것이다. 따라서 울타리 내부는 배제와 보호라는 서로 상반된 개념이 중첩된 지점이다.

트로이의 가족에 대한 책임감, 삶에 대한 열정, 카리스마는 주변 인물에게 상당한 영향력을 행사한다. 그는 자신은 물론 주변 사람들을 통제하기 위한 수단으로 크고 작은 울타리들을 쌓는다. 이 극에서 울타리들은 피츠버그에 있는 트로이의 황폐한 2층집 주변에 쳐진 실질적인 울타리와, 생존을 위한 저항에서 야기된 트로이의 심리적인 울타리들이 있다.

보그밀은 그의 저서 『오거스트 윌슨의 이해』(*Understang August Wilson*)에서 보이지 않는 트로이의 심리적인 울타리들을 5가지로 분류한다. 외도로 인해 아내와의 사이에 쳐진 울타리, 축구를 반대하고 혈육 간의 사랑보다는 책임과 의무만 강조하는 데서 생긴 아들 코리와의 울타리, 친구 보노가 이루지 못한 트럭운전사 자리를 얻음으로써 생긴 보노와의 울타리, 동생 가브리엘을 병원에 보내는 서류에 서명함으로써 동생과의 사이에 쳐진 울타리, 나이가 많은 흑인 남성으로서 백인, 즉 악마를 물리치기 위한 수단으로 술을 마셔대는 자기 자신과의 울타리들이다(34).

이러한 트로이의 울타리들은 주변 인물들과의 갈등을 낳고 스스로를 고립시키며 감금시키는 결과를 가져온다. 하지만 울타리들을 쌓고 해체하는 트로이의 행위는 극이 진행됨에 따라 주변 인물들에게 주체적인 삶을 영위할 수 있는 힘을 행사함은 물론 백인의 억압에 맞서는 저항임이 드러난다. 트로이는 실체로서가 아니라 항상 허상으로만 존재해 온 흑인의 부정적 이미지에 대해 끊임없이 저항해 온 인물이다. 그의 저항이 주로 가족에 대한 책임감에서 비롯된 것이지만 그것은 흑인에게 부여된 부정적 정체성을 바로잡으려는 그의 의지와도 관련이 있다. 트로이에게 있어서 백인의 억압은 죽음으로 의인화되어 나타나 항상 자신의 의식을 지배하는 힘으로서 작동한다.

트로이는 자신이 머시병원에 입원한 때를 회상하면서 죽음을 '하얀 복장에 두건을 쓴'(114) 인종차별주의자 큐우 클럭스 클랜(Ku Klux Klan) 단원과 동일시한다. 특히 죽음에 맞서 싸우는 모습은 백인의 압제에 대항하는 모습을 연상케 한다.

> 트로이: 내가 말하지……죽음이야 넌 무엇을 원하는가?……넌 나를 원하고 있지? 영원히 경계하라고 성경이 말하고 있네. 그래서 나는 취하지 않지. 나는 계속 경계해야 해……내가 눈을 부릅뜨고 있는 한 죽음은 내가 다룰 수 있는 거야…… 죽음은 나를 얻기 위해 싸워야만 할 거야. 그렇게 쉽지는 않을걸.

TROY: I say……What you want, Mr. Death? You be wanting m
      e?……The Bible say be ever vigilant. That's why I don't
      get but so drunk. I got to keep watch. ……as long as I
      keep up my vigilance……he's gonna have to fight to get
      me. I ain't going easy. (113－14)

또한 트로이가 집 주위에 울타리를 쳐서 죽음의 진입을 막으려고 애쓴다든가, 심지어 죽는 순간에도 배팅 자세로 죽음과 맞서서 "난 그렇게 쉽게 쓰러지지 않아."(182)라고 말하는 데서 알 수 있듯이 그는 항상 죽음이라는 백인의 압제에 대한 경계를 늦추지 않는다. 리드(Ishmael Reed)가 "흑인은 인종차별의 희생자들로, 이들이 삶의 현장에서 살아남기 위한 생존원칙에 대해 윌슨은 이야기하고 있다."(97)라고 주장한 것처럼 피부색이라는 울타리로 인해 백인 사회에서 배제의 고통을 겪어 온 트로이가 자신의 울타리를 치는 것은 그러한 압제로부터 자신은 물론 가족들을 보호하기 위한 수단이었던 것이다. 백인의 억압을 차단하고 가족을 보호하기 위한 이러한 트로이의 울타리가 궁극적으로는 자신의 소외를 가중시키지만 그것은 인종차별을 간직한 그에게 있어서 백인의 압제를 차단하여 흑인 고유의 해방 공간을 마련하려는 적극적인 의지의 표명인 것이다.

로즈의 요구에 따라 집 주위에 쳐지는 울타리는 등장인물에게 서로 다른 의미를 지닌다. 그녀에게 있어서 이 울타리는 남편과 코리 사이에서 중재 역할을 하면서 자신을 다스리는 영적인 의미이다. 그러나 트로이에게 있어서 울타리는 자신의 자유를 구속하는 것이다. 따라서 트로이는 아내의 요구에도 불구하고 울타리 세우기를 서둘러 진행하지 않는다. 울타리 쌓기를 망설이는 트로이에게 충실한 친구인 보노는 울타리에 대한 정확한 의미를 다음과 같이 설명한다.

코리: 왜 엄마가 요사이에 정원 둘레에 울타리를 쌓으라는지 모르
　　　겠어요.
트로이: 제기랄, 나도 모르긴 마찬가지야. 도대체 누가 들어오는 걸
　　　막으려는 거냐고? 뭘 가진 게 있다고 말이야.
보노: 어떤 사람들은 사람들을 안으로 들어오지 못하도록 울타리를
　　　세워……그리고 어떤 사람들은 사람들을 안에다 두려고 울타
　　　리를 세우지. 로즈는 자네를 붙잡아 두기를 원해. 로즈는 자
　　　네를 사랑하거든.

CORY: I don't see why Mother want a fence around the yard
　　　noways.
TROY: Damn if I know either. What the hell she keeping out with
　　　it? She ain't got nothing nobody want.
BONO: Some people build fences to keep people out……and other
　　　people build fences to keep people in. Rose wants to hold
　　　on to you all. She loves you. (157)

　　보노의 말처럼 울타리의 기능은 안과 밖을 가르며 사람과 사람을
나누는 데 있다. 그것이 사람을 밖으로 밀어내든 안으로 당기든지 당
연히 결별은 따른다. 이렇듯 울타리의 기능이 등장인물에게 다르게
작용하듯 그 의미 또한 다르게 나타난다. 로즈에게 있어서 울타리는
트로이를 집 안으로 끌어들여 가정을 지켜 줄 보호막의 의미를 지니
기 때문에 그녀는 울타리 세울 것을 독촉한다. 그러나 코리에게 있
어서 울타리는 미식축구 연습을 방해하는 잡일에 불과하다. 트로이
에게는 알버타와의 관계를 단절시킴으로써 자신의 개인적 자유를 구
속시키는 장애물이기 때문에 그는 울타리 세우는 것을 망설인다.
　　그러나 알버타가 레이넬을 낳고 죽자 트로이는 서둘러 울타리를
완성하는데 그 울타리는 로즈의 소망과는 달리 부부 사이의 담이 되

어 버린다. 트로이는 결혼 서약을 깸으로써 큰아들인 라이온즈처럼 책임감보다는 기쁨을, 가족의 유대감보다는 자기 충족을 원하는 사람이 된 것이다. 이러한 변화는 이전의 아버지와 구별되는 것으로서 트로이에게 많은 손실을 경험하게 한다. 가장 큰 손실은 아버지로서, 남편으로서, 친구로서의 권위 손실이다. 트로이는 많은 아프리카계 미국 남성들이 행하는 워킹 블루스라는 죄를 범하진 않지만 코리에게 "내가 널 좋아하기 때문이 아니야, 난 너에게 책임이 있기 때문이라고, 너를 돌볼 의무가 있어. 이 점을 똑바로 알아둬야 해. 난 너를 좋아한 적이 없어."(137)라고 말함으로써 부자관계의 담을 더 높이 쌓는다. 그는 고용주와 고용인과의 관계로 부자관계를 드러내고 혈육 간의 언어가 아니라 상업적인 언어로 표현함으로써 아버지와 아들 사이의 끈마저 상실해 버린다. 결국 트로이가 아버지의 가죽 채찍에 대항하여 아버지에게 채찍을 휘두르고 집을 나온 것처럼 코리도 아버지의 폭력에 맞서 야구방망이를 집어 들고 대항하다가 집을 나간다. 사실상 트로이는 윌슨이 이 극의 서문에서 밝힌 '아버지들의 죄'를 순환적으로 반복한 것이라고 볼 수 있다. 트로이와 그의 아버지가 가정을 버리지 않고 책임과 의무를 다하는 것은 '아버지의 부재'로 규정되는 흑인공동체에 대한 기존의 인식을 깨뜨리는 긍정적인 부분이지만 가정이 기반으로 삼아야 할 가치를 깨닫지 못하고 있음이 드러난다.

남편으로서 권위 손실은 알버타와의 만남에서 비롯된다. '1루에 18년간이나 머물러 있다가'(164) 자포자기의 심정으로 시도한 '2루, 도루'(164)로 표현되는 그녀와의 불륜관계는 로즈와의 허물 수 없는 장벽이 된다. 그럼에도 불구하고 트로이가 이러한 실수를 저지른 것은 가족에 대한 책임감이 그에게 있어서 상당한 심리적 중압감으로 작용했음이 드러난다.

> 트로이: 그건 그냥……그 여자는 나를 달리 생각하게 해 줘……나
> 자신을 달리 이해하게 해. 이 집을 벗어나고 마음을 짓누
> 르는 일들과 문젯거리로부터 헤어날 수가 있어……다른 사
> 람이 되게 해 주는 거야. 고지서를 어떻게 지불할지, 지붕
> 은 어떻게 수리할지 고민할 필요가 없어. 나는 이제껏 경
> 험해 본 적이 없는 나 자신의 일부가 되는 거야.

> TROY: It's just……She gives me a different idea……a different unders−
> tanding about myself. I can step out of this house and get
> away from the pressures and problems……be a different man.
> I ain't got to wonder how I'm gonna pay the bills or get
> the roof fixed. I can just be a part of myself that I ain't
> never been. (163)

트로이는 알버타와의 만남을 통해서 책임감의 압박에서 벗어나 자신의 자유를 즐김으로써 아내와의 허물 수 없는 벽을 쌓은 것이다. 로즈는 남편의 부정을 알고 난 후 트로이에게 '우리'(163)라는 용어에 대해 극도로 거부감을 보이고 "당신은 이제 여자가 없는 남자예요."(173)라고 표현함으로써 새로운 자아를 인식하게 된다. 그 결과 그녀는 스스로 케이크를 만들어 교회 바자회에 참여하는 등 자신의 삶을 찾고, 아내로서의 종속적인 역할 대신 자율적인 삶을 영위할 수 있는 어머니로서의 역할에 치중한다.

알버타가 죽자 레이넬을 지켜야 한다는 책임감으로 트로이가 서둘러서 친 울타리는 그에게 고립과 좌절을 증가시킨다. 2막 1장에서 동생을 병원에 보내는 것이 최선의 방법이라고 로즈가 말하자 "그를

가두어서는 안 돼, 자유롭게 해 주어야 해.”(160)라고 했던 트로이는 가브리엘을 병원에 입원시키기 위한 서류에 서명을 한다. 또한 트로이의 “흰둥이들의 허풍떠는 걸 참아가며 일을 했어.”(136)라는 말에서 알 수 있듯이 그는 온갖 굴욕을 참아 가며 얻은 운전사 자리마저 은퇴할 결심을 한다.

일상적인 사소한 일을 제일 먼저 트로이에게 말하고 트로이의 모든 점을 이해해 주며 금요일 밤마다 함께 했던 30년간 우정을 지켜온 보노도 이제는 그와 함께 하지 않는다. 트로이가 “우리들은 항상 시작과 끝이야.”(152)라고 확신했던 친구 보노는 매주 금요일 밤이면 스킨너(Skinner) 집에서 도미노 게임을 한다. 이제 트로이의 울타리 안에 존재하는 인물은 로즈와 레이넬 두 사람이다. 그나마 트로이의 몸은 울타리 안에 있지만 이미 로즈와의 관계가 단절되어 완전한 고립 상태에 놓여 있다.

처음에는 부분부분 쳐져 있던 실질적인 울타리는 트로이의 심리적 변화를 거쳐 완성되면서 더욱더 견고해진다. 견고해진 울타리의 완성으로 인해 트로이의 가정은 완전히 와해되고 친구 보노도 소원해진다. 그러나 이러한 트로이의 고립은 상대적으로 주변 인물들을 해방시키는 역할을 한다. 트로이가 백인 사회에서 타자였다면, 트로이의 주변 사람들은 강력한 힘을 행사하는 그의 울타리 안에서 이중의 타자의 삶을 살아야 했다. 트로이의 울타리에 갇혀 이중적인 타자의 삶을 살아야 했던 주변 인물들은 그 울타리를 벗어나 작게나마 미국 사회에서 사회화 과정을 경험하고 있다.

대부분 트로이의 집 밖에서 생활한 라이온즈는 “아버지는 세상과 타협하는 아버지의 방법을 가지고 있고 저는 제 것을 가지고 있어요.”(18)라고 말할 수 있는 직관력이 있다.

트로이: 그러나……너는 투수석에 나오기 전에 이미 스트라이크 두
　　　 개를 가지고 태어났어. 너는 투수석을 조심해서 살펴야만
　　　 해……항상 안쪽 코너로 날아오는 커브 볼을 찾아야 해. 너
　　　 는 그 어떤 것도 너를 스쳐 지나가도록 둘 수 없어. 너는
　　　 한 번의 스트라이크도 용납해서는 안 돼……온갖 것들이 너
　　　 를 잡으려고 늘어서 있지. 당신은 어떻게 하겠어? 로즈, 난
　　　 그들을 기만했어. 번트를 댔다고. 내가 당신과 코리 그리고
　　　 그저 그런 일자리를 찾았을 때……난 세이프였어.

TROY: But……you born with two strikes on you before you come
　　　 to the plate. You got to guard it closely……always looking
　　　 for the curve ball on the inside corner. You can't afford to
　　　 let none get past you. You can't afford a call strike……
　　　 Everything lined up against you. What you gonna do? I
　　　 fooled them, Rose. I bunted. When I found you and Cory
　　　 and a halfway decent job……I was safe. (164)

　이미 스트라이크 두 개를 안고 투수석에 들어선 타자의 삶을 살
아야 했던 아버지가 가족을 책임지기 위해 선택한 방법이 사회화의
타협이었다고 스스로 표현한 위의 말을 입증이라도 한 듯 라이온즈
는 아버지의 삶과 자신의 삶의 차이점을 정확히 판단한다. 그는 다
른 사람의 수표를 현금으로 바꾸다가 교도소에 들어가 있을지라도
'이 세상에서 자신이 살아 있다는 것을 알 수 있는 유일한 방
법'(119)이 되는 음악을 계속하겠다는 자신의 뜻을 굽히지 않는다.
그에게 있어서 음악은 생존수단이며 사회에서 진정한 자아를 찾을
수 있는 하나의 매개물이기 때문이다.
　가브리엘은 트로이가 입원 동의서에 서명한 이후 병원에 입원해
있다. 코리는 아버지와의 대결이 있은 후에 집을 나가서 벌써 6년째

미 해병대에서 하사 계급장을 달고 복무하고 있다. 이들은 트로이의 울타리 밖에서 미국 사회에 의한 일종의 사회화를 위한 교육을 받고 있는 셈이다. 비록 이들의 사회화가 백인 사회에서 이루어질지라도 결코 부정적인 결과만을 초래하고 있지는 않다. 가브리엘의 경우 정상적인 생활의 영위가 불가능하므로 예외로 하더라도 라이온즈와 코리는 이제 곧 사회와의 본격적인 접촉을 시작할 것으로 보인다. 라이온즈는 비록 교도소에 있지만 극의 초반부에서 그가 음악을 '형식적이고 보이는 쪽에 더욱 신경을 썼던'(115) 것과는 달리 결말 부분에서는 감옥에서 실제로 악단을 조직하여 본격적인 음악활동을 하겠다는 의지를 보여준다. 감옥이라는 미국 사회에서 라이온즈는 흑인의 음악을 알리는 데 한몫을 담당할 뿐만 아니라 남은 9개월의 형기를 마치고 나와서도 주체적으로 흑인의 것을 알리는 데 충분한 영향력을 행사하리라는 기대감을 준다. 코리는 미국 사회를 지키는 첨병으로서 역할을 담당하고 있고, 곧 미국 시민으로서 살아가리라는 희망을 보인다. 즉 트로이의 울타리 안에서 넓은 의미로는 백인 사회에서 타자들로만 존재해 온 이들은 자신의 주체적인 삶을 위해 주변부에서 중심부로 나아가고 있는 것이다.

(3) 용서와 통합

윌슨은 서시에서 이 작품을 '아버지들의 죄'와 이에 대한 후손들의 대응 자세로 규정하고 있다.

아버지들의 죄가 우리를 찾아 올 때
굳이 맞설 필요가 없습니다.

용서로서 그들을 떨쳐버릴 수가 있으니까요
관대함과 계율로써 행하시는 하나님처럼

When the sins of our father
We do not have to play host.
We can banish them with forgiveness
As God, in His Largeness and Laws.

이것은 이 작품을 이해하는 데 중요한 단서로서 트로이가 계부를 용서하듯이 코리도 아버지를 용서하게 된다는 의미를 내포한다. 그러므로 이 작품에서 용서는 흑인들 간에 존재하는 울타리를 해체시키는 원동력이 된다. 윌슨은 세대 간의 갈등을 완화시키고 '용서'라는 이름으로 가족을 통합시킬 수 있는 힘을 로즈에게 부여한다.

그녀는 1950년대 후반의 미국 사회를 받아들이려는 긍정적인 자세를 취한다. 이 점은 에이 앤 피와 벨라(Bella)에 대한 견해에서 드러난다. 에이 앤 피가 새로 생긴 백인 가게인 반면, 벨라는 옛날부터 흑인들에게 물건을 팔던 흑인 가게다. 트로이가 벨라만을 고집하자 로즈는 다음과 같이 말한다.

> 로즈: 많은 사람들이 지금보다 훨씬 나아질 수 있다는 점을 몰라요. 그건 꼭 배워야만 하는 일이라구요. 많은 사람들이 여전히 벨라의 가게에서 물건을 산다니까요.

> ROSE: There's a lot of people don't know they can do no better than they doing now. That's just something you got to learn. A lot of folks still shop at Bella's. (110)

이 말은 보노가 6년간이나 화장실이 바깥에 있는 집에서 생활했던 옛날을 회상하며, 백인들만 집안에 화장실을 가질 수 있으리라 여겼던 자신의 어리석음을 고백하자, 이에 대해 로즈가 에이 앤 피에 비해 물건값을 더 받는 벨라 가게를 빗대어서 나은 것이 있으면 백인들의 것이라도 받아들여야 한다는 의미에서 하는 말이다. 그러나 합리적인 사고의 소유자인 로즈 역시 따뜻한 가족의 사랑과 이해라는 단어를 떠올리기 힘든 가정에서 자랐다.

> 로즈: ⋯⋯나의 가정이 반쪽으로 나뉘어지는 걸 원하지 않아요. 우리 친정집도 반쪽이었어요. 많은 사람들이 피 다른 아버지와 어머니를 갖고 있었어요⋯⋯내 여동생도 그렇고 내 오빠도 그래요. 누가 누구라고 거의 말하지도 않아요. 같이 앉아 있으면서도 아버지 혹은 어머니라고 부르지도 않아요. 당신 아버지도 그랬고 당신 어머니도 그리고 나의 아버지 나의 어머니도 그랬어요⋯⋯

> ROSE: ⋯⋯And you know I ain't never wanted no half nothing in my family. My whole family is half. Everybody got different fathers and mothers⋯⋯my two sisters and my brother. Can't hardly tell who's who. Can't never sit down and talk about Papa and Mama. It's your papa and your mama and my papa and my mama⋯⋯(162)

이와 같은 반쪽짜리 가정은 과거 흑인의 역사 속에서 점철된 것이다. 로즈는 자식들을 이러한 아픔 속에서 구원하기 위해 자기 목소리를 내지 않고 가정이란 울타리를 지키기 위해 최선을 다한다. 가정이란 울타리 속에서 자기애를 버린 로즈는 자신의 욕구 충족을 다만 자식과 남편에게서 찾고자 했다.

　그러나 "그것은 나의 첫 번째 실망이었어. 나를 위한 조그만 방 하나를 마련해 주지 못했어."(189)에서 알 수 있듯이 그녀는 그것이 자신의 잘못이었다는 것을 인식한다. 그럼에도 불구하고 로즈는 조그마한 씨앗 속에서 꽃이 피기를 기다리는 꽃나무처럼 남편을 위해 기도하며 사랑했다. 그러므로 남편의 배신은 로즈에게 더욱더 큰 상처로 다가왔지만 그녀는 자신의 삶을 되돌아보고 기꺼이 레이넬을 받아들임으로써 아버지들의 죄를 어머니의 사랑으로 감싸 안는다. 로즈는 "좋아요. 당신 말이 옳아요. 당신을 위해 당신 아이를 돌봐주겠어요. 왜냐하면 이 아이는 순진하고, 아버지의 죄를 모르며, 엄마가 없기 때문이에요."(173)라며 트로이의 잘못된 과거를 용서한다. 이러한 행위는 그녀가 어두운 과거에 집착하기보다는 사랑의 정신으로 미래를 열어 갈 수 있는 한 여성으로 거듭남을 의미한다. 이성적이면서도 사랑의 정신으로 로즈는 다음과 같이 아버지를 원망하는 코리의 마음도 움직일 수 있었던 것이다.

　　코리: 아버지는 나에게 아무것도 준 것도 없고 단지 나를 후퇴시키기만 해요. 내가 아버지보다 더 나아지는 것을 두려워하죠. 아버지께서 여태까지 제게 한 일은 아버지를 두려워하도록 만드는 일뿐이었어요. 내가 항상 걱정했던 것은 만약 내가 이렇게 하면 아버지께서 뭐라 하실까? 저렇게 하면 뭐라 하실까? 라디오를 켜면 뭐라 하실까였어요.

　　CORY: You ain't never gave me nothing! You ain't never done nothing but hold me back. Afraid I was gonna be better than you. All you ever did was try and make me scared of you. Wondering all the time what's he gonna say if I do that? What's Papa gonna say if I turn on the radio. (180)

또한 로즈는 평생 자신을 따라다닌 아버지의 그림자를 지워버릴 방법을 찾았다며, 아버지의 장례식에 참석하지 않겠다는 아들 코리를 설득하기도 한다.

로즈: 코리야, 누가 뭐래도 넌 너야. 그 그림자는 네가 자랄 때 너의 속에 있었던 것에 불과해. 너 자신을 살찌우기 위해 그 속에 안주하던지 아니면 잘라버려야 해. 그러나 그건 너의 삶을 만들어 가는 원천이야. 바깥세상과 싸울 수 있는 힘이기도 해. 너의 아버지는 당신께서 하지 못한 모든 것을 너에게 해 주기를 원했어……동시에 그분은 너를 자기와 동일시하려고 했던 거야. 난 너의 아버지가 옳았는지 그렇지 않았는지 모르겠다……그러나 그분이 너에게 해를 끼치려고 했다기보다는 오히려 선을 행하려 했다는 것을 알고 있어. 그래서 난 내가 사랑하고 싶은 다른 모든 아이들처럼 레이넬을 받아들인 거야. 만일 하나님이 나의 힘을 유지시켜 주신다면…… 나는 너의 아버지가 너에게 했던 것처럼 저 아이에게 하겠어……최선을 다해 저 아이가 원하는 모든 것을 해 주겠어.

ROSE: You can't be nobody but who you are, Cory. That shadow wasn't nothing but you growing into yourself. You either got to grow into it or cut it down to fit you. But that's all you got to make life with. That's all you got to measure yourself against that world out there. Your daddy wanted you to be everything he wasn't……and at the same time he tried to make you into everything he was. I don't know if he was right or wrong……but I do know he meant to do more good than he meant to do harm. I took on to Raynell

 오거스트 윌슨의 화해와 통합을 위한 무대

like she was all them babies I had wanted and never had. Like I'd been blessed to relive a part of my life. And if the Lord see fit to keep up my strength······I'm gonna do her just like your daddy did you······I'm gonna give her the best of what's in me. (189－90)

아들과 남편과의 중재자로서 로즈가 코리에게 말하듯이 트로이의 행위는 흑인들에게 해를 끼치기보다는 좋은 일을 하려 한 것임에 틀림없다. 왜냐하면 그것은 트로이의 행위가 트로이라는 한 개인의 잘못에서 비롯되었다기보다는 근본적으로 백인의 억압체제의 산물이기 때문이다. 이와 같은 어머니의 설득력 있는 말을 들은 코리는 트로이가 아버지를 인식했듯이 트로이의 책임감의 무게를 인식하게 된다. 그러나 다음 인용문에서 보듯 코리는 아버지의 그림자를 떨쳐버리려고 노력했건만 쉽사리 지울 수가 없었다.

> 코리: 내가 자라는 동안 내내······이 집에서 사는 동안······아빠는 어딜 가도 쫓아다니는 그림자 같았어요. 나를 짓누르고 내 살 속으로 스며드는 것 같았어요. 그것은 나를 둘러싼 채 머물러 있어서 결국에는 어떤 게 나인지 더 이상 구별할 수가 없었죠. 그 그림자는 살 속으로 파고들었어요. 기어들려고 했어요. 나를 이기려고 했어요. 어딜 보더라도 트로이 맥슨은 나를 빤히 노려보았다구요······침대 밑에 숨어도······벽장 안에 숨어도요. 엄마, 전 그저 그 그림자를 떼어낼 방법을 찾아야 한다고 말하는 거라구요.

CORY: The whole time I was growing up······living in his house······ Papa was like a shadow that followed you everywhere. It weighed on you and sunk into your flesh. It would wrap

around you and lay there until you couldn't tell which one
was you anymore. That shadow was diggin in your flesh.
Trying to crawl in. Trying to live through you. Everywhere
I looked, Troy Maxon was staring back at me……hiding under
the bed……in the closet. I'm just saying I've got to find a
way to get rid of that shadow, Mama. (188−89)

코리는 미식축구 장학금을 받아 대학에 가려는 자신의 꿈을 좌절
시킨 아버지를 원망하며 아버지의 울타리에서 벗어나고자 안간힘을
쓴다. 로즈는 이러한 코리를 어머니의 사랑으로 감싸 안은 것이다.
결국 트로이의 장례식에 참석하기를 거부하던 코리가 레이넬에게
"엄마가 말한 것처럼 집에 가서 신발을 바꿔 신고 오면 우린 아버지
의 장례식에 갈 수 있어."(191)라고 말한다. 이것은 페레이라가 "코
리는 아버지로부터 분리되어 있는 한 그의 진정한 자아로 접근할 수
없다."(45)라고 말한 것처럼 코리는 아버지의 죄를 용서함으로써 진
정한 자아에로 접근하는 것이다. 아버지의 그림자가 자라서 코리가
되었듯이 비록 흑인성이라는 그림자가 흑인의 부정적인 이미지라 할
지라도 흑인은 그것으로부터 벗어날 수 없다. 그것은 그 그림자가
바로 흑인의 문화적 정체성을 형성하는 틀로서 작동하기 때문이다.
다시 말해서 흑인의 이미지가 '역사와 문화의 담론 안에서 만들어진
기억, 환상, 서사 및 신화를 통해 구성된'(Hall 116) 허구에 불과하지
만 그것은 흑백 간의 차별을 조직적으로 행사하기 위한 지배담론으
로 기능하기 때문이다.

아버지의 죄를 용서한 코리는 스스로 미 해병대 소속 군인이 되
어 주체적으로 미국 사회에서 능동적인 생활을 영위하고 있다. 코리
가 아버지를 용서하는 것은 자신은 물론 가족, 더 나아가 미국 사회

와의 화해를 촉구한다. 이러한 화해는 이 작품에서 중요한 의미를 지니는 것으로 윌슨은 다음과 같이 말한다.

『울타리들』의 인물은 모두 트로이와 화해하지 않으면 안 된다. '사생아'는 미래의 희망을 상징한다. 극 중에서 모든 인물은 공공 단체의 일원으로 취급된다. 감옥, 병원, 그리고 교회가 있다. 제약에서 벗어나는 유일한 사람은 정원을 소유하고 있는 일곱 살의 딸이다. 딸은 새로운 삶이며 미래이다. 모든 희망은 그녀로써 상징된다.

Each of the characters in *Fences* has to make a reconciliation with Troy. The 'illegitimate' child represents hope for the future. Everyone in the play is institutionalised: there's the army, the jail, the hospital and the church. The only one free from any constraints is the 7 years old daughter with her garden. That's the new life and the future. All hope is represented with her. (Bigsby 298 재인용)

이러한 희망감은 코리와 레이넬이 트로이에 대한 기억을 되살리며 아버지가 즐겨 부르던 『늙은 개 블루』라는 이름의 개에 관한 노래를 함께 부르는 데서 더욱더 형상화되어 있다.

코리와 레이넬:
블루는 다람쥐를 나뭇가지에 몰았어
블루는 나를 보았고 나는 블루를 보았어
다람쥐를 붙잡아 자루에 넣었어
블루는 내가 되돌아 올 때까지 거기에 있었어
늙은 블루의 발은 크고 둥글었어
다람쥐가 땅에 닿는 것을 결코 허락하지 않았지
블루는 죽고 나는 그의 무덤을 팠어

나는 은으로 된 삽으로 무덤을 팠어
금 목걸이와 함께 묻었어
매일 밤 나는 그의 이름을 부르지
블루야 블루야, 넌 좋은 친구였어 넌
블루야 블루야, 넌 좋은 친구였어 넌

CORY and RAYNELL:

Blue treed a possum out on a limb
Blue looked at me and I looked at him
Grabbed that possum and put him in a sack
Blue stayed there till I came back
Old Blue's feets was big and round
Never allowed a possum to touch the ground.
Old blue died and I dug his grave
I dug his grave with a silver spade
Let him down with a golden chain
And every night I call his name
Go on Blue, you good dog you
Go on Blue, you good dog you (191)

코리와 레이넬이 함께 부르는 이러한 블루스는 미국 흑인의 경험
을 담아낸 문화적 산물로서 쉐넌의 지적처럼 '미국의 가혹한 삶에
대한 반응을 표출할 수 있는 유일한 수단'("The Long Wait: August
Wilson's *Ma Rainey's Black Bottom*" 140)이며 세대 간을 이어주는
문화적인 유산으로 가족 간의 화합은 물론 백인과의 화합을 상징적
으로 보여준다. 헬렌 길버트와 조앤 탐킨스가 그들의 저서 『탈식민
적 드라마』(*Post−Colonial Drama*)에서 "스토리 텔러들은 때때로 문
화적 자본의 형태로서 역사의 재정의를 돕는 다른 전통적인 관습들

을 유지하도록 돕는다."(134)라고 했듯이 트로이는 아버지의 노래를 코리와 레이넬에게 부르도록 한 것이다. 비록 흑인들의 해방 공간을 위한 트로이의 열망이 가족들과의 울타리를 낮게 된 것은 사실이지만 그는 가족들 간의 '빈 공간을 메워 줄 사람'(189)이었던 것이다.

또한 트로이의 장례식 날, 트로이가 평생 죄의식과 연민을 느끼는 동생 가브리엘을 통해 천국으로 인도되는 설정은 그가 가족의 용서를 받았음을 의미한다. 이와 같은 궁극적인 용서와 화해는 미국 가족극의 원형적인 구조를 상기시키며 동시에 흑인 남성의 이미지를 승화시키고 있다.

자신을 천국 문을 여는 대천사로 믿고 있는 가브리엘은 처음에는 마우스피스가 없는 트럼펫을 불려고 시도한 후 실패하자 트로이의 영혼이 천국에 갈 수 있도록 "성 베드로에게 문을 열어 달라고 하겠어."(192)라고 말하며 흑인들을 통합시키는 화해의 춤을 춘다.

> 가브리엘: ……세 번째로 그가 트럼펫을 분다. 설명할 수 없는 중압감은 사라져 버리고 그를 공허하게 내버려둬서 무서운 깨달음에 노출되게 한다. 그것은 제정신의 멀쩡한 사람은 이해할 수 없는 정신적 충격이다. 그는 춤을 추기 시작한다. 느리고 낯선 춤인데, 으스스하지만 생기를 준다. 선조들의 가락과 흡사한 춤이며 의식을 위한 춤이다. ……그가 춤추기를 끝마치자, 천국의 문은 하나님의 방처럼 활짝 열린다.

> GABRIEL: ……A third time he blows. There is a weight of impossible description that falls away and leaves him bare and exposed to a frightful realization. It is a trauma that a sane and normal mind would be unable to withstand. He

> begins to dance. A slow, strange dance, eerie and life−
> giving. A dance of atavistic signature and ritual. ······He
> finishes his dance and the gates of heaven stand open as
> wide as God's closet. (192)

　가브리엘의 춤과 노래는 일시적이나마 세대를 이어 주며 흑인들 간의 울타리를 해체시키는 영적인 화해의 행위이다. 엘럼은 이 장면을 "기독교의 대천사가 자신과 자신의 가족을 아프리카의 전통에 연결하는 요루바 의식을 집전함으로써 천국의 문을 연다."("Of Angels and Transcendence: An Analysis of *Fences* by August Wilson and Roosters by Milcha Sanchez−Scott" 297)라고 하며 아프리카의 요루바 제의식과 기독교의 믿음이 결합된 것으로 보고 있다. 윌슨 또한 아프리카의 전통문화의 중요성과 더불어 20세기를 살아갈 미국 흑인들에게 변화하는 미국 사회를 받아들일 것을 제시하는 것이다. 이러한 세대 간의 화합, 더 나아가 흑백의 화합의 순간은 트로이의 울타리가 해체되고 가족들이 아버지를 용서함으로써 이루어진다. 즉 용서와 울타리의 해체는 트로이의 영혼을 천국으로 안내함과 동시에 가족들을 통합시키는 것이다. 파농이 『대지의 저주받은 자들』에서 "인간성의 총화를 증진시키는 그러한 임무를 지닌 인간의 조건, 인류를 위한 계획, 그리고 인간들 사이의 협력이야말로 진정한 창의력을 요구하는 새로운 문제들이다."(252)라고 언급한 것처럼, 이제 트로이 가족은 진정한 협력을 통해 미국 사회에서 영향력 있는 개개인으로 거듭날 것이다.

V. 결 론

근래에 서구의 문화적 생산물을 비판적이며 주체적인 방법으로 읽으려는 새로운 비평적인 방법론들이 나오고 있다. 문학에 있어서도 서구 문학의 정전에 대한 해체 작업이 활발히 이루어지고 있고, 부르주아 텍스트에 대한 전복적인 글 읽기가 시도되고 있다. 그 결과 소수민족작가에 대한 관심이 고조되고 서구 부르주아의 전형적인 시각에서 오랫동안 벗어나 있던 텍스트들의 복원도 실행되고 있다. 이러한 측면에서 아프리카계 미국인의 과거를 발굴하고 조사하여 자신들의 시각에서 20세기 흑인의 역사를 다시 쓰고 있는 윌슨의 글쓰기는 그 자체가 백인 사회에 대한 하나의 저항으로 작용한다. 미국 사회에서 진정한 미국인으로서 다시 태어나기 위해 직접적이든 간접적이든 제국주의의 경험에 반응하는 작가들의 글쓰기는 대개의 경우 정전 고쳐 읽기, 전통문화 되살리기, 그리고 역사 바로 세우기라는 유형으로 전개된다. 윌슨의 작품들 또한 위의 틀에서 백인의 시각으로 규정해 놓은 흑인상을 전복시키고, 흑인들의 전통문화를 찾아 흑인들의 새로운 역사 창조를 위해 나아가고 있다. 따라서 본 연구는 흑인의 역사 바로 세우기라는 명제 해결을 위해 필연적으로 따르는 전제조건들을 설정하여 분석했다. 그 조건 항목들은 새로운 흑인 신화를 찾아서, 부조화에서 조화로, 화해와 통합이라는 세부 사항들이며 이와 같은 연구 방향에 따라 윌슨의 극작품들을 연대기순으로 다루지 않았다.

따라서 2장에서는 새로운 흑인 신화를 찾아서라는 제목으로 『조 터너 왔다 가다』와 『두 대의 기차가 달리고』를 살펴보았다. 『조 터너 왔다 가다』는 등장인물들이 정체성을 찾아 남부에서 북부로 이동하나 기존의 정착민으로 하숙집을 운영하는 세쓰와의 갈등관계에 부딪힌다. 그러나 흑인 전통을 지키는 바이넘의 도움으로 조 터너에 의해 7년간의 속박으로부터 벗어난 루미스는 자신의 노래를 찾지만 딸 마레싸를 기독교인인 아내 마싸에게 맡김으로써 자신의 흑인 전통문화와 아내의 기독교 문화가 어우러진 새로운 흑인 신화로 조화로운 교육을 시키고자 한다. 윌슨은 마레싸에게 중요한 의미를 부여한다. 백인의 굴레로부터 완전히 벗어나 자신의 흑인 전통문화를 추구하는 루미스와 기독교 복음을 전파하는 마싸의 균형 잡힌 교육을 통해 마레싸가 흑인의 미래를 책임질 수 있으리라는 희망을 제시한다.

『두 대의 기차가 달리고』는 백인에게 직접 맞서서 햄을 찾으려는 햄본의 역사와 북부에서 식당을 운영하는 멤피스가 자신의 식당이 철거 상태에 놓이자, 시당국을 상대로 정당한 보수 이상을 받아내는, 즉 흑인의 것 찾기에 주력했다. 햄본과 멤피스가 자신의 것을 찾는 데는 흑인들의 구전 역사가인 앤트 에스터의 도움을 받는다. 이제 어느 정도 경제적 여유가 있는 멤피스는 백인으로의 동화나 분리라는 두 대의 기차가 아닌 새로운 흑인 신화인 화합이라는 또 하나의 기차를 만들어 가려고 노력한다. 이러한 측면에서 보았을 때 『조 터너 왔다 가다』가 흑인들 스스로의 정체성을 찾고자 남부에서 북부로 이동하였다면『두 대의 기차가 달리고』는 흑인들 스스로의 정체성은 물론 백인과 맞서서 자신의 것을 찾고 다시 남부로 돌아가 자신들의 고향에 새로운 미래를 설계하리라는 희망의 메시지를 전한다.

3장에서는 부조화에서 조화로라는 제목으로『마 레이니의 검은 엉덩이』와『일곱 개의 기타』를 살펴보았다.『마 레이니의 검은 엉덩이』는 블루스가 기계 문명의 발달로 상품화되어 백인들에게도 전파되는 시대적 변화 속에서 남부의 전통만 따르는 마 레이니의 버전을 따를 것인가, 아니면 시대적인 흐름에 맞춘 레비의 버전으로 연주할 것인가에 대한 등장인물 등의 갈등을 보여준다. 결국 물질적 성공을 위해서 백인들의 기호에 흡수되어 자신의 음악이 기반으로 삼는 '과거', 즉 블루스라는 전통과의 단절을 시도함으로써 파멸에 이르는 레비와 자신의 것을 주장함으로써 지배 사회와의 대응관계를 주체적으로 설정하려는 마 레이니의 대조적인 삶을 통해서 윌슨은 흑인들에게 자신들의 전통문화의 중요성을 시사하고 있다.

윌슨은 이 작품에서 흑인의 전통문화인 블루스를 통해 백인 중심 가치 기준을 전복시키면서 동시에 마 레이니의 흑인 블루스가 사양 길로 접어든다는 것, 정확한 인식이 결여된 레비의 백인 흉내 내기, 그리고 극단적인 사고에 치우쳐 있는 톨레도는 미국 사회에서 더 이상 존재하기가 어렵다는 견해를 보여준다. 그는 적절한 화해와 융합할 수 능력을 지닌 커틀러, 슬로우 드래그만이 최소한의 갈등 속에서 살아남을 수 있는 인물들이라는 것과 등장인물들의 삶을 통해서 지배 사회와의 올바른 대응방식이 무엇인가를 보여줌으로써 흑백 모든 인종에게 다문화주의를 일깨워 주고 있다.

『일곱 개의 기타』는 시카고에서 블루스를 녹음하여 성공한 경험이 있는 플로이드가 다시 시카고라는 지배 사회로의 진출을 꿈꾸나 과거에 지나치게 집착하여 시대의 변화에 맞추지 못하는 흑인 민족주의자 헤들리에 의해 어이없는 죽음을 당하는 남성 블루스 가수의 이야기다. 윌슨은 지배 사회로의 편입만을 목표로 하는 플로이드와 지나치게 흑인 문화만을 고집하는 헤들리를 무대 전면에 내세워 이들의 방향에 실패를 부가하고 동시에 이들의 실패 원인을 파악하고 주변 인물에게 영향력을 행사하는 중도적인 인물로 케인웰을 부각시킨다. 케인웰은 흑인들의 전통악기인 한 줄 악기와 뿌리의 소중함을 강조하면서도 시대의 변화에 따른 백인 사회를 정확히 인식하며 받아들이는 조화로운 인간상이다. 또한 주체적인 새로운 여성상으로 베라, 루이즈, 루비라는 여성을 제시하여 그들이 지배 사회와의 관계를 맺는 과정에서 어떤 자세를 취해야 하는지 보여준다. 이렇게 볼 때 1920년대를 배경으로 한 『마 레이니의 검은 엉덩이』는 자신의 것을 당당하게 요구하는 블루스 여가수에게 힘을 실어 주었다면 1940년대를 배경으로 한 『일곱 개의 기타』에서는 남성 블루스 가수를 죽음으로 이끌어 시대의 변화에 걸맞은 조화로운 인간상을 제시하여 부조화로운 사회를 조화로운 사회로 이끌도록 하고 있다.

4장에서는 화해와 통합이라는 제목으로 『피아노 레슨』과 『울타리들』을 살펴보았다. 『피아노 레슨』은 한 흑인가족의 역사가 담긴 피아노를 팔아 활용함으로써 실질적으로 노예제도를 종식시키고자 하는 보이 윌리와 가족의 짐을 짊어진 채 낡은 피아노를 보존하고 우상화함으로써 노예 시절 조상의 슬픔에 동참하는 버니스와의 갈등과 화해를 통해서 흑인의 역사를 보여주고 있다. 결국 가족의 이해와 협력으로써 노예제도의 잔재물인 서터의 유령을 몰아내고 보이 윌리는 당당하게 다시 남부로 돌아갈 수 있으며 버니스는 딸 마레싸에게 조상의 역사에 대해 정확히 인식시킴으로써 그녀로 하여금 가족을 하나로 묶어 주는 매개체 역할을 할 수 있도록 힘을 부여한다. 즉 가족의 이해와 통합을 통해서 노예제도의 흔적인 백인의 유령을 완전히 몰아냄으로써 진정한 자유인이 될 수 있다는 것을 보여준다.

『울타리들』은 책임감이 강한 새로운 흑인 남성상인 트로이와 그의 아들 코리와의 갈등과 화해를 중심으로 한 가족사를 다룬다. 트로이는 축구선수가 되려는 코리의 꿈을 좌절시킴으로써 가족의 비판대상이 된다. 그러나 아내 로즈의 이해와 사랑이 결합된 포용력으로 코리가 아버지를 용서하게 된다. 코리는 현재 미국 해병대에서 하사 계급장을 달고 6년째 복무하고 있다. 미국 흑인들이 전통적으로 지녀 왔던 패배의식에 사로잡힌 아버지의 울타리를 벗어나 미국 사회에서 일종의 사회화 과정을 밟고 있는 것이다. 또한 전쟁 중 뇌에 손상을 입은 트로이의 동생 가브리엘이 형의 죽음 앞에서 흑인들을 통합시키는 화해의 춤과 더불어 기독교 사상을 불어넣음으로써 형의 영혼을 천국으로 안내하는 화합의 순간은 아프리카의 전통문화의 중요성과 더불어 20세기를 살아갈 미국 흑인들에게 변화하는 미국 사회를 수용하라는 메시지를 제공한다.

이러한 측면에서 보았을 때『피아노 레슨』에서의 등장인물들이 가족의 이해와 협력으로 노예제의 잔재를 완전히 극복했다면,『울타리들』에서의 등장인물들은 가족의 이해를 바탕으로 미국 사회에서 흑인으로서 한 역할을 담당하고 있음을 보여준다. 이것으로 보아 가족이라는 공동체의 화해와 통합이 전제가 될 때 가족 구성원들이 미국이라는 사회에서 각자의 임무를 수행하게 되며 미국 사회 또한 이러한 흑인들을 거부하지 못하고 받아들일 수밖에 없음을 강조한다. 즉 흑인가족사의 보편적인 인간의 삶을 인종적인 문제로 승화시켜 용서와 화해를 거치면서 흑백의 통합이라는 관점으로 귀결됨을 살펴보았다.

결과적으로 윌슨은 각각의 작품 속에서 미국 사회 내에서의 정치적인 사건과 흑인의 문화를 전면에 내세우면서 흑인 미학을 강조함과 동시에 등장인물의 삶에 흑백 사이의 교류와 상호 이해의 가능성을 제시한다. 이는 사회와 가장 밀접한 관계가 있는 드라마의 속성이 공연을 위해 존재한다는 점을 감안해 보면 당연한 흐름이라 할 수 있겠다. 공연과 상호문화주의는 분리할 수 없으며 무엇보다도 전 세계를 하나의 지구촌으로 통합시키는 역할을 하기에 셰크너(Richard Schechner)도 문화들을 고정시키거나 문화교류들을 중지시키도록 시도하는 것은 역사를 절멸하도록 하는 것과 같다고 본다.

> 어떤 문화도 '순수하지' 않다. ……즉 어떤 문화도 '그 자체'가 아니다. 덧입히기와 차용하기 그리고 상호 영향 주고받기가 항상 모든 문화를 일종의 덩어리로, 혼종의 것으로, 재활용 양피지 사본으로 만들어 왔다. 그런 만큼 우리는 아마도 '문화'라고 말하지 말고 '문화들'이라고 말해야 할 것이다. (김형기 91)

외국인들로부터 영향을 받지 않은 문화는 어디에도 없기 때문에 우리 인류가 살아남기 위해서는 문화 상호적인 관계를 배워야 한다는 셰크너의 견해처럼 윌슨은 모든 문화의 교류를 통한 상호 이해의 측면에서 흑인의 역사를 다시 쓰고 있는 것이다. 이러한 과정에서 윌슨은 인물들을 의도적으로 역사에 자리매김시킨다. 그러나 그의 극은 과거를 자세한 사실주의로 충실하게 재구성했다는 의미에서 사극은 아니다. 그에게 과거는 현재를 향한 여정에서 일련의 간이역 이상의 어떤 것을 의미한다. 윌슨에게 있어서 과거는 현재인 동시에 이미지, 언어, 신화를 제공하는 도구이다. 흑인들은 이러한 이미지,

언어, 신화 속에서 살고 이것을 가지고 토론을 벌이며, 이것들을 배경에 두고 자신들을 정의한다.

월슨이 작품 속에서 초점을 맞추고 있는 등장인물들은 역사의 대중적, 정치적 형태가 아니라 하루하루의 삶 속에서 자신들의 역사를 만들어 간다. 그들은 중심부가 아니라 주변부에 존재한다.『조 터너 왔다 가다』는 가족마저 빼앗기고 아무것도 없는 사람들을 다루며 초라한 하숙을 배경으로 하고 있고,『두 대의 기차가 달리고』는 근처에 장의사 가게와 정육점을 끼고 있으며, 도시 계획하에 헐려야 할 위기에 처한 멤피스의 식당을 배경으로 하고 있다.『마 레이니의 검은 엉덩이』는 백인들의 조종실을 맨 위에 그 밑에는 녹음 스튜디오, 악단원들로 구성된 등장인물들이 주로 생활하는 연습실은 지하에 있으며,『일곱 개의 기타』는 수리를 필요로 한 허름한 집의 뒷마당을 배경으로 하고 있다.『피아노 레슨』은 부엌과 거실에 가구도 거의 없는 썰렁한 도커의 집을 배경으로 하고,『울타리들』은 근처의 대도시에 비해 페인트칠도 되어 있지 않고 군데군데 울타리가 쳐진 트로이 맥슨의 마당을 배경으로 하고 있다.

월슨의 극 속에는 분명 분노가 담겨 있지만 결코 논박으로 형상화되지 않는다. 실제로 그는 고난과 그 분출욕구 그리고 고난의 표현 사이의 간극에 흥미를 두었다. 월슨의 등장인물들은 개인적인 고생을 사회적인 변혁에 연관시키지 않는다. 일반적으로 그들의 삶은 그 욕구를 표출하나 그들의 말과 행동은 욕구를 표출하지 않는다. 그들은 자족하면서 세상과 편안히 지내기를 원한다. 1960년대의 관점으로 보았을 때 다소 보수적인 이러한 월슨의 글쓰기야말로 기존의 것을 탐구하여 널리 알리는 데 주력한다고 볼 수 있다.

······'대체로 우리 세대는 우리의 과거에 대해 잘 모른다······부모 세대는 그들이 당했던 냉대를 자식들이 받지 않도록 막아주려고 애썼다······나는 그것이 주로 정체성의 문제라고 생각한다. 과거를 모르면 현재를 모른다. 그러면 확실하게 미래를······계획할 수 없다. 나가라, 그래서 스스로 과거를 찾아라.' 그 과거는 주로 흑인의 감수성 속에 들어 있다. 흑인의 감수성은 박해와 멸시라는 미국의 경험보다 더 큰 경험에서 형성되었다.

······'As a whole our generation knows very little about our past······ My parents' generation tried to shield their children from the indignities they suffered······I think it's largely a question of identity. Without knowing your past, you don't know your present and you certainly can't plot your future······You go out and discover it for yourself.' That past lies in large degree in a black sensibility forged out of more than an American experience of persecution of disregard. (Bigsby 299 재인용)

시간이 사회를 파괴하지만 사회는 경험을 통해 다시 구성되면서 역사를 만들기에 윌슨은 과거를 미래의 연장선상에 놓는다. 등장인물들의 고통스런 삶은 무기로 변질되지도 않고 그들의 탄식은 통렬한 비난으로 형성되지 않는다. 그러므로 그의 글쓰기는 흑과 백이라는 양축을 뛰어넘어 백인은 물론 흑인 비평가들로부터 흑인들의 전통을 긍정하며 현상을 넘어서는 작가로 인정받는 요소로 작용하고 있다.

윌슨은 자신의 극들이 미국 땅에서 노예로서의 생활을 강요당했던 미국 흑인들의 삶을 담고 있기는 하지만, 이 내용물을 담는 용기, 즉 문학적 표현양식은 그리스, 로마 시대로부터 현재까지 계승·발전되어 온 서구 예술의 표현양식이라고 설명하였다(*The Ground On*

Which I Stand 14). 이와 같이 미국 흑인들의 역사를 다시 쓰기 위해 윌슨이 백인 문화의 표현양식을 택하지 않을 수 없었듯이 미국 흑인들 역시 백인 사회와의 접촉을 피하는 것은 불가피하다.

간디(Leela Gandhi)가 "포스트식민주의는 대변하는 세계에 보다 더 적절하게 말하기 위해 그 대응방식 및 학습양식을 다양화해야 한다."(x)라고 말한 것처럼 윌슨은 등장인물들을 통해서 변화하는 미국 사회를 인식함과 동시에 흑인의 전통문화를 인정할 것을 피력하는 것이다. 미국 문화의 상당 부분이 미국 흑인 문화의 영향을 받아 형성된 것이기에 흑인 민속문화를 제외한 미국 문화는 존재할 수 없고, 흑인들도 미국인이기에 미국적 가치 속에서 흑인의 위치를 찾는 것은 부인할 수 없는 하나의 논리와 같다. 따라서 윌슨 또한 그의 극을 통해서 흑인들이 과거를 정확히 인식하고 수용하여 흑인 문화에 대한 긍지를 가지게 되고 흑인으로서의 확실한 자기 모습을 찾아 흑인의 미래를 관객에게 보여주고자 한 것이다. 이와 동시에 윌슨은 자신의 극이 미국 사회가 흑인의 역사와 문화까지도 포용할 수 있는 다원적인 사회로 변하는 데 도움이 되고자 1990년대, 2000년대를 배경으로 하는 작품을 향하여 전념하고 있다. 역사는 하나의 과정이고 윌슨의 드라마투르기도 과정이며 심지어 그가 20세기의 역사를 완성한다 할지라도 과거는 고정되지 않고, 재조정되어야 할 관계에 있으며, 또한 발전될 여지로 남아 있다. 그러므로 윌슨은 "나는 미국 연극을 믿는다. 나는 인간조건을 알리며, 치료해 주는 연극의 힘을 믿는다."(*The Ground On Which I Stand* 46)라며 끊임없이 흑인의 역사를 향해 펜을 들이대고 있다. 이러한 윌슨의 끊임없는 작업이야말로 다문화 속에서 화해와 통합을 위한 무대로 향하는 글쓰기로 볼 수 있다.

인용문헌

A. Texts

Wilson, August. *Ma Rainey's Black Bottom.* New York: Plume Books, 1981.

Wilson, August. *Three Plays.* Ed. Paul Carter Harrison. Pittsburgh: The U of Pittsburgh P, 1984.

Wilson, August. *The Piano Lesson.* New York: Plume Books, 1990.

Wilson, August. *Two Trains Running.* New York: Plume Books, 1992.

Wilson, August. *Seven Guitars.* New York: Dutton, 1996.

B. Secondary Sources

김형기. 「탈식민주의적 관점에서 본 문화상호주의 연극」, 『탈식민주의와 연극』 서울: 연극과인간, 2003.

루카치, 게오르규. 「예술과 객관적 진리」, 『리얼리즘 미학의 기초 이론』, 이춘길 편역, 서울: 한길사, 1985.

성기완. 『재즈를 찾아서』, 서울: 문학과 지성사, 1996.

Abramson, Doris E. *Negro Playwrights in the American Theatre. 1925−1959.* Columbia: Columbia UP, 1969.

Adel, Sandra. "Speaking of Ma Rainey / Talking about the Blues." *May All Your Fences Have Gates.* Ed. Alan Nadel. Iowa City: The U of Iowa P, 1994, 51－66.

Adero, Malaika. *Up South: Stories, Studies, and Letters of This Century's African－American Migrations.* New York: The New Press, 1993.

Ansen, David. "Or Prophets and Profits: August Wilsons' 60s." *Newsweek* 27 (1992): 70.

Awkward, Michael. "The Crooked with the Straights": *Fences*, Race, and the politics of Adaptation *May All Your Fences Have Gates: Essays on the Drama of August Wilson.* Ed. Alan Nadel. Iowa City: The U of Iowa P, 1994, 205－29.

Baker, Houston A. Jr. *Blues, Idelogy, and Afro－American Literature.* Chicago: The U of Chicago P, 1984.

Baker, Houston A. Jr. *Modernism and the Harlem Renaissance.* Chicago: The U of Chicago P, 1987.

Berkowitz, Gerald. M. *American Drama Of the Twentieth Century.* London: Longman, 1995.

Berman, Paul. "Review of *Ma Rainey's Black Bottom.*" *Cort Theater* 239 (1984): 1－12.

Bigsby, C. W. E. *Modern American Drama, 1945－2000.* Cambridge: Cambridge UP, 1992.

Birdwell, Christine. "Death as a Fastball on the Outside Corner: *Fences'* Troy Maxson and the American Dream." *Aethron 8* (1990): 87－96.

Billington, Michael. "Family Discord." *Guardian 9* (1993): 86.

Bogumil, Mary L. *Understanding August Wilson.* Columbia: The U of South Carolina P, 1999.

Brown, Chip. "The Light in August." *Esquire 32* (1989): 1－7.

Campbell, Jane. *Mythic Black Fiction: The Transformation of History.* Knoxville: The U of Tennessee P, 1986.

Carmichael and Charles V. Hamilton. *Black Power: The Politics of Libera－tion in America.* New York: Vantage, 1967.

Ching, Mei－Ling. "Wrestling against History." *Theater* 19 (1988): 70－71.

Coleman, Michael. "What Is Black Theater?: An Interview with Imamu Amiri Baraka", *Black World* 20 (1971): 33.

Cone, James H. *Martin & Malcolm & America.* New York: Orbis Books, 1997.

Conrey, Adam. "The Piano Lesson: Parchman Prison Farm." *Inspired By August Wilson.*

<http://www.humbolt.edu/～ah/wilson/timeline/1936.html>

Creamer, Robert W. "*Fences.*" *Theater Review* 66 (1987): 1－12.

De Vries, Hilary. "August Wilson－A New Voice for Black American Theater." *Christian Science Monitor* 18 (1984): 51－54.

DiGaetani, John L. "August Wilson." *A Search for a Postmodern Theater: Interviews with Contemporary Playwrights.* Westport: Greenwood P, 1991, 275－84.

DuBois, W. E. B. "Krigwa Players' Little Theatre Movement." *The Crisis* 32 (1926): 134－36.

Dworkin, Norine. "Blood on the Tracks." *American Theatre* 8 (1990): 8－11.

Elam, Harry J. "August Wilson's Women." *May All Your Fences Have Gates.* Ed. Alan Nadel. Iowa City: The U of Iowa P, 1994, 165－82.

Elam, Harry J. "Of Angels and Transcendence: An Analysis of *Fences* by August Wilson and Roosters by Milcha Sanchez－Scott." *Staging Difference: Cultural Pluralism in American Theatre and Drama.* New York: (1995): 287－300.

Elam, Harry J. "*Ma Rainey's Black Bottom*: Singing Wilson's Blues." *American Drama* 5 (1996): 76－99.

Elam, Harry J. *The Past As Present In The Drama Of August Wilson.* Michigan: The U of Michigan P, 2004.

Elkins, Marilyn, ed. *August Wilson: A Casebook.* New York: Garland, 1994.

Ellison, Ralph. *Invisible Man.* New York: Vintage Book, 1947.

Ellison, Ralph. *Shadow and Act.* New York: Random House, 1964.

Evans, Donald T. "Bring It All Back Home." *Black World* 20 (1971): 45.

Fanon, Frantz. *Black Skin White Masks.* Tr. Charles Lam Markmann. New York: Grove P, 1967.

Fanon, Frantz. *The Wretched of the Earth.* Tr. Constance Farrington. New York: Grove P, 1967.

Fishman, Joan. "Developing His Song: August Wilson's *Fences.*" *August Wilson: A Casebook.* Ed. Elkins. New York: Garland Reference Library of the Humanities, 1994, 161−81.

Fishman, Joan. "Romare Beaden, August Wilson and the Tradition of African Performance."*May All Your Fences Have Gates. Essays on the Drama of August Wilson.* Ed. Alan Nadel. Iowa City: The U of Iowa P, 1994, 133−49.

Gandhi, Leela. *Postcolonial Theory: A Critical Introduction.* New York: Columbia UP, 1988.

Gates, Henry Louis Jr. *The Signifying Monkey: A Theory of African−American Literary Criticism.* Oxford: Oxford UP, 1988.

Gilbert, Helen and Joanne Tompkins. *Post−Colonial Drama: Theory, Practice, Politics.* London: Routledge, 1996.

Gottileb, Peter. *Making Their Way: Southern Black's Migration to Pittsburgh, 1916−30.* Urbana: The U of Illinois P, 1987.

Grant, Nathan L. "Men, Women, and Culture: A Conversation with August Wilson." *Journal of Dramatic Theory and Criticism* 4 (1990): 1−12.

Grossman, James R. *Land of Hope: Chicago, Black Southerners, and the Great Migration.* Chicago: The U of Chicago P, 1989.

Hall, Stuart. "Cultiral Identity and Diaspora." *Identity, Community, Culture, Difference.* Ed. Jonathan Rutherford. London: Lawrwnce and Wishart, 1990, 110−21.

Harris, Trudier. "August Wilson's Folk Tradition." *August Wilson*: *A Casebook.* Ed. Marilyn Elkins. New York: Garland, 1994, 49−68.

Harrison, Paul C. "August Wilson's Blues Poetics." *August Wilson: Three Plays.* Pittsburgh: The U of Pittsburgh P, 1991, 291−318.

Harrison, Paul C. "The Crisis of Black Theatre Identity." *African American Review* 31 (1997): 567−86.

Henry, William A. Exorcising the Demons of Memory. *Time* 131 (1987): 17−18.

Herrington, Joan. *"i Ain't Sorry for Nothin' i Done."* New York: Limelight Editions, 1998.

Higginbotham, Evelyn B. "Rethinking Vernacular Culture: Black Religion and Race Records in the 1920s and 1930s." *The House That Race Built.* Ed. Wahneema Lubiano. New York: Pantheon Books, 1997, 157−77.

hooks, bell. *Talking Back: thinking feminist · thinking black.* Cambridge: South End P, 1989.

Hughes, Langston. *The Dream Keeper and Other Poems.* New York: Alfred A. Knopf, 1994.

Ifill, Gwen. *Online NewsHour: American Shakespeare.*
http://www.pbs.org/newshour/bb/entertainment/jan−june01/usashake·····2004−10−13.

Johnson, Daniel M. and Rex R, Campbell. *Black Migration in America: A Social Demographic History.* Durham, N.C.: Duke UP, 1981.

Jones, LeRoi. *Blues People.* New York: Quill, 1963.

Jones, LeRoi. *Dutchman & The Slave.* New York: Morrow Quill Paper−backs, 1964.

Lahr, John. "Black and Blues." *New Yorker* 15 (1996): 99−101.

Locke, Alan, ed. *Play of Negro Life: A Sourcebook of Native American Drama.* New York: Harper, 1927.

Major, Clarence. *From Juba to Jive*: *A Dictionary of African—American Slang*. New York: Penguin, 1994.

Marra, Kim. "Ma Rainey and the Boys: Gender Ideology in August Wilson's Broadway Canon." *August Wilson*: *A Casebook*. Ed. Marilyn Elkins. New York: Garland, 1994, 123—60.

Mills, Alice. "The Walking Blues." *The Black Scholar* 25 (1995): 30—35.

Molette, Carlton W & Barbara J. Ed. *Black Theatre*: *Premise and Presen—tation*. Briston, IN: Wyndham Hall, 1992.

Morales, Michael. "Ghosts on the Piano: August Wilson and the Represen—tation of Black American History." *May All Your Fences Have Gates*. Ed. Alan Nadel. Iowa city: The U of Iowa P, 1994, 105—15.

Nadel, Alan. Ed. *May All Your Fences Have Gates*: *Essays on the Drama of August Wilson*. Iowa City: The U of Iowa P, 1994.

Neal, Larry. "The Black Arts Movement." *The Drama Review* 12 (1968): 29.

Palmer, Robert. *Deep Blues*. New York: Viking, 1981.

Peterkin, Julia. "The Negro in Art: How Shall He Be Portrayed: A Sym—posium." *Crisis* 32 (1926): 239.

Pettengill, Richard. "The Historical Perspective. In Interview with August Wilson." *August Wilson*: *A Casebook*. Ed. Marilyn Elkins. New York: Garland, 1994, 207—26.

Pereira, Kim. *August Wilson and the African American Odyssey*. Urbana: The U of Illinois P, 1995.

Plum, Jay. "Blues, History, and the Dramaturgy of August Wilson." *African American Review* 27 (1993): 561—67.

Powers, Kim. "An Interview with August Wilson." *Theater* 16 (1984): 50—55.

Reed, Ishmael. "In Search of August Wilson." *Connoisseur* 217 (1987): 92—97.

Reefe, Thomas Q. *The Rainbow and the Kings*: *A History of the Luba*

Empire to 1891. California: The U of California P, 1981.

Rich, Adrienne. *Adrienne Rich's Poetry and Prose*. New York: Norton, 1993.

Rocha, Mark William. "Black Madness in August Wilson's 'Down the Line' Cycle." *Madness in Drama*. Ed. James Redmond. Cambridge: Cambridge UP, 1993.

Rocha, Mark William. "August Wilson and the Four B's: Influences." *August Wilson*: *A Casebook*. Ed. Marilyn Elkins. New York: Garland, 1994, 3−16.

Rocha, Mark William. "American History as 'Loud Talking' in *Two Trains Running*." *May All Your Fences Have Gates*: *Essays on the Drama of August Wilson*. Ed. Alan Nadel. Iowa City: The U of Iowa P, 1994, 116−32.

Rothstein, Mervyn. "A Star of The Piano Lesson Who Found a New Life Onstage." *New York Times* 9 (1990): 20.

Rothstein, Mervyn. "Round Five for the Theatrical Heavyweight." *New York Times* (15 April 1990): 1−8.

Roudané, Matthew. *American Drama since 1960*: *A Critical History*. New York: Twayne, 1996.

Said, Edward W. *Orientalism*. Hardmondsworth: Penguin, 1993.

Sanders, James Robert. "Essential Ambiguities in the Plays of August Wilson." *Hollins Critic* 32 (1995): 2−11.

Savran, David. "August Wilson." *Their Own Words*: *Contemporary American Playwrights*. New York: Theatre Communication Group, 1988, 288−305.

Shafer, Yvonne. "An Interview with August Wilson." *Journal of Dramatic Theory and Criticism* 4 (1989): 161−73.

Shafer, Yvonne. "Breaking Barriers: August Wilson." *Staging Difference*: *Cultural Pluralism in American Theatre and Drama*. Ed. Marc Maufort. New York: Peter Lang, 1995, 267−85.

Shafer, Yvonne. *August Wilson*: *A Research and Production Sourcebook*. West Port: Greenwood, 1998.

Shannon, Sandra G. "The Good Christian's Come and Gone: The Shifting Role of Christianity in August Wilson's Plays." *MELUS*: *The Journal of the Society for the Study of the Multi−Ethnic Literature of the United States* 16 (1989−1990): 127−42.

Shannon, Sandra G. "Conversing with the Past: *Joe Turner's Come and Gone and The Piano Lesson*." *CEA Magazine*: *A Journal of the College English Association, Middle Atlantic Group* 4 (1991): 22−42.

Shannon, Sandra G. "The Long Wait: August Wilson's *Ma Rainey's Black Bottom*." *Black American Literature Forum* 25 (1991): 135−46.

Shannon, Sandra G. "Blues, History, and Dramaturgy: An Interview with August Wilson." *African American Review* 27 (1993): 539−59.

Shannon, Sandra G. *The Dramatic Vision of August Wilson*. Washington, D. C.: Howard UP, 1995.

Shannon, Sandra G. "A Transplant that did not Take: August Wilson's Views on the Great Migration." *African American Review* 31 (1997): 659−66.

Sheppard, Vera. "August Wilson: An Interview with August Wilson." *National Forum* 70 (1996): 1−11.

Sidran, Ben. *Black Talk*. New York: Da Capo, 1971.

Smith Philip E. "*Ma Rainey's Black Bottom*: Playing the Blues as Equipment for Living." *Drama Criticism* 2 (1992): 476−82.

Sollers, Werner. "National Identity and Ethnic Diversity: Of Plymouth Rock and Jamestown and Ellis Island; or Ethnic Literature and Some Redefinations of American." *History and Memory in African− American Culture*. Ed. Genevieve Fabre and Robert O'Meally. New York: Oxford UP, 1994, 92−121.

Southern, Eileen. *The Music of Black Americans*: *A History*. New York:

W. W. Norton, 1997.

Stepto, Robert B. *From Behind the Veil.* Urbana: The U of Illinois P, 1991.

Stuckey, Sterling. *Slave Culture: Nationalist Theory & the Foundations of Black America.* Oxford: Oxford UP, 1987.

Taylor, Regina. "That's Why They Call it the Blues." *American Theatre* 13 (1996): 18−20.

Timpane, John. "Filling the Time: Reading History in the Drama of August Wilson." *May All Your Fences Have Gates.* Ed. Alan Nadel. Iowa City: The U of Iowa P, 1994, 67−85.

Torrens, James S. "Seven Guitars." *Theater Review* 16 (1996): 22.

Trudeau, Lawrence J. *Drama Criticism.* 2. Detroit: Gale, 1992.

Walker, Alice. *In Search of Our Mother's Gardens: Womanist Prose.* New York: Harcourt Brace Jovanovich, 1983.

Wang, Qun. *An In−Depth Study of the Major Plays of African American Playwright August Wilson: Vernacularizing the Blues on Stage.* New York: The Edwin Mellen P, 1999.

Watling, Dennis. "Hurdling Fences." *Vanity Fair* 52 (1989): 102−110.

Wilson, August. "I Want a Black Director." *May All Your Feces Have Gates.* Ed. Alan Nadel. Iowa City: The U of Iowa P, 1994, 200−04.

Wilson, August. *The Ground On Which I Stand.* New York: Theatre Communications Group, 2001.

Wolfe, Peter. *August Wilson.* New York: Twayne, 1999.

X, Malcolm. *Malcolm X Speaks.* New York: Grove Weidenfeld, 1965.

Yang, Jeff. "Nomenculture." *Village Voice* 4 (1994): 18.

Encyclopedia of Britannica. CD−Rom. 1999 ed. Chicago: Encyclopedia Britannica. 1999.

저자약력

학 력

전북대학교 인문대학 영문학과 졸업
숙명여자대학교 대학원 영문학 석사
전북대학교 대학원 영문학 박사

경 력

서남대, 서해대, 원광보건대 교양영어 강사
現 전북대학교 출강
現 원광대학교 출강

연구논문

『유행의 사나이』에 나타난 본질과 꾸밈에 대하여(대한영어영문학회)
탈식민주의 관점에서 읽어 본『울타리들』(현대영미어문학회)

오거스트 윌슨의 화해와 통합을 위한 무대

· 초판 인쇄   2008년 4월 23일
· 초판 발행   2008년 4월 23일

· 지 은 이   박부순
· 펴 낸 이   채종준
· 펴 낸 곳   한국학술정보㈜
            경기도 파주시 교하읍 문발리 513-5
            파주출판문화정보산업단지
            전화   031) 908-3181(대표) · 팩스   031) 908-3189
            홈페이지 http://www.kstudy.com
            e-mail(출판사업부) publish@kstudy.com
· 등   록   제일산-115호(2000. 6. 19)
· 가   격   17,000원

ISBN   978-89-534-8678-2 93840 (Paper Book)
          978-89-534-8679-9 98840 (e-Book)